De zaak Lasko

Richard North
Patterson

De zaak Lasko

Brengt corrupte multimiljonair de president ten val?

UMCO

Voor Aileen Taylor

Inleiding

Achttien jaar geleden begon ik op negenentwintigjarige leeftijd een boek te schrijven. Voordat ik dertig werd. Ik weet niet waarom dat getal dertig zo belangrijk voor me was of – wezenlijker – waarom ik dacht een boek te kunnen schrijven. Maar ik merkte dat het me veel genoegen deed een romanfiguur – Christopher Paget – te scheppen en het milieu te beschrijven dat ik had leren kennen in de tijd dat ik connecties onderhield met de bijzondere openbare aanklager in de Watergate-affaire.

Het resultaat was *De zaak Lasko*, een boek dat tot mijn grote genoegen en verbazing de Edgar Allan Poe Award voor de beste debuutroman van 1979 in de wacht sleepte. Wat ik toen niet wist, was dat ik Christopher Paget veertien jaar later in mijn eigen leven en het zijne weer zou opvoeren in *De schuldvraag* – een boek dat een internationale bestseller werd en, om het ietwat groots te verwoorden, het tweede boek in een Christopher Paget-trilogie, die wordt voltooid met een laatste roman – *Het alibi* – die in de loop van 1995 zal worden gepubliceerd.

Tijdens die veertien jaar is Christopher Paget heel wat rijper geworden en mijn verhaaltechniek veranderd. Maar toen ik *De zaak Lasko* herlas, merkte ik niet alleen dat ik dat met genoegen deed, maar ook dat de jongere Christopher Paget – een negenentwintigjarige versie van de strafpleiter en vader van midden veertig uit *De schuldvraag* – zichzelf geen geweld aandeed. En de gespannen relatie tussen Paget en Mary Carelli loopt vooruit op de kern van *De schuldvraag*, waarin Paget – zij het vol twijfels – de verdediging van Mary op zich neemt wanneer zij van moord beschuldigd wordt.

Ikzelf vond het herlezen van *De zaak Lasko* ook nog om een andere reden interessant. Zonder het destijds te bedoelen had ik Christopher Paget laten beginnen aan een reis door veel van de ervaringen die onze tijd hebben gekenmerkt – van corruptie binnen de regering tot het sluiten van politieke compromissen, van mislukte huwelijken tot tweede huwelijken, van het probleem van verkrachtingen tot het mishandelen van echtgenotes en kinderen en zelfs het door de media gevoede zelfbewustzijn dat onze hele maatschappij doordringt, met als gevolg dat er films worden gemaakt van werkelijk gepleegde moorden, dat boeven in helden veranderen en ga zo maar door. Uiteindelijk lijken de drie romans – in elk geval in mijn ogen – een groot terrein te beslaan en toch een bevredigend geheel te vormen.

Los van dat alles denk ik dat *De zaak Lasko* als boek op zich opwindend is gebleven. Ik hoop dat de lezers dat met me eens zullen zijn en ik ben hen allen heel dankbaar omdat ze bereid zijn geweest het leven en de tijd van Christopher Paget, zoals ik die in mijn verbeelding zag, met me te delen.

R.N.P.
Oktober 1993

1

HET WAS DE maandagmorgen voordat ze hem vermoordden. Ik wist toen nog niet dat hij bestond. Noch dat ik zou helpen daar verandering in te brengen. Ik hield me bezig met zwendelaars, niet met moordenaars.

Ik stak Capitol Hill over, het deel dat via Pennsylvania Avenue uitzicht biedt op het Witte Huis. Het was pas tien minuten geleden dat ik mijn appartement uit was gelopen, maar mijn shirt was al zo vochtig dat het aan mijn huid plakte. De lucht was als stoom in een dichte badkamer na een hete douche. Een lome zon kwam door de vochtige nevel en stinkende uitlaatgassen heen. Washington in augustus, thermale inversietijd.

Ik maakte die wandeling al drie jaar en kende de route dus op mijn duimpje. Ik stak Constitution Avenue over naar D Street, langs de fontein en de vijver. De kersenbomen langs de route hadden hun bloesem allang verloren en zagen er vermoeid, teleurgesteld uit. Aan de andere kant van D Street stond het weelderige, vierkante, uit wit marmer opgetrokken kantoorgebouw van de vakbond voor vrachtwagenchauffeurs, door dankbare leden geschonken aan hun verdienstelijke vertegenwoordigers.

Ik liep D Street af naar het immense gebouw dat uit de tijd van de New Deal stamde en honderden glazen ramen had. Op een blauw-wit bord op de voorgevel stond: UNITED STATES ECONOMIC CRIMES COMMISSION. Ik liep de glazen deuren door, liet mijn legitimatiebewijs zien aan de zwarte man in uniform die het bureau moest beschermen tegen het publiek en andere subversieve elementen. Een Cerberus bij de poort. Zijn grauwzwarte ogen namen me onbewogen op. Elke dag probeerde ik me voor te stellen wat hij dacht. En elke dag weer lukte me dat niet. Hij schoof me het pasje weer toe.

'Dank u, meneer Davis.'

'Hartelijk dank, meneer Paget.'

Ik liep de nephouten lobby door en nam de lift naar de tweede verdieping. PROCESBUREAU meldde een kleiner blauw-wit bord daar: dat bureau hield zich bezig met grote aandelenfraudes, consumentenzwendel en politieke corruptiezaken: uitgelezen materiaal voor een toegewijde ambtenaar. Maar na drie jaar was er wat mij betrof het een en ander veranderd. Ik liep op mijn dooie gemak naar mijn kantoor.

Op deze verdieping geen nephouten lambrizeringen. In plaats daarvan muren van grijze B2-blokken, in gangen die even ontoegankelijk leken als de doolhof van een rattenhol. Ik liep door de grijze catacomben, langs de deur met het bordje AFDELING BIJZONDERE ONDERZOEKEN. De grote open ruimte vol metalen bureaus en secretaresses werd omgeven door dichte kantoortjes. De afdeling was meer dan volledig bemand. In elk hokje twee gelukkige gezichten. Ik keek over mijn schouder op de klok, die wel wat weg had van een schoolklok. Kwart over negen. Ik was weer te laat. Ik ging naar het kantoor waar CHRISTOPHER KENYON PAGET, ADVOCAAT op stond. Ik liep het grijsgeruite tapijt over dat me van staatswege was verstrekt, naar mijn leunstoel van onverwoestbaar grijs plastic, en ging achter mijn antieke grijsmetalen bureau zitten.

Mijn secretaresse keek voorzichtig om de hoek van de deur, alsof ze met haar voorhoofd de sfeer wilde aftasten.

'Een goede morgen, Chris.'

'Ook een goeie morgen.' Maar ik glimlachte. Ik mocht Debbie graag – en ze kon typen. Dat was bij de secretaresses van de ECC een zeldzame combinatie. Ze glimlachte terug en kwam in de deuropening staan.

'Hoe is het met je?'

'Prima. Ik was net mijn koninkrijk in ogenschouw aan het nemen. Hoe is de koffie vanmorgen?'

'Wat héb jij toch met de koffie hier?'

'Als ik ooit Woolite had geproefd waar koemest doorheen was geroerd, zou ik die vraag waarschijnlijk kunnen beantwoorden.' Haar mondhoeken gingen omhoog, tot ze glimlachte. Ze was donker en aantrekkelijk en had een nog aantrekkelijker glimlach. Ik zag haar graag glimlachen.

'Jij bent in een goeie bui.'

'Ik heb gisteravond zitten denken over wat McGuire met de zaak Hartex heeft gedaan. Zoiets zou ik mezelf niet moeten toestaan.'

Ze schudde overdreven afkeurend haar hoofd. 'Misplaatst idealisme. Heb je er wel eens over gedacht dit alles te laten voor wat het is en je aan te sluiten bij de eerwaarde Moon?'

'Die dikke kleine maharishi is meer mijn type. Maar ik zou waarschijnlijk een te groot geestelijk probleem vormen voor welke religie dan ook.' Ze glimlachte opnieuw. 'Nu we het daar toch over hebben,' zei ik, 'kan ik je zeggen dat ik er geen bezwaar tegen zou hebben wanneer je de behoefte voelt die koffie uit te drijven.'

'Je kunt de koffie in McGuires kantoor proberen. Hij heeft je tien minuten geleden ontboden.'

Daar was ik niet voor in de stemming. 'Waar gaat het over?'

'Dat heeft hij me niet meegedeeld,' zei ze droog. 'Het leek hem wel te ergeren dat je te laat op kantoor was.'

Ik ging staan en liep met tegenzin de gang op.

Het kantoor van McGuire bevond zich bij een andere centrale ruimte. In die kantoren stonden houten bureaus en beklede stoelen. Als verdere tekenen van federale status hoefden ze slechts door één persoon te worden bemand en boden ze een onbelemmerd uitzicht op Capitol Hill. JOSEPH P. MCGUIRE, HOOFD PROCESBUREAU stond er op het blauwe bordje bij zijn deur. Naast dat bordje hing Joseph P. McGuire zelf, die vanaf een ingelijste omslag van *Newsweek* met de titel 'De harde man van de ECC' woest de gang in keek. Daaromheen nog een aantal foto's van McGuire, overleg plegend met andere grote mannen, zoals Lyndon B. Johnson. De kale plek midden in de verzameling vertegenwoordigde Richard Nixon, wiens bestaan nu werd doodgezwegen.

Vlak daaronder zat de curator van deze persoonlijkheidscultus, de secretaresse van McGuire. Ze was blond, mollig en ergens in de veertig. Zoals altijd zag ze eruit als een zelfingenomen knaagdier. Ze draaide haar kleine, ronde lichaam mijn kant op. 'Meneer McGuire zit al op u te wachten, samen met meneer Feiner,' zei ze met haar ronde stemmetje. In dit geval had het een licht afkeurende ondertoon.

'Ben ik te laat?' vroeg ik onschuldig.

Haar ronde, kleine ogen vernauwden zich en haar stem werd vlakker. 'U kunt meteen naar binnen gaan.'

Dat deed ik.

Het kantoor van McGuire was ingericht zoals alle kantoren van hoge federale ambtenaren: lambrizeringen van plastic hout, een dollargroen tapijt, een houten bureau, een houten vergadertafel, en jaloezieën. Met uitzondering van een pennenset met inscriptie – een geschenk van zijn staf – lagen er geen persoonlijke spullen op het bureau en de muren waren al even kaal. Het totale effect was dat van een kamer die per maand werd gehuurd.

McGuire was het enige vaste meubelstuk in die kamer. Hij zat aan het uiteinde van de vergadertafel en straalde door zijn zenuwachtige bewegingen een air van ongeduldige verwachting uit. McGuire was de enige man die ik kende die zittend kon ijsberen. Maar zonder dat en zonder de doordringende blik in zijn blauwe ogen had hij kunnen doorgaan voor een verkoper van encyclopedieën die het hoofd maar net boven water kon houden. Hij had roodbruin haar en een op middelbare leeftijd wijzend buikje dat aan een verder onopvallend lijf hing. Zijn kleren, die hem kennelijk weinig interesseerden, waren te ruim. Toch straalde McGuire op de een of andere manier een verbazingwekkende vitaliteit uit. Zelfs zijn buikje leek agressief.

Mijn directe baas was aanwezig om als toehoorder te fungeren. Feiner had zwart, krullend haar en het ascetische voorkomen van iemand die in de ban is van een of ander fascinerend visioen. Pas toen ik de man een maand of twee kende, was het me duidelijk geworden dat dat visioen de functie van McGuire betrof. McGuire was ofwel te zeer van zichzelf vervuld om daar iets van te merken, of hij voelde zich zo veilig dat het hem niets kon schelen. Hij liet het toe dat Feiner als een mager hondje achter hem aan liep. Ik had het vermoeden dat McGuire meer van huisdieren dan van mensen hield.

'We hebben iets heel belangrijks in handen,' zei McGuire, die altijd korte zinnen gebruikte, alsof ingewikkeldere constructies te veel geduld vereisten. 'Waar was je verdomme?'

'Ik was aan het overleggen met mijn secretaresse.' Ik ging tegenover McGuire zitten en probeerde beleefd geïnteresseerd te kijken. 'Wat is er aan de hand?'

McGuire staarde me nog even aan alsof ik hem had beledigd. Toen leunde hij achterover in zijn stoel en keek naar het plafond alsof hij zijn gedachten aan het ordenen was. Feiner keek meteen ernstig en aandachtig. 'Het is een heel gevoelige kwestie,' begon McGuire.

Ik was verbaasd. 'Gevoelig' behoorde – binnen welke context dan ook – niet tot de vaste woordenschat van McGuire.

'Hoezo?'

'Ken je William Lasko?' vroeg McGuire.

'Natuurlijk. De favoriete industrieel van de president.'

McGuire knikte. 'Terwijl jij weg was, hebben we een tip gekregen dat iemand spelletjes heeft gespeeld met de aandelenkoers van zijn bedrijf.'

'Wie zijn die "we"?'

'Ik. Iemand heeft me vorige week opgebeld.'

Mijns ondanks was mijn belangstelling gewekt. 'En dat is alles wat hij heeft gezegd?'

'Ja.'

Ik keek naar Feiner. 'Hoe zit het met Ikes mensen die de aandelenmarkt in de gaten houden? Is hun een bepaald patroon opgevallen?'

'Nee.'

'Heb je er enig idee van wie je heeft opgebeld?'

'Nee. Dat wilde hij niet zeggen.'

'Heeft hij genoeg gezegd om je ernaar te kunnen laten raden?'

'Nee.' McGuire leek zenuwachtig, als iemand die noodgedwongen een vragenspelletje doet met zijn twaalfjarige zoon. 'Hij had zijn stem vervormd. Ik heb je alles verteld wat ik weet.'

'Dat is niet veel.'

Het was bedoeld als de constatering van een feit. Maar McGuire vatte het op als kritiek. Zijn ogen leken me te doorboren. 'We kunnen dit niet naast ons neerleggen. Lasko is een controversieel figuur. Als ik dit niet natrek en vervolgens voor paal kom te staan, zal ik daar op de Hill verantwoording over moeten afleggen.' McGuire gebruikte zijn gebruikelijke, institutionele 'ik'. 'Dit moet voorzichtig worden aangepakt. Geen in het wilde weg geuite beschuldigingen, zodat niemand pisnijdig kan worden. En ik wil van alle nieuwe ontwikkelingen op de hoogte worden gehouden.'

Ik knikte. McGuire leunde weer achterover in zijn stoel, zijn handen voor zijn buik gevouwen, en keek met een strak glimlachje naar Feiner. Dat glimlachje zag eruit alsof een onzichtbare hand zijn beide mondhoeken scheeftrok. 'En wat ben je nu van plan te gaan doen?' vroeg McGuire schoolmeesterachtig.

Omdat ik al drie jaar ervaring achter de rug had, was die vraag beledigend. Dat wist McGuire. Hij herinnerde Feiner er even aan dat hij me kunstjes kon laten doen. Ik vroeg me af of ik op mijn rug moest gaan liggen bedelen, of mijn poot uit moest steken om hem de hand te schudden. 'Wat ben je van plan te gaan doen?' vroeg hij nogmaals.

'Ik zal Lasko opbellen en hem om een bekentenis vragen.'

McGuires reactie was verbazingwekkend mild. 'Nu even serieus.'

Ik koos voor een beleefd antwoord. 'Ik zal bij de belangrijkste effectenmakelaarskantoren in New York gegevens opvragen om te bekijken wie er aandelen Lasko Devices hebben gekocht en verkocht en wanneer. Ik zal ons kantoor ter plaatse – ik meen me te herinneren dat Lasko zijn hoofdkantoor in Boston heeft – vragen om door middel van een dagvaarding de desbetreffende gegevens van het bedrijf in handen te krijgen. Als er een luchtje zit aan de een of andere aandelentransactie zal ik de makelaar op het matje roepen om hem te ondervragen. En ik zal het prijsverloop van de aandelen nagaan in de *Journal*.'

McGuire glimlachte zijn rubberen glimlach weer, ditmaal voor mij. 'Toen jij de stad uit was, heb ik Ike' – hij wees met zijn duim op Feiner – 'al gevraagd om zo'n dagvaarding te regelen. Het hoofdkantoor van Lasko Devices staat inderdaad in Boston. Jim Robinson heeft de *Jour-*

nal al bekeken en er de relevante gegevens uit gehaald. En ik heb ons centrale archief gevraagd jou het Laskodossier toe te sturen.'

Ik glimlachte terug, half vanwege het feit dat McGuire iedereen altijd een stap voor leek te zijn, half om toe te geven dat hij zijn vak verstond. 'Aangenomen dat de idioten van het centrale archief het Laskodossier niet zijn kwijtgeraakt,' zei ik, om hem in herinnering te brengen dat niets perfect was. Zijn glimlach werd moeizaam breder. Het was een goed moment om te vertrekken.

'Is dat alles?' vroeg ik.

'Nee.' McGuire keek op zijn horloge. 'Mary Carelli komt om tien uur naar me toe.'

Die naam deed geen enkel belletje bij me rinkelen. 'Wie is dat?'

'Mary Carelli werkt als speciaal assistente voor voorzitter Woods.'

'En?'

McGuire verbaasde me door te klinken alsof hij zich in de verdediging gedrongen voelde. 'Luister. Al onze casussen moeten worden goedgekeurd door de commissieleden die deze tent runnen. Als zij er hun goedkeuring niet aan geven, staken wij de gerechtelijke vervolging. De voorzitter heeft de andere commissieleden in zijn zak en Woods behoorde tot voor kort tot de staf van het Witte Huis. Lasko is een vriend van de president. Als we Lasko treffen, treffen we het Witte Huis en dus ook onszelf. Dus zal ik voorzitter Woods meedelen wat we van plan zijn. Hij moet het ermee eens zijn, want anders gaat mijn programma de mist in. Verknal het dus niet,' zei hij tot slot.

Daar dacht ik even over na. 'Joe, misschien kun je me beter volledig informeren. Wie leidt dit onderzoek? Wij, Woods, of de staf van het Witte Huis?'

McGuire keek alsof hij door een slang was gebeten. 'Er is niets mis mee met onze eigen voorzitter te praten,' zei hij kortaf. In technische zin had hij gelijk. Maar de herhaling van de woorden 'Witte Huis' leek hem kleiner te hebben gemaakt. Het rusteloze lijf verslapte. Voor het eerst vroeg ik me af of McGuire soms commissielid wilde worden.

McGuire kwam opeens bij uit zijn overpeinzingen. 'Je zult goede maatjes moeten worden met mevrouw Carelli. Ik heb jou op deze zaak gezet omdat je goed bent. Verknal het niet.' Dat had hij al eerder gezegd. 'Dat heb ik tot dusver nog nooit gedaan,' zei ik zacht.

Hij wist dat dat waar was. Sommige andere mensen wisten dat ook. Dat was de belangrijkste reden waarom ik nog steeds vaak in McGuires kantoor zat in plaats van het mijne te ontruimen. Maar het probleem was groter dan Hartex of mijzelf. In de psyche van McGuire was iets misgegaan. Het sterke verlangen om te presteren was veranderd in een verslaving aan lovende woorden. Zijn staf aapte hem na en buitenstaanders droegen hem regelmatig ten grave. Het leek alsof McGuire zijn eigen herdenkingsdienst leidde. *Newsweek* had hem de das omgedaan.

2

DE MOLLIGE SECRETARESSE van McGuire kwam binnen en verbrak zo de ongemakkelijke stilte. 'Mevrouw Carelli is er,' zei ze pruttelend.

Ze werd overschaduwd door een opvallende jonge vrouw, lang en slank, haar lange haar even zwart als haar ogen, die ons snel en ondoorgrondelijk opnamen. Die ogen waren het meest opvallend. Ze stonden ver van elkaar boven hoge jukbeenderen. Ik dacht dat ze net als ik een jaar of negenentwintig moest zijn, maar ze straalde een oerkracht uit.

Dat effect werd een beetje verzacht toen ze alsnog glimlachte: de witte, stralende tanden gaven haar een geamuseerd, avontuurlijk air. 'Heren.' Ze knikte. Het woord klonk vaag sardonisch. Ik keek naar haar terwijl de heren haar groetten. Ik had het idee dat ze dacht in een achterbuurt op stap te zijn gegaan.

Feiner trok als een ervaren butler snel een stoel bij. Ze ging zitten, haar lange benen tonend toen ze ze onder haar eenvoudige, witte jurk over elkaar sloeg. Die jurk accentueerde een diepbruine huid waarvoor ze beslist enige moeite moest hebben gedaan. Dat ijdele trekje was opmerkelijk en leek haar iets minder afstandelijk te maken. Ik sloeg die gedachte in mijn geheugen op en leunde achterover in mijn stoel.

'Ik waardeer het dat u tijd voor me hebt willen vrijmaken, meneer McGuire.' Haar stem was laag en zorgvuldig gemoduleerd. Het effect was bijna bewust welopgevoed.

McGuire was ongewoon formeel. 'Graag gedaan. De zaak Lasko is ingewikkelde materie.'

Ze knikte. 'Voorzitter Woods heeft me gevraagd deze zaak nauwlettend te volgen. Ik zou het prettig vinden wanneer iemand hier bereid is me regelmatig op de hoogte te houden.' De woordkeus en de toon maakten het tot een mengeling van een bevel en een verzoek. Maar aan de ogen ontging niets. Ik herzag mijn mening. Ze moest een antropologe zijn.

McGuires belangstelling voor Carelli was volkomen secundair: hij sprak tegen haar alsof ze als microfoontje was aangesloten op het oor van de voorzitter. 'Dat zullen we graag doen. Ik heb Chris' – hij wees met zijn duim op mij – 'opgedragen uw kantoor geïnformeerd te houden.'

Ze was mijn naam vergeten. Nu keek ze me aan met het koele, schattende air van een wetenschapper die in een asiel op zoek is naar proefdieren. Ik hoopte dat ze mij daar niet voor zou uitkiezen.

'En wie bent u?'

'Christopher Paget.'

Ze knikte kort. 'Oké. Ik zou het waarderen wanneer u vanmiddag naar mijn kantoor komt.' Het was geen verzoek. De voorzitter werd een tastbare présence.

'Dat zal ik vast en zeker doen,' zei ik droog.

McGuire schoof ongemakkelijk heen en weer op zijn stoel en keek door het plafond heen naar het kantoor van de voorzitter, vier verdiepingen hoger. Mevrouw Carelli maakte in gedachten snel een afweging en besloot toen mijn opmerking te negeren. 'Ik zal u nog bellen om een tijd af te spreken.'

Ik knikte. Ze keek nog een fractie van een seconde naar mij en wendde zich toen weer tot McGuire. Ze sprak zelfverzekerder, alsof ze wist dat mijn ergernis een teken was dat McGuire zou doen wat ze wilde. 'Alles wat met Lasko te maken heeft, ligt heel delicaat. De voorzitter wil van alle stappen die in verband met het onderzoek worden gezet van tevoren op de hoogte zijn om er al dan niet zijn goedkeuring aan te kunnen geven. Hij wil voorkomen dat deze zaak het bureau op de een of andere manier schade berokkent.' Ze keek weer even mijn kant op. 'We moeten niet in de problemen komen.' Ze zou wel van plan zijn om mij kilometers buiten de problemen te houden. Ik hield mijn mond en constateerde voor mezelf dat ik nog eens diep moest nadenken over de frequentie waarmee ik mijn rapporten zou indienen.

McGuire knikte namens mij. 'Chris zal contact met u houden. Kunnen we verder nog iets doen?' Zijn vriendelijke stem leek naar boven te zweven.

'Op dit moment niet.' Mevrouw Carelli wist wanneer ze het toneel moest verlaten. Ze ging snel staan. 'Dank voor uw tijd.' Ze gaf ons een snel, plichtmatig glimlachje en liep het kantoor uit. Toen de deur dichtging, betekende dat het eind van de laatste onderzoekende blik van die zwarte ogen in mijn richting.

'Geweldig,' zei ik tegen niemand in het bijzonder.

McGuire draaide zich naar me toe. 'Wat is jouw probleem precies?'

'Naast Mary Carelli?' Ik kon er net zo goed maar meteen mee voor de draad komen, dacht ik. 'De zaak Hartex. Deze zaak begint zoals Hartex is geëindigd.'

McGuire keek zowel defensief als boos. 'Ga door,' zei hij uitdagend.

'Luister. Ik ben een jaar met de zaak Hartex bezig geweest. Ik heb met mensen gesproken die alles kwijt waren geraakt, tot en met de kleren die ze droegen. Er is geen week voorbijgegaan zonder dat er iemand wiens leven was geruïneerd, als de geest van Hamlets vader mijn kantoor bezocht. Tegen hen heb ik gezegd dat wij zouden helpen. Dan ga ik een week met vakantie. Afgelopen donderdag bel ik hierheen en krijg ik te horen dat jij een schikking hebt getroffen. Terwijl ik er niet ben, sturen de mensen van Hartex een Wall Streettype hierheen: de vent die vroeger onderminister van Buitenlandse Zaken is geweest. Hij zegt dat hij heel veel respect voor je heeft en dat iedereen veel problemen kunnen worden bespaard. In ruil voor vrijwaring van gevangenisstraf gaat hij akkoord met een formele verklaring dat zijn cliënten nooit meer iemand zullen bezwendelen. Dat hoeven ze ook niet meer te doen, omdat ze net van een riant pensioen zijn gaan genieten. En dan geven wij voor de pers een communiqué uit waarin we de indruk wekken dat dit de grootste coup is sinds Tricky Dick weer in een pompoen veranderde. Joe, de manier waarop wij het spel spelen, is werkelijk verbazingwekkend.'

In de ogen van McGuire verscheen een blik van stomme verbazing. Hij draaide zich langzaam om om naar het Capitool te kijken, alsof hij van die kant steun verwachtte. Die kreeg hij kennelijk ook. Hij draaide zich met een uitdrukking van gerechtvaardigde minachting weer naar me om. 'Ik run deze tent niet om jou een genoegen te doen. Elk jaar moet ik mijn budget rechtvaardigen tegenover de commissie en het congres. Ik moet laten zien dat ik mijn onderzoeken afrond. Hoe denk je dat ik op deze stoel ben beland?' Nu was McGuire aan het schreeuwen. Elk woord werd over de tafel heen mijn kant op gesmeten. Om de een of andere reden moest ik aan een grondwerker denken. 'Ik kan jou niet aan zo'n verdomde kruistocht laten beginnen. Het is jouw taak getuigen te ondervragen en mij de feiten door te geven. Niet om de politieke lijnen uit te zetten. Dus als ik de tijd niet heb om met jou te overleggen, is dat verdomd jammer.'

McGuires gezicht was aantrekkelijk rood aangelopen. Feiner keek even voldaan als een jezuïet die net met een ketter heeft afgerekend. Maar ik was zo gedesillusioneerd dat ik mijn mond niet kon houden. 'De mensen van Hartex hadden in staat van beschuldiging gesteld moeten worden. Ze hadden moeten worden vervolgd en veroordeeld. Dan hadden we kunnen helpen wat geld voor de slachtoffers terug te krijgen. Maar in plaats daarvan heeft die schikking de aandeelhouders de das omgedaan. Dat alles zal er alleen goed uitzien in de perscommuniqués en in de rapporten die naar het congres worden gestuurd, en daarin staat niets anders dan regelrecht geouwehoer.'

McGuire sloeg met de palm van zijn hand op de tafel als een moordenaar die een vlieg verplettert. Feiner schrok, alsof hij de volgende vlieg zou zijn. Hij was tot het uiterste gespannen en leek het gevoel te hebben alsof hij in een kooi zat waaruit hij met geen mogelijkheid kon ontsnappen. McGuire staarde naar de onzichtbare dode vlieg en toen naar mij. 'De andere jongens hier komen nooit met dit soort onzin,' zei hij. Feiner knikte namens de andere jongens.

Ik haalde mijn schouders op. 'Zij zijn niet mijn probleem, Joe.'

'Wat maakt jou zo moedig?' Het was half een vraag, half een sarcastische opmerking.

'Het feit dat ik met mezelf moet kunnen leven.'

Die laatste zin klonk zelfs in mijn eigen oren ongelukkig pompeus. Opeens was ik McGuire, de discussie en mezelf beu. Maar ik was het vooral beu me zo cynisch te voelen en ik wenste dat ik me niet zo voelde.

McGuire was alleen mij beu. 'Misschien hoeven mensen zoals jij geen leergeld te betalen,' zei hij vlak en scherp. McGuire had nooit eigen geld gehad; hij had zijn leven lang de tijd gehad om na te denken over de houding die hij moest aannemen tegenover mensen zoals ik. Het was niet moeilijk om te begrijpen hoe de ex-onderminister een schikking had bewerkstelligd. Het was een Amerikaan van goede komaf, die McGuire met eerbied had bejegend. Dat was McGuires beloning, daardoor kon er over strafmaatregelen worden onderhandeld.

Dat inzicht hielp me niet. Ik voelde me superieur en had daarom een hekel aan mezelf. De felle discussie had een jammerende ondertoon gekregen die op weggestopte wrok wees die ouder was dan Hartex en groter dan de ECC. Ik probeerde er een eind aan te maken. 'Oké. Ik heb gezegd wat ik wilde zeggen.'

McGuire aarzelde alsof hij werd afgeleid door het feit dat hij het laatste woord niet had gehad. Daar deed hij uiteindelijk wat aan. 'Je denkt dat ik dit maar moet slikken omdat jij zo'n lefgozer bent? Nou, daar vergis je je dan in.'

'Dat zal wel kloppen. Daar ben je vast niet toe bereid.' Op een dag, dacht ik, zou ik het te ver doordrijven. Maar ik had Feiner om me eraan te herinneren hoe ik nooit wilde worden. Zijn gezicht was een verstijfd masker van aandacht dat naar McGuire toegekeerd bleef. Ik had het idee dat hij elke avond alle woorden die over de lippen van McGuire waren gekomen, in marmer beitelde.

McGuire nam me van top tot teen taxerend op, alsof hij een ontslagprocedure overwoog. 'Je kunt maar beter aan de slag gaan,' zei hij uiteindelijk.

Er viel niets meer te zeggen. Ik vertrok, met zijn zure opmerkingen in mijn kielzog.

Ik liep terug naar mijn kantoor. Ik voelde me niet gelukkig. De zaak Lasko was onlosmakelijk gekoppeld aan de belangstelling van het

Witte Huis, een bemoeizuchtige voorzitter en de hautaine mevrouw Carelli. Ik werd aan een heel kort riempje gehouden en ik wist niet wie het vasthield. Dus besloot ik Jim Robinson te bellen.

'Hallo?' zei hij, toen hij opnam.

'Wat is Mary Carelli?'

'Dat weet ik niet, Chris. Misschien gaat het over als je penicilline slikt.'

Ik lachte. 'Ik ben vooral geïnteresseerd in politieke connecties. Hoe ze haar baan heeft gekregen en zo.'

'Ben je vandaag jurist, of journalist?'

'Ik wil alleen weten met wie ik te maken heb.'

Hij zweeg. 'Ik zal kijken wat ik kan achterhalen.'

'Dank je. Ik spreek je vanmiddag wel weer.'

Ik verbrak de verbinding en draaide meteen het nummer van Lane Greenfeld van de *Washington Post*. Daarna kreeg ik het Laskodossier. Dat bladerde ik zo ongeveer een uurtje door. Toen keek ik op mijn horloge en liep het gebouw uit.

3

GREENFELD EN IK hadden afgesproken in de buurt van de Hill te lunchen.

Ik was eerder in het restaurant dan hij en wist een tafeltje aan de zijkant van de vrij donkere ruimte te bemachtigen. Het decor hoorde bij een herensociëteit: bakstenen muren, bruine houten balken vol vlekken en zware meubels. Ik bestelde een caloriearme rum-tonic en bekeek de andere gasten. Ze waren druk aan het praten, schaterden van de lach of toverden een beroepsmatig vriendelijk glimlachje op hun gezicht. In een hoek zat een vierkante man met het zelfvertrouwen van een ervaren lobbyist met een dikke vinger in de richting van een onbekende en bezorgd ogende jonge senator te porren. Uit verveling besloot ik toe te kijken of de aandacht van de senator zou verslappen. Hij luisterde nog steeds aandachtig toen Greenfeld mijn gezichtsveld in liep.

Hij grinnikte. 'Is hier sprake van déjà vu, malaise of ennui?'

Ik dacht met gespeelde ernst over mijn antwoord na. 'Fin de siècle,' zei ik toen. Ik bekeek zijn Cardin-pak aandachtig. 'Ben je van plan alles op alles te zetten om correspondent in Parijs te worden?'

Hij ging zitten. 'Alleen moderedacteur.' Greenfeld was dé belichaming van een goede stofwisseling. Hij had zwart haar, donkere, opmerkzame ogen en een licht geamuseerde gezichtsuitdrukking. De blik in zijn ogen deed vermoeden dat hij zich amuseerde omdat hij meer begreep dan de rest van ons. 'En jij ziet eruit als hét voorbeeld van een kapitalist met vast verankerde privileges.'

Ik glimlachte. Dit geplaag was typerend. Greenfeld redigeerde zijn eigen artikelen altijd spartaans, maar in gesprekken liet hij zich gaan.

Hij hield van woordspelingen, welluidende frasen en verbale gevechten. Zijn conversatie was een genoegen waar je soms je aandacht volledig bij moest houden. Ik smaakte dat genoegen vrij vaak. Te midden van mensen die het te druk hebben om ooit een echt goede verstandhouding op te bouwen, konden wij dikke vrienden worden genoemd. Die wetenschap bracht me in herinnering hoe weinig vrije tijd ik tot mijn spijt sinds mijn afstuderen had gehad.

Greenfeld bestelde een ouderwetse rum-tonic. 'Hoe gaat het bij de commissie?'

'Kafka leeft.' Ik probeerde mijn problemen met mijn werk voor me te houden. 'En bij de *Post*?'

Met een licht schouderophalen hief hij zijn handen, de handpalmen omhoog. 'Ze blijven iedereen onder druk zetten.' Hij leek daar niet diep van onder de indruk. Dat was een van de dingen die me in hem aanstonden.

Ik had hem een paar weken niet gezien en moest diep graven naar de naam van zijn huisgenote. Toen herinnerde ik me die weer. 'Hoe is het met Lynette?'

Er verscheen een behoedzame uitdrukking op zijn jongensachtige gezicht en hij staarde naar zijn manchetten. Die leken hem te interesseren. Uiteindelijk richtte hij het woord tot zijn ouderwetse drankje. 'Ik heb haar de laatste tijd niet meer gezien.' De woorden werden op vlakke toon uitgesproken, alsof iemand de stekker van zijn persoonlijkheid uit het stopcontact had getrokken.

Het leek minder onhandig om dit gespreksonderwerp af te ronden dan op een ander over te stappen. 'Wat is er gebeurd?'

Hij ging iets verzitten. 'Het werkte niet.' Greenfeld was een waarnemer, niet iemand die snel dingen openbaarde. Persoonlijke aangelegenheden werden slechts indirect besproken. Ik vermoedde dat hij het had uitgemaakt. Maar zijn vriendschap vereiste een erkenning van grenzen die ik waarschijnlijk beter begreep dan de meeste andere mensen. Ik probeerde een luchtiger toon aan te slaan.

'Lane, je bent een harde.'

Greenfeld schonk me een droog, zuur glimlachje. 'Het zal wel gewoon horen bij cool-zijn-in-de-jaren-zeventig.' Hij gebruikte die frase om de spot te drijven met zijn eigen afstandelijkheid. Maar hij had al een periode achter de rug waarin hij zichzelf aardiger had gevonden. Ik vroeg me af of dat het probleem was.

Greenfeld kwam opeens tot het besef dat zijn tweede persoonlijkheid op voet van oorlog verkeerde met zijn eerste. 'Ik kan je aardig wat informatie geven over Lasko. Een werkelijk schitterende kerel.' Greenfeld had zijn evenwicht snel hervonden en zijn stem klonk geanimeerd, alsof zijn vakbekwaamheid hem weer vaste grond onder de voeten had gegeven.

'Een van de helden van Amerika.' Ik glimlachte. 'Vertel me maar eens wat je weet.'

'Vertel mij eerst maar eens wat jij weet en dan zal ik de rest aanvullen.'

'Oké. Lasko is een jaar of vijfenveertig. Heel slim. Zoon van een staalarbeider uit Youngstown, Ohio. Aardige stad. Is met nogal harde jongens omgegaan toen hij opgroeide. Schijnt daar nog een paar vrienden van over te hebben gehouden. Moest in militaire dienst en is tijdens de Koreaanse Oorlog een soort oorlogsheld geworden op grond van een niet al te verbazingwekkend talent om mensen te doden. Is op kosten van het leger gaan studeren en afgestudeerd in de bedrijfskunde. Tot dusver het hartverwarmende maar typerende verhaal van iemand die hogerop probeert te komen. Toen is het hem op de een of andere manier gelukt betrokken te raken bij de handel in onroerend goed in Florida, waar hij voor het eerst goed geld verdiende. Hij heeft ook wat grond gekocht en verkocht in Arizona. Die laatste transacties schijnen niet helemaal zuiver op de graat te zijn geweest. Veel onontgonnen land gesleten aan aardige gepensioneerde echtparen, al schijnt hij er ook geen bezwaar tegen te hebben gehad om weduwen en wezen een poot uit te draaien. Hij kwam daardoor na een tijdje in de problemen, dus verkocht hij zijn belangen en kocht een keten verzorgingstehuizen. Hij had kennelijk besloten de ouderen van dagen tot zijn specialiteit te maken. Uit wat ik me heb laten vertellen, kan ik opmaken dat die tehuizen beter waren dan Bergen-Belsen, maar beroerder dan Fort Benning. Kort voordat de staat besloot een officieel onderzoek in te stellen, heeft hij ze met winst verkocht. Daarna was hij rijk, maar had hij te weinig werk.' Greenfeld keek weer geamuseerd. Af en toe overwoog hij geconcentreerd een enkel feit, alsof hij dat op de juiste plaats wilde toevoegen aan de index van zijn eigen informatie. Ik wachtte. Hij gaf me met een knikje te kennen dat ik door moest gaan.

'Het volgende is op dit moment relevanter. Lasko besloot een captain of industry te worden. In het begin van de jaren zestig kocht hij een klein bedrijf in Boston, Technical Instruments geheten, dat zich bezighield met elektronische en computerapparatuur. Lasko gaf er een andere naam aan, Lasko Devices, en begon uit te breiden. Tot de technieken waarvan hij zich volgens zeggen bediende, behoorden het chanteren en zo nodig molesteren van concurrenten, plus industriële spionage. Geen van die beschuldigingen is ooit bewezen. Toen het bedrijf rond het midden van de jaren zestig groter werd, is hij de beurs op gegaan. Die aandelen worden nu nog verhandeld op de New Yorkse beurs. Hij is toen net als veel collega's andere bedrijven gaan opkopen om een conglomeraat te vormen en is juridisch vervolgd omdat hij een van die bedrijven had leeggeroofd. Daarvoor is toen buiten de rechtbank om een schikking getroffen.

Maar Lasko Devices is nog steeds zijn belangrijkste bedrijf. Hij heeft een paar goede contracten kunnen afsluiten met het ministerie van Defensie en het bedrijf is steeds meer onderdelen van de elektronica-industrie gaan overnemen. Hij is ook respectabeler geworden. Zijn succes is mede mogelijk gemaakt door huis-, tuin- en keukenschendingen van de antitrustwetten, zoals prijsbederf. Ongeveer vier jaar geleden is het ministerie van Justitie gaan procederen om Lasko te dwingen bepaalde dochtermaatschappijen van Lasko Devices op te geven om te voorkomen dat hij een monopoliepositie ging bekleden op delen van de elektronicamarkt. Die procedure loopt nog steeds. Verder lijkt Lasko schoon schip te hebben gemaakt. Hij heeft zijn gympen verruild voor krijtstreeppakken. Geeft gastcolleges in de bedrijfskunde aan verschillende universiteiten. Bezoekt het Witte Huis. Gaat bij de paus op audiëntie. Organiseert symposia over armoede op de wereld. Hij is beroemd. Hij is een vorst. Ik hou van hem.' Greenfeld glimlachte. Ik was door mijn materiaal heen. 'Is dat het wel zo ongeveer?'

'Het is in elk geval een fatsoenlijk begin.' Dat werd gezegd met de vrolijke neerbuigendheid van een intelligente jongen op wie een docent altijd een beroep kan doen wanneer niemand anders het antwoord op een vraag weet. Dat vond ik niet erg. Greenfelds arrogantie had iets innemends, iets ongekunstelds.

'De feiten kloppen,' ging hij verder, 'maar ze zijn niet helemaal zinvol tot je ze in de juiste context kunt plaatsen. Ik ben wat dat betreft in het voordeel, want ik heb de man van tijd tot tijd persoonlijk gezien. Hij ziet er indrukwekkend uit: groot, dominerend, met een heel diepe stem. Het verbaast me altijd wat lichaamslengte voor sommige mensen kan doen.' Greenfeld zelf was klein. 'Natuurlijk ben ik altijd onder de indruk wanneer ik prominente mensen ontmoet en weer eens moet constateren hoe gewoontjes de meesten van hen zijn. Zij wilden "het" gewoon meer dan anderen, wat dat "het" dan ook moge zijn. Maar terug naar Lasko. Ik heb me laten vertellen dat hij ook enige sociale charme heeft. Het zou interessant zijn te weten wat een goede psychoanalyticus van hem vindt.' Die gedachte bracht hem even tot zwijgen, alsof hij zich afvroeg wat een goede psychoanalyticus van de rest van ons zou vinden. Een ober met een ietwat gevaarlijk wiebelende zwarte pruik kwam onze bestelling opnemen. We maakten snel een keuze en de ober trok zich terug naar de keuken. Greenfeld keek hem na. 'Mooi kleedje. Het lijkt wel alsof er iets is overleden op zijn hoofd.'

'Wat kun je me verder nog vertellen?'

'Het tweede waar je over na moet denken is de politiek. Aan die grondtransacties in Florida zat inderdaad een luchtje, maar hij is er nooit juridisch voor vervolgd. Hij heeft zijn verzorgingstehuizen vlak voor het begin van een officieel onderzoek met winst verkocht. Zijn mazzel heeft niets te maken met een gril van de goden. Hij had duidelijk een aantal politici in Florida in zijn zak. De laatste tijd heeft hij grote contracten met het ministerie van Defensie afgesloten, neemt hij filmsterretjes mee naar feesten in het Witte Huis en dineert hij met de paus. Dat zijn niet allemaal gevolgen van zijn jongensachtige charme. Hij is een sterke man, hard en meedogenloos. Hij geeft al jarenlang heel vaag een geur van corruptie af, maar niemand heeft hem daar ooit daadwerkelijk op kunnen betrappen.' Hij zweeg even, om zijn woorden te benadrukken. 'Niemand. En nu is hij bevriend met de president. Daarmee impliceer ik niets corrupts. Voor zover ik weet, vindt de president hem alleen aardig. Het doet er niet toe dat Lasko geen erg aardige man is. Dat is de president ook niet. En hij bewondert Lasko omdat die steenrijk is. Net zoals de president dat altijd had willen zijn, voordat hij daarvan af moest zien omdat hij president wilde worden. En Lasko weet hoeveel een goede vriendschap waard is. Dus zou ik er maar niet op rekenen dat je met deze zaak een bliksemcarrière zult maken,' voegde hij daar droog aan toe.

'Waarom probeert het ministerie van Justitie dan om Lasko Devices op te splitsen? Dat past niet binnen dit verhaal.'

'Door dat proces weet ik dit allemaal over Lasko. Het is al begonnen in de regeringsperiode van de vorige president. De huidige heeft het als het ware geërfd. Anders was het naar alle waarschijnlijkheid nooit tot een proces gekomen. Een deel van mijn werk bestaat tegenwoordig uit het volgen van die casus om te zien of hij wordt voortgezet of geseponeerd. Ik let met name op druk die door het Witte Huis wordt uitgeoefend, compromissen die door de president en Lasko worden gesloten en meer van die zaken. De krant vindt het allemaal nogal belangrijk.'

'Heb je iets ontdekt?'

Hij schudde zijn hoofd. 'Alleen pr. Lasko wil Lasko Devices heel erg graag bij elkaar houden. Wanneer dat bedrijf wordt opgebroken, zou hem dat echt schade berokkenen. De filantropische ondernemingen vertegenwoordigen Lasko's pogingen om de moderne Andrew Carnegie te zijn – een liefdadig imago zou zijn juridische problemen misschien iets minder ernstig maken. Hij heeft een New Yorks pr-bureau in de arm genomen om zich daarmee bezig te houden. Zij regelen zijn toespraken, stellen symposia voor en geven behulpzame hints. Het bureau in kwestie zou waarschijnlijk nog in staat zijn Charles Manson aan de Amerikaanse moeders te verkopen, en ze hebben voor Lasko al heel veel gedaan. Hij is begonnen met een eigen filantropische instelling, de Lasko Foundation, en richt zich voornamelijk op de geestelijke gezondheidszorg. Geeft royale bijdragen aan instellingen die zich daarmee bezighouden. Dus heeft hij specialisten genoeg bij de hand wanneer hij ooit in psychoanalyse wil.' Greenfeld leek die dag erg in de psychiatrie geïnteresseerd te zijn. Hij begon meteen spottend en met een vet Duits accent te praten en stak een vinger omhoog. 'En dus zien jullie, studenten van me, hoe elk feit binnen zijn context moet worden bekeken om de ware diepte en betekenis ervan te doorgronden. Anders zijn we domweg even onwetend en achterlijk als toen we werden geboren en hebben we niets geleerd.' Hij sloeg met zijn vuist op tafel om die mededeling satirisch te benadrukken, staarde er zogenaamd nadenkend naar en keek toen weer glimlachend op. 'Dat is alles, Chris,' zei hij met zijn eigen stem.

De lunch werd geserveerd en tot onze verbazing was hij goed. We aten dankbaar en geconcentreerd, praatten af en toe over buitenlandse films. We hielden beiden van Bertolucci en Truffaut. Ik vond dat Fellini overgewaardeerd werd. Hij vond Bunuel te bizar. Uiteindelijk spraken we af de nieuwe film van Wertmuller te gaan zien. Al die tijd keek Lane alsof hij met zijn lunch ook op een gedachte zat te kauwen. Tijdens de koffie kwam die gedachte over zijn lippen. 'Waarom heb je niet gewoon met je eigen jongens over Lasko gesproken?'

Greenfeld had een journalistenneus voor conflicten.

Het had geen zin de zaak Hartex aan hem uit te leggen. 'Ik neem aan dat ik mijn journalistieke gewoonten nog niet helemaal heb afgeleerd.'

Lane geloofde het niet, maar besloot er op dat moment niet op in te gaan. 'Je had het door de telefoon over een onderzoek. Waar gaat dat over?'

'Onder vier ogen kan ik je zeggen dat we een anonieme tip hebben gekregen dat iemand heeft geprobeerd te sjoemelen met de aandelenkoers van Lasko Devices. We weten niet of dat echt is gebeurd, noch of Lasko erbij betrokken was als er wél sprake van is geweest.'

Greenfeld viel onbewust terug in zijn persconferentieritme. 'Vanwaar dan al die belangstelling?'

'Omdat ik wat achtergrondinformatie wilde hebben,' zei ik. Ik voelde me slecht op mijn gemak toen ik naar Greenfeld keek, maar hij keek strak naar een punt achter mijn linkerschouder. Dat bleef hij zo lang doen dat het me nieuwsgierig maakte. 'Lane, wat zie je? De vicepresident die zich als vrouw heeft verkleed?'

'Niets wat zo interessant is. Maar wel iemand die jij tegen het lijf zou kunnen lopen. Robert Catlow.'

'Wie is dat?'

Greenfeld bleef kijken. 'Een van de onofficiële talentscouts van het Witte Huis. Heel invloedrijk. Hij is behulpzaam bij het antecedentenonderzoek van mensen die in aanmerking komen voor hoge functies, zoals jouw commissieleden. Hij heeft hier in de stad een advocatenkantoor en behartigt ook de juridische belangen van je vriend Lasko. Ik vraag me af welke pet hij vandaag op heeft.' Hij kneep zijn ogen iets samen. 'Ken je de man die bij hem is?'

Ik draaide me half om. Greenfeld wees op een man van ergens in de vijftig, die een donkerblauw krijtstreeppak droeg. Hij zat aan een hoektafeltje en voerde met groot gemak een gesprek. Ik was lichtelijk verbaasd toen ik zag wie er naar hem luisterde. Greenfeld kende Joe McGuire kennelijk niet van gezicht.

Ik voelde de stilte en draaide me weer om naar mijn koffie. 'Nogal onopvallende man,' zei ik nonchalant. Dat kostte me moeite. Ik had het gevoel net een kast vol dode ratten te hebben geopend. McGuire en Lasko's advocaat. Op zich was zoiets niets nieuws. In de Sans Souci had ik maanden hard werken in twee uur de mist in zien gaan, terwijl de arme stakker die het werk had gedaan een broodje worst zat te eten in de kantine van het bureau en met de vliegen moest vechten om het bezit van het tafeltje. Soms was ik die stakker geweest.

Greenfeld keek nog even hun kant op, tot de ober met onze rekening verscheen. Ik betaalde die, bij wijze van boetedoening, omdat ik net had gedaan alsof ik McGuire niet kende. Greenfeld gaf op zijn beurt de ober een te grote fooi. 'Dat was voor een haartransplantatie,' zei hij toen we naar de uitgang liepen. McGuire ging nog steeds helemaal op in het gesprek toen we langs zijn tafeltje liepen. De andere man sprak nu heel indringend. Geen van beiden keek op.

We bleven buiten op de stoep staan.

'Succes ermee,' zei Greenfeld. 'Ik heb gehoord dat jouw baas – hoe heet die man ook alweer – McGuire, jullie behoorlijk goed in de gaten houdt.'

Het was geestig op een niet geestige manier. 'Ik denk dat ik rustig kan zeggen dat hij nogal betrokken is.' Greenfeld ontging de betekenis daarvan, zoals ook mijn bedoeling was geweest. Toch voelde ik me nog een beetje beroerd. Ik was een grotere bureaucraat dan ik had beseft. Of misschien wilde ik dit gewoon voor mezelf houden. Er zaten al te veel haken en ogen aan de casus en de rol van McGuire zou een kleine kunnen zijn.

Greenfeld keek bespiegelend, alsof hij de dossierlade in zijn hoofd doornam. 'In de tijd dat Lasko zijn imperium aan het opbouwen was,' zei hij uiteindelijk, 'weigerde een van zijn concurrenten zijn bedrijf te verkopen. Op een avond is die man doodgestoken toen hij een pakhuis uit kwam. De politie is er een tijdje mee aan het stoeien geweest en heeft het uiteindelijk afgedaan als een poging tot roof. Maar de overledene had zijn portefeuille nog. En Lasko heeft het bedrijf gekocht. Voor heel weinig geld.'

Daar keek ik van op. 'Is dat echt gebeurd?'

'Zoals altijd.'

Ik glimlachte. 'Over een paar weken zul je me waarschijnlijk op de bodem van een kalkkuil vinden, die ik deel met Jimmy Hoffa.' Het was geen superintelligente opmerking van me. Maar op dat moment was het gewoon een van die praatjes met Greenfeld.

Greenfeld keek weer droog. 'Laat me in elk geval weten hoe het verder gaat.' Greenfeld was nieuwsgierig, of Lasko was een veilig onderwerp.

Ik knikte. 'Voor zover ik dat kan. En ik zal je nog opbellen voor die film.'

Hij keek me even aan. 'Oké.' Hij glimlachte. 'Terug naar de Hill. Ik heb mijn dagelijkse hoeveelheid leugens, ontwijkende opmerkingen, cretinisme en geouwehoer nog niet binnen.'

Ik was niet zo zeker van de leugens en ontwijkende opmerkingen. Maar hij liep weg met de elastische alertheid van een nieuwsgierige verslaggever. Ik keek hem een tijdje na. Hij was uiterst beheerst. Niemand zou erover denken hem naar Lynette te vragen.

4

IK WAS TERUG in mijn kantoor voordat ik me herinnerde dat ik moest kijken of er post voor me was. De post paste bij de rest van de dag.

De eerste twee brieven waren van aandeelhouders van Hartex, die me in herinnering brachten dat ik hen had verraden. De minder enthousiaste brief was van een ex-effectenmakelaar die bezwaar aantekende tegen mijn politiestaatmethodes, en ook een kopie aan de Amerikaanse Bond voor burgerlijke vrijheden had gestuurd. De afzender op de envelop luidde 'Danbury Federal Penitentiary'. Ik borg hem op in mijn prullenbak. Toen krabbelde ik 'Ter inzage, Joseph P. McGuire' op de Hartexbrieven en deed ze bij de interne post. Het leek het minste dat ik kon doen.

De boodschap op mijn antwoordapparaat was beter. Jim Robinson had iets voor me. Ik liep linksaf en toen rechtsaf de gangen door en klopte aan op de deur met het bordje: JAMES H. ROBINSON, SENIOR ONDERZOEKER.

'Binnen.'

Robinson zat in een konijnenhol van een kantoor. Hij had een bril op en keek zoals gewoonlijk komisch verstrooid. Maar hij begon te grinniken toen hij me tussen de stapels papieren op zijn bureau door zag. 'Christopher Kenyon Paget. De laatste der onafhankelijken,' zei hij.

'Meer 's konings eunuch,' zei ik. 'Heb je de schikking in de zaak Hartex gezien?'

Hij knikte, nog altijd glimlachend. 'Ga zitten, Chris. Deze zaak zal misschien beter aflopen.'

Ik ging zitten, blij hem te zien. Robinson was achter in de dertig, had een rond gezicht en kort, bruin haar waarin al wat grijs te zien was. De verstrooide gezichtsuitdrukking wekte de indruk dat je met een vriendelijke, maar weinig capabele man te maken had. Maar daarachter gingen een uitstekend geheugen en een encyclopedische kennis van aandelenzwendel schuil. Die eigenschappen dienden een onmisbaar talent: gevoel voor de logica van gebeurtenissen. Robinson kon met drie of vier feiten hetzelfde doen als prehistorici met een paar her en der gevonden botten van dinosaurussen: een ingewikkelde structuur opbouwen die het verborgen geheel openbaarde. Na afloop van een lastige zaak had ik die vergelijking eens voor hem getrokken. Ook toen had hij gegrinnikt en gezegd dat ik vrijwel hetzelfde talent had. Het was een van de betere complimenten die me ooit waren gegeven.

Robinson zat te wachten. Ik had de indruk dat hij heel tevreden was met zichzelf.

'Heb je al een goed aanknopingspunt in de zaak Lasko, Jim?'

'Misschien wel. Herinner je je Sam Green?'

'Sjoemelende Sam? Natuurlijk. Het type kerel dat met snoepgoed in de buurt van speelterreinen zou rondhangen als hij het niet zo druk had met aandelenfraude. Wat heeft hij hiermee te maken?'

Robinson mat zich een magistrale gezichtsuitdrukking aan. 'Ik zal alles voor je op een rij zetten. De koers van de Laskoaandelen is tussen dertien en vijftien juli sterk gestegen. Zes punten in twee dagen, van tien tot zestien. Maar er was geen sprake van belangrijke nieuwe ontwikkelingen, goed nieuws of een andere reden waarom die prijs opeens zo zou kunnen stijgen. Hij ging omhoog omdat het aantal transacties op de beurs bijna verdubbelde. Er was ontzettend veel vraag naar die aandelen. Opnieuw zonder duidelijke reden. Maar zo'n kunstmatige vraag drijft de prijs altijd op. Dus heb ik de dossiers van McGuire er eens op nagekeken. Het blijkt dat drie effectenmakelaarskantoren op de veertiende en de vijftiende opdracht hebben gekregen tot de aankoop van veel aandelen Lasko. Zij zijn gezamenlijk verantwoordelijk geweest voor die verdubbeling. Dus heb ik op die kantoren vrienden opgebeld. En raad eens wie elk van die opdrachten heeft gegeven?'

'Green?'

'Inderdaad.'

'Heb je er enig idee van waarom?'

'Er zijn verschillende mogelijkheden. Ik zal je er één noemen. Ik ben gaan nadenken over die data. Waarom de veertiende en de vijftiende? Toen herinnerde ik me dezelfde data in een ander verband. Dus heb ik de dossiers van Lasko Devices bekeken. Op zestien juli heeft Lasko Devices driehonderdduizend nieuwe aandelen aan het publiek aangeboden. Omdat de prijs van nieuwe aandelen wordt gebaseerd op de marktwaarde op de dag voor zo'n nieuwe emissie, is elk aandeel voor zestien dollar verkocht in plaats van voor tien – de marktwaarde van twéé dagen daarvoor. Zes dollar meer, vermenigvuldigd met driehonderdduizend, betekent dat Lasko Devices met die emissie één miljoen achthonderdduizend dollar extra heeft verdiend. En dat alles door toedoen van Sam Green.'

'Dus denk je dat iemand binnen het bedrijf hem er misschien toe heeft aangezet.'

'Dat is een mogelijkheid.'

Ik leunde achterover in mijn stoel. 'Laten we eens bekijken hoe zoiets in zijn werk gaat. Green had kunnen wachten tot de emissie een feit was en dan had hij de aandelen goedkoper kunnen krijgen. Dus zit er een luchtje aan de timing. Wat me dwarszit, is Lasko. Lasko Devices heeft zoveel extra geld niet nodig. Ze verdienen al geld als water. En door dat antitrustprobleem met het ministerie van Justitie hebben ze vast geen behoefte aan nog meer problemen met ons. Bovendien zou het een nogal grof spel zijn.'

Robinson zette zijn bril af en keek of er vlekken op de glazen zaten. Hij vond er een en veegde die afwezig weg. 'Ik zou er nooit achter zijn gekomen als McGuire die tip niet had gekregen.'

'Toch vraag ik me af waarom het Feiner, mijn geniale baas, niet is opgevallen. Hij laat zijn mensen de aandelenmarkt in de gaten houden voor het geval zich iets als dit voordoet.'

Robinson haalde zijn schouders op. 'Over de doden niets dan goeds. Ik hang de theorie aan dat Feiner jaren geleden al hersendood was.'

Ik glimlachte. 'Oké. Een paar vragen. Waarom zou het bedrijf naar Sam stappen? Wat wordt hij er wijzer van? Als ik het me goed herinner, heeft hij al een keer met één voet in de gevangenis gestaan voordat het hem lukte van strafvervolging gevrijwaard te worden door zijn vrienden te verraden.' Ik zweeg even. 'Hoeveel aandelen heeft Sam gekocht?'

'Ongeveer twintigduizend.'

Ik maakte een rekensommetje. 'Rekening houdend met de prijsstijging kwam dat dan toch altijd nog neer op zo'n driehonderdduizend dollar. Waar heeft hij al dat geld vandaan gehaald?'

Robinson keek zelf ook nieuwsgierig. 'Om die reden zou je Sam hierheen moeten halen om hem onder ede een aantal vragen te laten beantwoorden.'

'Dat zal ik zeker doen.'

Robinson keek me van opzij aan, afwachtend. Ik ging door. 'Heb je navraag gedaan naar Mary Carelli?'

Hij dacht even na en keek me toen met zijn eerlijke ogen recht aan. 'Chris, als iemand anders me daarom had gevraagd, zou ik gedacht hebben dat hij bureaucratisch vuil naar boven wilde halen. Maar jij presteert het om zo slecht voor je eigen belangen op te komen dat het grenst aan onverantwoord gedrag. Je bent een onderzoek naar Mary Carelli aan het instellen zoals je dat naar Lasko doet. Luister. Je bent de meest intelligente jurist die ik hier ooit heb gezien. Bega geen blunder. Je moet leren dingen te laten voor wat ze zijn als er toch niets aan te veranderen valt.'

Ik probeerde een manier te bedenken om hem om hulp te vragen. En om hem te zeggen dat ik zijn bezorgdheid waardeerde. Maar ik leek die twee dingen niet te kunnen combineren. Hij zag mijn verwarring. 'Chris, wat wil je vijf jaar na nu graag doen? Een privépraktijk? Je zou er veel geld mee kunnen verdienen. Je zou het hier ook goed kunnen doen als je dat wilde. Je hebt een geweldige staat van dienst.'

Nu ik de alternatieven hardop hoorde uitspreken, voelde ik me somber en in de vernieling. 'Hoe sta ik er hier op dit moment voor?'

Hij gaf me een indirect antwoord. 'Ik heb gehoord dat je vanmorgen weer een aanvaring met McGuire hebt gehad.'

'Dat soort nieuwtjes doet altijd snel de ronde.'

'Je hebt Ike Feiner vijf minuten luidruchtig laten gnuiven.'

'Ik wist niet dat die man kón gnuiven.'

Robinson glimlachte, maar niet met zijn ogen. 'Luister. McGuire en Feiner zijn al spinnijdig op je. Als je aan de verkeerde kooien begint te rammelen, kunnen ze je echt een loer draaien. Ook wanneer je ergens anders zou willen gaan werken. Denk maar niet dat kantoren in deze stad geen inlichtingen inwinnen voordat ze iemand in dienst nemen die als jurist voor de regering heeft gewerkt. Als McGuire bekend laat worden dat je hier niet welkom bent, zullen anderen je mijden als de pest.'

Ik wist dat hij daar gelijk in had. Maar de beloningen voor goed gedrag leken geen enkel gewicht te hebben. Ik wist niet wat ik wilde en ik wilde niet hebben wat ik krijgen kon. Misschien had McGuire gelijk over mensen zoals ik. 'Jim, ik waardeer wat je tegen me hebt gezegd, maar de zaak Hartex zit me niet lekker. De volgende keer zal ik trappend en schreeuwend ten onder gaan.'

Hij keek verontrust. 'Dat zal misschien ook wel gebeuren.'

'Ik heb mijn langste tijd hier toch al gehad.'

'Het is de enige carrière die je hebt. Ik zou er niet zo luchtig over denken.'

'Geloof me, dat doe ik ook niet.'

Robinson staarde me nadenkend aan. 'Oké,' zei hij uiteindelijk. 'Ik heb een vriend van me opgebeld bij de civiele dienst. Carelli is rond dezelfde tijd afgestudeerd als jij. Universiteit van Chicago, hoorde bij de beste tien procent van haar jaar. Studeerde met een beurs. Ze is als staflid verbonden geweest aan de senaatscommissie voor de handel, de club die ons in de smiezen houdt. Dus heb ik een kennis gebeld die commissielid is. Hij bleek haar te kennen, maar niet zo goed als je misschien zou denken. Ze houdt haar privéleven privé. Hij zei wel dat ze heel taai en plichtsgetrouw is. Ze was in geen enkel opzicht zijn meerdere, maar hij heeft haar een keer in de wielen gereden en dat heeft hem toen bijna zijn baan gekost. Het bleek dat er een senator was die ze van alles in het oor kon fluisteren. Dus loopt die kennis van me nu niet direct met haar weg. Maar hij geeft wel toe dat ze heel slim is. En dat is het,' zei hij op een toon alsof hij er helemaal niet van onder de indruk was. 'Een typisch Washingtonse biografie. Als je mensen in deze stad tot de strop zou veroordelen omdat ze een politiek spelletje spelen, zou er niemand overblijven om de telefoon op te nemen.'

Hij keek me nog steeds aan. 'Oké,' zei ik glimlachend. 'Ik zal haar op een laag pitje zetten.'

Robinson keek opgelucht. Ik ging staan en herinnerde me toen de lunch van McGuire. 'Ik heb het gerucht gehoord,' verzon ik, 'dat een van de commissieleden gaat vertrekken.' Als dat echt zo was, was dat een nieuwtje voor me. 'Maar ik ben vergeten wie. Heb jij daar iets over gehoord?'

'Ja. Ik heb kort geleden geluncht met de assistent van Ludlow. Hij zei dat Ludlow weer aan een privépraktijk gaat beginnen. Maar mondje dicht, daarover. Hij heeft het nog niet officieel aangekondigd, en het Witte Huis heeft nog geen opvolger gevonden.'

Joe McGuire zou een aardige kandidaat zijn. 'Jammer. Ik mocht Ludlow wel. Nu moet ik maar eens aan de slag met een dagvaarding voor Sam Green. Zou aanstaande maandag jou schikken?'

'Prima.' Hij leunde achterover in zijn stoel. 'Weet je, dit soort zaken zijn gewoonlijk niet goed voor je carrière. Beperk je tot Lasko en laat die andere met rust.'

Ik wist wat hij bedoelde. Robinson dacht veel liever aan Green en Lasko dan aan Mary Carelli. Hij had zijn wereld al lang geleden georganiseerd. Carelli, hij en ik waren allemaal kleine visjes. Green en Lasko waren de grote. Ik kon het hem niet kwalijk nemen. Op die manier was het veel makkelijker om de score bij te houden.

Ik nam een paar dossiers mee naar mijn kantoor om met de dagvaarding voor Green aan de slag te gaan. Mary Carelli had Debbie opgebeld. De eerste keer dat er aan mijn riempje werd getrokken. Ik dacht erover het te negeren. Toen ging ik naar haar toe om te kijken wat ze wilde.

5

DE REIS NAAR het kantoor van de voorzitter ging omhoog – in letterlijke én in esthetische zin. De suite op de bovenste verdieping was een geruststellende verzameling roodbruine tapijten, witte muren, leer en impressionistische schilderijen. Maar wat me vooral opviel was de stilte, alsof goede smaak al het lawaai had opgeslokt. Ik was gewend aan de catacomben van de tweede verdieping, de geluiden van typen en telefoneren, geschreeuw en voetstappen die als pingpongballetjes door zeil en B2-blokken werden weerkaatst. Het was alsof ik vanuit een stampvolle ondergrondse opeens in een bibliotheek was beland. Het was een aangename ervaring. Ik merkte dat ik me afvroeg welke indruk dit alles op McGuire maakte.

De receptioniste paste bij de kamer. Ze was een magere, vogelachtige vrouw die zeldzame boeken onder haar beheer had kunnen hebben. Ik verzette me tegen de sterke aandrang om een exemplaar van de *Summa Theologica* te vragen en vroeg in plaats daarvan naar Mary Carelli.

Net toen ik me in een van de leren stoelen had laten zakken, kwam voorzitter Woods tot mijn verbazing naar me toe.

'Jij bent Chris Paget, nietwaar? Ik ben Jack Woods.' Hij was lang – ongeveer een meter tachtig – had brede schouders en kort, bruin haar. Hij stak een lange, sterke hand naar me uit en wees met zijn andere hand naar zijn kantoor. 'Kom even binnen om een praatje te maken. Mary is iets verlaat.' Hij had een diepe, volle stem en een jeugdige, scheve glimlach die hem een paar jaar jonger deed lijken dan hij volgens mij was: ergens achter in de dertig. Het was allemaal heel democratisch.

Ik liep achter hem aan zijn kantoor in.

Woods ging achter een eenvoudig kersenhouten bureau zitten. Ik koos een andere leren stoel uit en keek om me heen. Ook hier veel roestbruin en koel wit. De muren werden opgeluisterd door twee prenten van Chagall, maar in mijn ogen ook lichtelijk ontsierd door een saai, formeel portret van de president. Zijn boeken varieerden van financiële naslagwerken tot de *Meditaties van Marcus Aurelius*, een aantal romans van Faulkner en een gedichtenbundel van Dylan Thomas. Ik keek naar zijn gezicht en probeerde vast te stellen of hij een van die boeken had gelezen. De donkerblauwe ogen, sterke kaak en het brede, open gezicht waren vriendelijk, maar maakten me niets wijzer. Zijn neus was interessanter. Die was eens een adelaarsneus geweest, maar nu maakte hij een paar bochten naar rechts. Ik herinnerde me dat hij football had gespeeld. Iemands elleboog had zijn gezicht enig karakter gegeven. Het suggereerde een onderhuidse spanning, maar het vertelde me niets over de boeken.

Hij had gekeken waar ik naar keek. 'Ik heb tegenwoordig niet zoveel tijd meer om te lezen. Het viel niet mee om me in te werken in deze baan.' De innemende glimlach verscheen weer. 'Ik hoop dat ik mijn werk goed zal kunnen doen.'

Ik was er niet aan gewend dat commissieleden mij om aanmoedigende woorden vroegen. 'Daar twijfel ik niet aan.'

Hij keek nadenkend naar de Chagalls, alsof die iets met zijn werk te maken hadden. 'Toch maak ik me zorgen. Veel commissieleden gaan voor een bureau als dit werken omdat het goed is voor hun public relations. Ze laten hun neus even zien en verdwijnen dan weer, zonder hun werk ooit echt onder de knie te krijgen en iets substantieels te hebben gedaan. Zo iemand wil ik niet zijn.' Ik was het met hem eens dat veel van die mensen alleen hun neus even lieten zien. Maar hij zei dit alleen omwille van mij. De man kon kennelijk erg snel leren. Ik geloofde half dat hij het oprecht meende.

Woods wees op de juristenbul die achter zijn bureau hing. 'Jij hebt daar ook gestudeerd, hè, Chris?'

Ik vroeg me af of hij evenveel afwist van de andere negenennegentig juristen van McGuire. 'Ja, inderdaad. Ik ben drie jaar geleden afgestudeerd.'

Woods glimlachte even naar het diploma, alsof hij er nu zeker van was dat we collega's waren. Toen keek hij me weer openhartig aan. 'Ik maak me erg veel zorgen over de zaak Lasko.' Hij sprak serieus en boog zich naar voren alsof hij het volle gewicht van zijn bezorgdheid met mij wilde delen.

Ik koos voor een neutraal stemgeluid. 'Dat meende ik al te hebben begrepen.'

De ogen leken tegelijkertijd vertrouwen te schenken en aandacht te eisen. Hij was heel, heel goed. 'Ik maak me daar om meerdere redenen zorgen over. Om eerlijk te zijn weet ik dat ik jong ben voor deze baan, maar ik wil het hier goed doen, en ik wil niet dat dit bureau zonder discretie te werk gaat. Dat betekent dat ik niet wil dat wij ons kwetsbaar opstellen én dat ik niet wil dat onterechte beschuldigingen aan het adres van Lasko een negatieve invloed hebben op de president. Is dat begrijpelijk?'

Ik zei dat het dat was. Hij ging verder. 'Maar ik wil vooral dat dit een goed onderzoek wordt. Ik wil niet dat ze kunnen zeggen dat we iemand ontzien of er met onze pet naar gooien. De manier waarop een bureau zaken als deze afhandelt, is bepalend voor de vraag of het integer te werk gaat of er een potje van maakt. Ik ben in de politiek geïnteresseerd en ik ken die wereld door mijn vorige baan. Maar ik ben hierheen gekomen om hard en goed te werken.' De blik in zijn ogen was nu intens, vastberaden. 'En ik geloof dat het op de lange termijn het beste is, óók in politiek opzicht, om dat werk zo eerlijk mogelijk te doen.'

Als dat waar was, zou ik helemaal achter hem staan. 'Ik zal doen wat ik kan om daarbij te helpen.'

'Blijf contact met Mary houden,' zei hij ontspannen. 'Ik wil weten wat er in deze zaak gebeurt.' Hij liet zijn stem dalen en zijn woorden kregen een langzame, ritmische nadruk. 'Maar als je iets nodig hebt, hulp in welke vorm dan ook, moet je niet aarzelen me direct te benaderen. Ik zal alles doen wat redelijkerwijs mogelijk is om assistentie te verlenen.'

'Hartelijk dank. Dat zal ik in gedachten houden.'

'Prima.' Hij ging staan. 'Je zult nu wel met Mary willen praten.' Daar was ik niet zo zeker van, maar mijn tijd zat er duidelijk op. We liepen samen naar de deur.

'Hartelijk bedankt, Chris.' Hij gaf me weer een hand. 'Ik heb gehoord dat jij hier heel goed in bent. Ik verheug me erop je weer te zien.' De glimlach die met de handdruk gepaard ging, zei dat hij dat meende. 'En ik zal je hulp ook in andere opzichten nodig gaan hebben.' De warme stem beloofde aangename uren die ik buiten mijn catacomben zou kunnen doorbrengen, te midden van een impressionistische sereniteit. Hij gaf de receptioniste opdracht Mary Carelli op te roepen, liep toen zijn kantoor weer in en deed de deur dicht. Hij liet een versterkende warmte achter, als een scheut goede whisky. Ik dacht weer aan de boeken en had het sterke vermoeden dat Woods ze las en dan citaten op kaartjes schreef om die later tijdens toespraken te kunnen gebruiken. Substantiële uitspraken in combinatie met een luchtiger noot. Tegen dat talent had ik geen bezwaar.

Ik zat weer lekker in de makkelijke leren stoel toen ik zag dat het kwart over vijf was. Mary Carelli kwam haar kantoor uit en gaf me zonder iets te zeggen een teken dat ik binnen moest komen. Ik vond haar minder aardig dan ooit. Toen ik in de deuropening stond, zat zij al achter haar bureau naar een aantekenboekje te kijken en wachtte kennelijk tot ik had plaatsgenomen. Dus leunde ik tegen de deurpost tot ze opkeek. Er lag een waakzame blik in haar ogen en die verdween niet toen ze zeer afgemeten glimlachte. Ze knikte naar een stoel. 'Kom binnen en neem plaats.'

Ik keek opzettelijk op mijn horloge. 'Is het absoluut noodzakelijk dat wij vandaag nog dingen bespreken?'

Ze ging rechtop zitten en rechtte haar schouders. Ze zag er heel koel uit tegen de achtergrond van de witte muren en de hangplanten bij haar raam. 'Doe niet zo bureaucratisch. Ik overleg echt liever nu meteen met je.' De stem was ook koel, heel onverschillig en een beetje geringschattend.

Ik kwam niet in beweging. 'Ik ben niet bureaucratisch, maar ik heb wel dorst. Ik heb vandaag al meer moeten praten dan me lief is en ik heb naar meer geluisterd dan ik had willen horen. Voor een groot gedeelte onzin. Dus heb ik dorst en verveel ik me.'

Ze zat stil. Alleen de duim en wijsvinger van haar linkerhand bewogen zich over het aantekenboekje. Het leek alsof alleen haar vingertoppen aan een militaire bezetting waren ontsnapt. Ze sprak met afgemeten ongeduld. 'Wat zou je dan willen voorstellen?'

'Ik heb mezelf een gin-tonic op het terras van Hotel Washington gesuggereerd, om me te kunnen verbazen over de hoofdstad van ons land. Ik zal je daar met alle genoegen een drankje aanbieden terwijl we de lopende zaken bespreken.' Toen ik die uitnodiging eenmaal had gedaan, was ik er niet zo zeker meer van of ik het wel meende. Maar het was aanzienlijk beter dan in haar kantoor te moeten opzitten en pootjes geven.

Haar lichaam was een stijve parodie van verzet. Uiteindelijk gaf ze dat verzet op. 'Oké, maar ik ben niet van plan er een gewoonte van te maken.'

Ik wist wat ze daarmee bedoelde, maar hield me van den domme. 'Waarom?' vroeg ik onschuldig. 'Ben je getrouwd?' Ze keek me van opzij aan. 'Nee. Gescheiden.'

Ik geloofde haar. We vertrokken, min of meer in ganzenpas.

Het terras van Hotel Washington keek uit op de Potomac, het Witte Huis en de gedenktekens voor Washington, Jefferson en Lincoln, omgeven door gras en bomen. Vanaf die afstand zag het smerige bruine water van de Potomac er blauw uit en er dobberden veel pleziervaartuigen op, als een speelgoedarmada. De Arlington-begraafplaats was ondergebracht op zachtgroene heuvels: een optimistisch beeld van de eeuwigheid. Het levendige uitzicht had iets onwerkelijks, alsof het een muurschildering was die het beeld weergaf dat toeristen van Washington hebben. Hier kon je, na een paar glazen, gaan geloven in het dramatische Washington uit de politieke fictie: staatslieden die aan door de maan beschenen marmeren tafels alleenspraken houden, mijmerend over het lot van de Westerse beschaving. Het echte Washington zat om me heen: keurig geklede bureaucraten, die met strakke mond gin dronken, op zoute pinda's knabbelden en nadachten over de vraag hoe ze een financieel voordeeltje zouden kunnen behalen. Ik keek nogmaals om me heen en kwam tot de conclusie dat ik een beetje al te cynisch was. Het uitzicht was in feite mooi.

Mary en ik zaten naar dat uitzicht te staren en de stilte tussen ons was een ongemakkelijke. Ze was even afstandelijk als het marmer. Ik zou nog liever iets samen met het Washington Monument hebben gedronken. Dan zou het niet zo vervelend zijn wanneer het niets tegen je zei. In plaats daarvan bestelde ik twee gin-tonics en wachtte tot er iets zou gebeuren. Er gebeurde niets. Uiteindelijk vroeg ik haar wat ze wilde weten. Dat zei ze tegen me. Dus vertelde ik haar wat ik had ontdekt en wat ik van plan was. Ik maakte ook melding van de dagvaarding voor Sam Green. Dat trok haar aandacht.

'Heb je die al verstuurd?'

'Ja,' loog ik.

Ze keek boos en onzeker, om redenen waar ik niets van begreep. Ze zat kaarsrecht en rechtte haar schouders opnieuw. Ik begon haar beter te kennen. Ze leek heel wat energie te spenderen aan het onder controle houden van zichzelf. En de rest aan het onder controle houden van anderen. 'Ik dacht dat het duidelijk was dat je over elke mogelijke stap van dit onderzoek eerst overleg moest plegen met ons kantoor.'

'O ja?'

Ze keek geërgerd, als een lerares met een ordeprobleem. 'Je lijkt de implicaties van deze zaak niet te begrijpen.'

'Weet je... jouw baas heeft me niet de indruk gegeven dat jij en ik een Siamese tweeling moesten worden.'

Ze wist niet precies wat Woods en ik hadden besproken en veranderde iets van tactiek. 'Je dwingt die Sam Green helemaal naar Washington te komen terwijl je alleen maar over vrij slap bewijsmateriaal beschikt. Dat kan worden gezien als een vorm van treiteren.'

Ik dacht aan mijn penvriend, de effectenmakelaar die in de gevangenis zat. 'Zeg dat maar tegen de Amerikaanse Bond voor burgerlijke vrijheden. Die lui hebben een dossier van me. Dat kun je vinden onder de n van nazi.'

Ze leek dwars door me heen te kijken, alsof ik er niet was. Wat ze duidelijk zou willen. Met een vastberaden gebaartje balde ze haar handen. 'We moeten deze situatie gladstrijken. Ik heb de tijd niet om toe te kijken hoe jij je ego verder opvijzelt. Dat is toch al te groot.'

Ik herinnerde me Robinsons vriend in de commissie, die bijna werkloos was geworden. Opeens besefte ik dat dit toch niet een totaal beroerde dag was. Ik wilde deze zaak niet verliezen voordat hij echt was begonnen. 'Luister. Ik zou graag willen dat je een paar dingen begrijpt. Ik ben er niet aan gewend zo onder supervisie te staan. Ik hou ervan eenvoudigweg de feiten te volgen. Het oproepen van Sam Green is niets anders dan een routinekwestie. Net zoiets als na de constatering van een seksueel vergrijp een man ondervragen die voor zo'n delict al meerdere keren is veroordeeld. Alle feiten wijzen zijn kant op. Zou je liever hebben dat ik Lasko een dagvaarding stuur?'

Die laatste suggestie maakte haar even aan het schrikken. Toen concludeerde ze dat het een loos dreigement was en negeerde het verder. Ze veranderde weer van tactiek. 'Hoe zie jij je rol hierin dan?'

'Ik zal je op de hoogte blijven houden, zoals ik dat nu ook al heb gedaan. Als er iets belangrijks boven water komt, laat ik je dat weten voordat ik iets onderneem.' Dat stond me in feite helemaal niet aan. Ik troostte me met het achterdeurtje dat ik 'iets belangrijks' niet gedefinieerd had. 'Maar ik kan niet elke keer naar je kantoor komen alsof jij een reclasseringsambtenaar bent van wie ik goede raad nodig heb. Op die manier zou ik niets gedaan krijgen.'

Dat suste haar niet. 'Christopher Kenyon Paget is een mooie naam.' Dat 'Kenyon' werd met nadruk uitgesproken, alsof het op een onterecht gevoel van trots wees. Dat maakte me duidelijk dat ze mijn persoonlijke dossier al had gelezen. 'Past niet bij iemand die zich door anderen de wet laat voorschrijven, maar toch zul je dat moeten leren.'

Dat stak me. 'Het prettige aan het Christopher Kenyon Paget zijn,' zei ik, en ik sprak de naam net zo uit als zij dat had gedaan, 'is dat ik zulke besluiten zelf kan nemen.'

Ze had zelf ook een besluit genomen. Ze zette haar halflege glas neer en pakte haar tas, klaar om weg te gaan. 'Dit is vrij onaangenaam geweest.'

'Ja, en het was zo gemakkelijk,' zei ik uitermate vriendelijk.

We gingen staan en vertrokken, achter elkaar aan. We namen de lift naar beneden en liepen naar haar auto. Ze verbrak de ongemakkelijke stilte alleen om te vragen of ze me een lift kon geven. Onderweg naar mijn appartement vestigden we een nieuw wereldrecord noncommunicatie.

Ik maakte het portier open zodra ze de auto tot stilstand had gebracht. 'Je bent vergeten om me te bedanken voor een heerlijke avond,' zei ik. Ik bedoelde het als zelfspot, maar het klonk verkeerd, net als de rest. Ze zond me een ijskoude blik toe om me duidelijk te maken dat ze niet van plan was nog meer tijd aan mij te verspillen en boog zich voorover om mijn portier dicht te trekken.

Ik was apetrots op mezelf. Paget de Slimme. Paget de Charmeur. Paget de Amateurpsycholoog. Ik had het ten aanzien van Mary verknald en ik zou moeten leren beter met haar om te gaan als ik bij deze zaak betrokken wilde blijven. Als het daar niet al te laat voor was. Ik voelde ook iets van persoonlijke spijt. Ze was op zijn minst geen saaie tante. Maar dat zou iemand ook ooit wel over Lucrezia Borgia hebben gezegd.

Mijn appartement bevond zich op de eerste verdieping van een zeventig jaar oud huis van rode baksteen aan East Capitol. Mijn huisbaas had het in appartementen opgesplitst, waar hij vijfhonderd dollar per maand voor vroeg. In de buurt werd een gezond aantal misdrijven gepleegd en ik ging 's avonds bijna nooit de straat op. Maar het appartement was naar mijn zin. De open haard en de fraaie, houten vloeren waren bewaard gebleven. De huiskamer was groot, voorzien van een kroonluchter en luiken voor ramen die uitkeken op een tuin. Ik had twee slaapkamers en meer dan genoeg ruimte voor mijn schilderijen en mijn boeken.

Ik maakte de deur open en daardoor viel mijn tennisracket op de grond. Ik was deze avond vergeten te gaan tennissen. Ik liep naar het open keukentje, schonk voor mezelf een martini in en zette een bevroren pizza in de oven. Ik dronk de eerste martini in één teug op en schonk roekeloos een tweede voor mezelf in. Toen haalde ik de pizza uit de oven. Ik at hongerig, omdat mijn smaakpapillen door de gin waren verdoofd, en vroeg me toen af wat ik met de rest van de avond zou doen. Ik was *Oorlog en vrede* aan het herlezen, maar daar was ik nu niet voor in de stemming. Ik ging regelmatig met een paar vrouwen op stap, maar om de een of andere reden leek dat nu ook geen geschikt tijdverdrijf. Wanhopig zette ik mijn zelden gebruikte televisie aan. Een persconferentie met Lasko's vriend, de president, als ster. Ik voelde noch antipathie noch bewondering voor de man. Ik bekeek hem eens uitgebreid, zoekend naar iets wat me tot dan toe misschien was ontgaan.

Als hij ergens anders huisde dan diep in zichzelf, was het in zijn ogen. Hij was heel evenwichtig, maar af en toe knipperden de oogleden even wanneer er een vraag was gesteld, alsof ze twijfelden aan de competentie van hun eigenaar. Ik vroeg me af wat daar de reden voor kon zijn. Misschien het feit dat hij vroeger arm was geweest, waar hij nooit een geheim van had gemaakt. Dat kon mensen ertoe brengen een vent als Lasko te bewonderen en aan zichzelf te twijfelen.

Ik besloot te luisteren naar wat er werd gezegd. 'En dus zal ik, als reactie op de terechte bezorgdheid van onze burgers, het Congres de wet op de veiligheid op straat voorleggen. Ik heb de geschiedenis goed bestudeerd en geleerd dat gebrek aan wilskracht om je te verzetten tegen misdaad en ordeverstoring de reden is geweest voor de ondergang van vele beschavingen. Onze regering is al bezig om de belangrijkste redenen voor het plegen van misdaden met wortel en al uit te roeien: racisme, armoede en ontberingen.' Het hoofd werd afkeurend geschud. 'Nu er vijf miljard dollar is uitgetrokken voor het ondersteunen en versterken van de plaatselijke politieapparaten, beloven we alle Amerikanen dat ze zich op straat veilig en zeker zullen kunnen voelen.'

Ik zette hem uit. Toen liep ik naar mijn raam om te kijken of mijn buurt er veiliger uitzag. Ik kon geen enkel verschil ontdekken. In de verte loeide een politiesirene. Ik ging teleurgesteld naar bed.

6

DE DAG VOORDAT hij stierf was helder en zonnig.

Ik ging vroeg naar kantoor, deed mijn deur dicht en maakte de dagvaarding voor Sam Green af. Net toen ik die ondertekende, belde Marty Gubner.

'Christopher, hoe is het met je?' Gubners sterke New Yorkse stem had een vriendelijk ironische ondertoon. Hij was een van die juristen die hun brood verdienden door mensen te vertegenwoordigen naar wie wij een onderzoek instelden. In zekere zin waren wij zijn werkgever. Gubner en ik mochten elkaar best. We namen ons werk serieus, maar hielden de contacten vrij oppervlakkig. We moesten uiteindelijk beroepshalve wel met elkaar kunnen opschieten.

'Prima, Marty. Bel je me op omdat je het geluid van mijn stem mist? Ik wist niet dat wij op dit moment zakelijk iets te regelen hadden.'

'Dat wist ik tot vanmorgen ook niet. Ik heb gehoord dat je een onderzoek instelt naar Lasko Devices.'

Ik nam de moeite niet dat te ontkennen. 'Waar heb je dat gehoord?'

'Ike Feiner heeft Lasko Devices een dagvaarding gestuurd waarin om aandelendossiers wordt gevraagd. In die dagvaarding sta jij genoemd als onderzoeker.'

'Oké,' zei ik. Gubners stem had een vreemde ondertoon, klonk aarzelender dan normaal. Ik wachtte tot me duidelijk zou worden waarom.

'Ik bel je op namens iemand die over Lasko Devices wil praten. Hij heeft me gevraagd een ontmoeting te regelen.'

'Prima. Wie is het?'

Gubner zweeg. 'Marty?'

'Dat kan ik je nu nog niet zeggen.'

'Leuk,' zei ik. 'Laat me eens raden. Is het rechter Crater?' De stilte was oorverdovend. 'Of Martin Bormann?'

'Ik meen het serieus.'

'Even zien. Begint zijn naam met een medeklinker?'

'Chris, ik bel om je wat informatie door te geven. Niet om jou grapjes te laten maken.'

Ik aarzelde. Zijn woede was niet gespeeld en leek ook tegen hemzelf gericht te zijn. 'Oké, begin dan maar bij het begin.'

'Mijn mannetje kent Lasko Devices goed. Toen de dagvaarding werd afgeleverd, kreeg hij het idee dat hij met jou zou moeten praten. Kennelijk is daar iets gaande, al wilde hij me door de telefoon niet zeggen wat. Ik ga vandaag naar Boston om hem te spreken.'

'Vanwaar al die geheimzinnigheid?'

'Dat weet ik niet precies. Het is duidelijk dat hij behoorlijk bang is. Een van de redenen waarom hij zijn naam niet wil noemen, is dat jij hem dan geen dagvaarding kunt sturen.'

Dat was niet helemaal onzinnig, maar toch klopte er iets niet. 'Waarom bel je me dan nu al, wanneer hij niet eens zeker weet of hij me wil spreken?'

'Hij wil het snel regelen als hij besluit dat hij je wel wil spreken. Hij staat onder een soort tijdsdruk. Van welke aard is me onbekend. Het is een beetje halfbakken.'

Ik begon er lichtelijk genoeg van te krijgen. 'Het is allemaal behoorlijk vaag.'

Gubner leek er ook genoeg van te krijgen. 'Ik heb dit scenario niet geschreven. Dat heeft hij gedaan. Het enige dat ik kon doen, was besluiten of ik hem zou vertegenwoordigen of hem zou meedelen dat hij maar naar een andere jurist op zoek moest gaan. Dat laatste heb ik om persoonlijke redenen niet gedaan. Ben je bereid met hem te praten of niet?'

Ik werd heel nieuwsgierig. 'Wat heeft onze mysterieuze gast precies in gedachten?'

'Je moet morgenmiddag om halfdrie naar het Boston Common komen, tenzij je van mij een tegenbericht krijgt.'

Mijn bereidwilligheid verbaasde me. 'Kan ik je herkennen aan je regenjas en zonnebril?'

'Kom naar Commonwealth Avenue. Het park. Ik meen me te herinneren dat je Boston kent.'

'Dat klopt.'

De vraag hing in de lucht. Uiteindelijk vroeg hij: 'Dus je bent bereid hem te ontmoeten?'

'Ja.'

Ik hoorde vaag een gesis, alsof Gubner geruime tijd zijn adem had ingehouden. 'Hartelijk bedankt, Chris. Ik stel dit zeer op prijs. Hopelijk tot morgen.'

Hij klonk opgelucht. Ik vroeg me af wat zijn relatie was met zijn naamloze cliënt. Maar ik zei hem gedag en legde de hoorn op de haak.

Toen bleef ik zitten en dacht na. Ik had het gevoel dat de zaak me zomaar in de schoot werd geworpen en dat verontrustte me. Ik ging naar Robinson en vertelde hem over Gubner. Hij dacht na.

'Heb je het al tegen McGuire gezegd?' vroeg hij.

'Nog niet. Ik moet eerst bedenken hoe ik dat zal doen.' 'Hij zal denken dat je gek bent geworden.'

'Waarschijnlijk wel. Wat zou jij in mijn geval doen?'

Hij dacht even na. 'Ik zou erheen gaan. Raar verzoek, maar je hebt niets te verliezen.'

Plotseling schoot me iets te binnen. 'Onze dagvaarding heeft alleen betrekking op documenten die met aandelentransacties te maken hebben. Er wordt niet om financiële gegevens gevraagd, zoals de boekhouding of het accountantsverslag voor de jaarrekening. Denk je dat je voor mij ook een dagvaarding kunt opstellen om me die gegevens te verschaffen?'

Robinson keek twijfelend naar zijn vingernagels. 'Dat zou ik zeker kunnen doen, maar je hebt in feite geen enkele reden om in de financiën van Lasko Devices te duiken. Het kan zijn dat McGuire je er geen toestemming voor geeft. En dan zwijg ik nog maar over Woods.'

Woods' naam bracht me Mary Carelli in herinnering. 'Ik zal proberen er iets op te verzinnen.'

Robinson glimlachte me sceptisch toe. 'Oké. Ik geef de voorkeur aan mijn baan boven de jouwe. Ik zal ervoor zorgen dat die dagvaarding vanmiddag klaar is. Tussen twee haakjes... Misschien zou je er verstandig aan doen even bij Ike Feiner langs te gaan, in het belang van deze zaak. Het kan zijn dat jij de enige bent die ervoor zorgt dat hij zijn zogenaamde reputatie in stand kan houden,' voegde hij daar droog aan toe, 'maar Feiner is geneigd te vergeten hoe dankbaar hij moet zijn. Heb je die mesjes al in je rug gevoeld?'

Ik haalde mijn schouders op. 'Het zal me een waardevol bezoekje worden!' Robinsons halve glimlachje volgde me toen ik de gang op liep.

Feiner zat in zijn kantoor, waarvan de muren door boekenplanken in beslag werden genomen. Hij keek op met de achterdochtige blik wan een smeris die een hondsdolle hond moet vangen. Ik was een fenomeen dat zijn levenservaring duidelijk te boven ging, en hij had zijn vingers al aan de zaak Lasko gebrand. Ik ging tegenover een buste van Martin Luther King zitten, die hij had gekocht toen de jaren zestig veilig en wel voorbij waren. 'Ik moet naar Boston.'

Feiner dacht daarover na. 'Waarom?'

Dat vertelde ik hem. Hij trok een grimas. 'Daar moet je Joe dan maar toestemming voor vragen. Ik bemoei me niet met deze zaak.'

'Ik kan me indenken dat je er zo over denkt,' zei ik met een stem waarin te veel begrip doorklonk.

Feiner keek geërgerd, wat mijn bedoeling was geweest. Zijn toon werd belerend. 'Zaken als deze zouden hogerop moeten worden afgehandeld.'

Misschien moest ik die opmerking noteren, dacht ik. In plaats daarvan liep ik zijn kantoor uit.

McGuire was alleen, toen ik zijn deur op een kiertje opende. Hij keek me met samengeknepen ogen aan, alsof het hem verbaasde me te zien. Toen herinnerde hij zich dat hij wilde weten wat ik deed. Dus vertelde ik hem over Sam Green en sloeg mijn aanvaring met Mary Carelli over. McGuire gaf toestemming voor het dagvaarden van Green. Toen vertelde ik hem over Gubners telefoontje. Onder het luisteren deponeerde hij zijn voeten op het bureau en vouwde zijn handen.

'Dat is belachelijk,' zei hij toen ik klaar was.

Ik voelde me in de verdediging gedrongen. 'Dat heb ik ook tegen Marty gezegd. Maar ik ga erheen of ik ga er niet heen. Ik zou wel eens willen weten wat dit me kan opleveren.'

McGuire trok zijn mond scheef. 'Stiekem rondlopen in de buurt van het Boston Common...' Hij zwaaide met een arm door de lucht, alsof daarmee alles was gezegd.

Ik voelde dat de kans me ontglipte. 'Gubner is geen idioot. En als dit op een fiasco uitdraait, is er alleen een werkdag van mij verloren.'

'En het geld van de belastingbetalers.'

'Ik wist niet dat jij zuinigheid van regeringswege voorstond,' zei ik.

'We kunnen aan dit soort dingen geen gemeenschapsgelden verspillen.'

'Jezus christus, Joe. Als dat je echt wat kon schelen, zou je de helft van de ambtenaren in deze stad cyaankalitabletten moeten geven. Hoe zou je een afwijzing van mijn verzoek serieus kunnen rechtvaardigen?' Mijn achterdocht jegens McGuire klonk naar mijn idee vaag in mijn stem door.

'Jouw hachje loopt geen gevaar als we onszelf belachelijk maken.'

Dat was in elk geval wat dichter bij huis. 'Joe, als mijn eigen hachje op het spel stond, zou ik het doen.'

McGuire vouwde zijn handen weer en staarde er toen naar alsof hij aan het bidden was. Toen keek hij op. 'Oké. Laat me weten wat je te weten komt.'

Ik wachtte op meer, verbaasd over het feit dat ik mijn zin had gekregen. Er werd niets meer gezegd. Ik had het gevoel net Wimbledon te hebben gewonnen omdat de tegenstander verstek had laten gaan. Het was alsof McGuire al heel snel had besloten dat ik zou winnen als ik maar genoeg aandrong. En hij had geweten dat ik dat zou doen. Ik begreep er in feite niets van.

Dus probeerde ik hem het idee van een dagvaarding voor de financiële verslagen van Lasko Devices te verkopen. Dat leek hem weer tot leven te wekken. 'Die dagvaarding gaat absoluut niet de deur uit. Die is in geen enkel opzicht gerechtvaardigd.'

McGuire zond me zijn vastberaden *Newsweek*-blik toe, waartegen op geen enkele manier in beroep kon worden gegaan. Ik was zowel gefrustreerd als opgelucht. De weigering strookte in elk geval met mijn achterdocht. Ik hield mezelf voor dat ik een ziekelijke drang had om gebeurtenissen te ordenen en zette die van me af. Vervolgens probeerde ik een manier te bedenken om McGuire hierin te omzeilen. Toen ik de deur uit liep, kreeg ik opeens een idee.

Ik liep terug naar mijn kantoor en belde Mary Carelli. Toen de telefoon drie keer was overgegaan, nam ze op.

'Mary, je spreekt met Chris Paget,' zei ik. 'Naar welk excuus gaat je voorkeur uit?'

7

MARY CARELLI WOONDE in Georgetown. Dus liep ik om kwart voor zes naar huis, nam ik een douche en trok ik een corduroy broek en een verkleurd blauw werkhemd aan. Toen stapte ik in mijn auto en reed ik naar het Kennedy Center, waarbij ik op de knoppen van mijn radio drukte tot ik een FM-station had gevonden dat een lp van Pink Floyd draaide. Toen stak ik een hand onder de stoel om te voelen of het zakje met marihuana daar nog lag. Dat was zo.

Het kleine ritueel amuseerde me. Ik hield me vast aan de laatste restanten van mijn studentenidentiteit als een oude vrouw met een boek vol knipsels van weleer. Ik vroeg me af wie van mijn vrienden hetzelfde deden. Thuiskomen van een baan waarover ze tijdens hun studietijd alleen maar negatieve opmerkingen hadden gemaakt om een spijkerbroek aan te trekken en wat schitterende Colombiaanse dope te blowen die ze bij de buurman hadden weten te versieren. Wetend dat dat spul alle bekende verschillen minimaliseert – de dingen die ze kunnen doen of nooit zullen worden – maar er toch naar grijpend om de onaangename waarheid dat ze precies hetzelfde zijn als hun pa en ma niet onder ogen te hoeven zien. Dus reed ik met pa en ma Waterside Drive af en toen Massachusetts over, langs de ambassades. Ik zette de radio harder en luisterde tot Wisconsin heel aandachtig naar Pink Floyd. Tegen de tijd dat ik in Georgetown arriveerde, was ik weer alleen.

Mary had de kelder van een oud, wit bakstenen, drie verdiepingen tellend huis aan R Street gehuurd. Het was een goed deel van Georgetown, waar je je auto nog kon parkeren, ver genoeg van het weekendcircus van M Street vandaan. Het huis was minstens honderd jaar oud, werd omgeven door grote eiken die nog behoorlijk wat ouder waren, en scheidde de subtiele geur van geld en goede smaak af. Een groot deel van het geld was waarschijnlijk van iemand anders. Wanneer mensen zeiden dat ze een moord zouden doen om in Georgetown te wonen, doelden ze gewoonlijk op financiële moord.

Mary droeg een witte broek en een groene zijden blouse. Haar glimlach was gemeend. 'Ik neem wel een risico door je te ontvangen. Door de telefoon ben je aardiger.'

'Dat weet ik. Ik ben een terminaal geval van de linke jongen. Op een dag zal het waarschijnlijk mijn dood worden.'

Ze keek geamuseerd. 'Ongetwijfeld. In elk geval is een etentje een prettige manier om excuses aan te bieden. Ik ben zelf ook wel een beetje autoritair geweest.'

'Dan staan we nu quitte en beginnen we opnieuw.'

We stapten in de auto en reden weer naar het terras van Hotel Washington. Er waren niet veel terrassen in de stad en er stond nu een lekker, verkoelend briesje. We bestelden weer twee gin-tonics en keken naar de stad.

Mary glimlachte. 'Daar zitten we dan weer,' zei ze en pakte haar glas. Maar ze leunde wel op haar gemak achterover in de rieten stoel. Haar lichaam had me amnestie verleend. Ze keek me aan. 'Je bent vanavond nogal stil. Is dat altijd zo wanneer je geen slimme opmerkingen meer over hebt?'

Ik grinnikte. 'Ik probeer mijn leven lang al verborgen te houden dat ik in feite ongelooflijk saai ben. Slim dat jij het zo gauw in de smiezen hebt.'

Ze glimlachte even. 'De commissie lijkt te bestaan uit mensen die niets meer van je weten dan wat ze zo met het blote oog kunnen zien.'

Haar stem had een lichtelijk uitdagende ondertoon. Ik leek veel tijd te moeten besteden aan uitleg waarom ik niet praatte over zaken die naar mijn gevoel privé waren. Dat vond ik niet prettig. Dus speelde ik de bal terug. 'Heb je navraag naar mij gedaan?' Ik probeerde lichtelijk geschokt te kijken.

'In zekere zin wel, ja. Toen je de middelbare school achter de rug had, heb je twee jaar als journalist gewerkt voordat je rechten ging studeren en je schijnt er goed in te zijn geweest. Waarom ben je daarmee gestopt?'

'Ik moest gewoon wat tijd overbruggen. Ik heb me met de misdaadjournalistiek beziggehouden. Ben begonnen met berovingen en geëindigd met moordzaken. Al snel leek het alsof ik alleen nog maar lijken tegenkwam. Ik begon me een patholoog-anatoom te voelen en ik kon voor niemand iets goeds doen.'

'Ben je daarom zo cynisch?'

'Is dat iets bijzonders? Kijk eens om je heen.' Ik haalde mijn schouders op. 'Wat ben je nog meer te weten gekomen?'

'Dat veel mensen denken dat je de beste jurist bent die McGuire heeft. Dat je een aantal mensen achter de tralies hebt gekregen, al zijn het er naar jouw idee nog niet genoeg. En dat je je eigen gang gaat. Niemand lijkt veel van je te weten. Op het persoonlijke vlak, bedoel ik dan.'

Ik had naar haar geluisterd. Haar stem had een onderliggende, mediterrane intensiteit, alsof ze ooit met mensen had geleefd die met gevoel spraken, en zich vervolgens het beleefde accent van de hogere klassen had aangeleerd. Die gedachte was interessant. Zij ook.

'Wat was je man voor iemand?' vroeg ik.

'Frank?'

'Heette je man Frank?'

Ze knikte weer en nam een slokje. Toen keek ze me in de ogen. 'Wat is er zo grappig?'

'Sorry, Mary. Ik héb iets met namen. Ik kan me jou niet voorstellen als de echtgenote van een Frank.'

Ze glimlachte even. 'Het ziet ernaar uit dat ik dat ook niet kon.'

'Wat is er gebeurd?'

Ze duwde het zwarte haar uit haar gezicht en liet het rond haar schouders draaien. 'Kunnen zulke gespreksonderwerpen ons niet alleen maar in de problemen brengen?'

Ik grinnikte opnieuw. 'We zitten al in de problemen vanaf het moment dat jij mijn naam vergeten was.'

'Je bent een arrogante rotzak, nietwaar?' De vlakke stem klonk zakelijk, alsof ze zich vast had voorgenomen daar achter te komen.

'Soms een beetje, soms heel erg.' Ik probeerde haar de pas af te snijden. 'Maar mijn meest geliefde gespreksonderwerp is niet mijzelf.'

'Waarom niet?'

Hoeveel redenen zou je ervoor willen horen, dacht ik. 'Omdat zelfanalyse saai is. Omdat het grootste deel van wat mensen je – bewust of onbewust – over zichzelf vertellen, onzin is. En omdat je over iemand die je echt interesseert, zelf wel dingen aan de weet komt.' Ik liet mijn stem zachter klinken. 'Dus wat was Frank voor een man?'

Ze fronste haar voorhoofd, alsof ze een samenvatting voorbereidde. 'Frank was een goed katholieke jongen. We hebben samen rechten gestudeerd. Hij was heel slim en heel serieus. Ik dacht dat we er samen een succes van zouden kunnen maken. Maar toen we eenmaal getrouwd waren, liet hij zijn ware aard zien. Ik moest thuisblijven en kinderen krijgen.' Haar stem kreeg een droge ondertoon. 'Hij zei dat ik mijn opleiding "thuis ten nutte kon maken". Hij dacht waarschijnlijk dat ik thuis zou blijven, met bietenvlekken op mijn blouse en krulspelden in mijn haar, om kleine kinderen het een en ander over de grondwet bij te brengen. Ik zei dat dat idee sinds de hoelahoep al uit de mode was. En toen is het begonnen.'

'Ik neem aan dat er nooit een Frank junior is geboren?' Ze schudde haar hoofd.

'Dat klopt.'

'Wanneer is er definitief een eind aan gekomen?'

'Toen we eenmaal ruzie gingen maken, leek verder ook alles mis te gaan. Ik kon met hem niet over mijn carrière praten, dus hield ik ook over een heleboel andere dingen mijn mond.' Haar stem klonk ironisch. 'Ik ontwikkelde een heel rijk innerlijk leven waar Frank geen deel van uitmaakte. En elke keer wanneer hij met me naar bed wilde, kon ik als het ware kinderen onder het bed horen spelen.' Ze zweeg even. 'Weet je dat je een soort voyeur bent, maar dan van het luisterende soort? Vind je je werk daarom zo leuk?'

'Wie heeft gezegd dat ik mijn werk leuk vind?'

'Jijzelf. Door er met mij problemen over te maken.'

We bestelden een tweede rondje en keken naar het vager wordende licht. Ik wendde me weer tot Mary. 'Laat ik het zo zeggen. Bepaalde onderdelen van mijn werk staan me aan.'

Ze zond me een geamuseerde blik toe. 'Jij en McGuire lijken een goede relatie te hebben.'

'Een heel warme, inderdaad. Hij ziet me als de zoon die hij nooit heeft gehad.' Ik zag mijn kans schoon. 'Wat me aan iets doet denken. Ik heb het vanmiddag met Joe gehad over het versturen van een dagvaarding om de financiële verslagen van Lasko Devices in handen te krijgen. Het leek me verstandig dat eerst met voorzitter Woods te bespreken.' Ik nam niet de moeite om mee te delen dat McGuire me eerder zou laten kielhalen dan toestemming voor die dagvaarding te geven.

'Waarom bespreek je dat morgen niet met hem?'

Dat was een gespreksonderwerp dat ik had gehoopt te vermijden. 'Dat kan niet. Morgen ben ik in Boston.'

'In verband met deze zaak?'

Ik probeerde mijn hersenen in de vijfde versnelling te krijgen. 'Ja. Ik heb daar morgen een ontmoeting met een jurist die zegt informatie over deze zaak te hebben. Een man die Gubner heet.'

'Waarom heb je me dat niet eerder verteld?' Haar stem klonk opeens koeler.

'Ik heb het je toch net verteld? Gubner heeft me vandaag pas opgebeld. Ik weet niet wat hij weet, maar ik zal het je zeggen zodra ik het weet.' Misschien.

'Waar heb je met hem afgesproken?'

'Ons kantoor in Boston lijkt me daar de meest logische plaats voor.' Ik besloot het gesprek gaande te houden. 'Maar dit alles verbaast me wel een beetje.'

'Waarom wil je de boekhouding van Lasko in handen hebben?'

'In feite ga ik op mijn intuïtie af. Ik vind dat we alles tegelijkertijd moeten onderzoeken en dan verder moeten gaan wanneer er niets aan de hand blijkt te zijn.'

Ze knikte. 'Ik zal het er morgen met Jack Woods over hebben.'

We dronken ons glas leeg en vertrokken om een hapje te gaan eten. Onderweg naar de auto voelde ik een lichte aanraking. Mary's vingertoppen tegen mijn elleboog. Toen we instapten, draaide ze zich naar me toe.

'Je hebt mij naar Frank gevraagd. Ben jij ooit getrouwd geweest?'

'Nee.' Dat was de feitelijke waarheid.

'Ben je er ooit wel dicht bij in de buurt gekomen?'

'Ik denk dat je dat van iedereen wel kunt zeggen.'

'Hou je je lichaamslengte en je gewicht ook verborgen?'

Ik glimlachte. 'Ik zou je mijn curriculum vitae moeten toesturen. Het leger heeft me meegedeeld dat ik ongeveer een meter tweeëntachtig lang ben en een kilo of vijfentachtig weeg.' Ik draaide Pennsylvania op.

'Ben jij in dienst geweest?' Ze klonk verbaasd.

'Ja, als luitenant bij de infanterie. Ik had een laag lotnummer en moest me in mijn studententijd als de sodemieter aanmelden als reserveofficier om niet meteen in actieve dienst te worden opgeroepen. Gelukkig was er niemand meer over om te vermoorden toen ik eenmaal een getrainde moordenaar was. Ze hebben me drie maanden in Fort Benning gehouden en toen mocht ik weer weg.'

'Hoe was het?'

'Het merendeel van mijn ervaringen heb ik weggedrukt. Ik kan me alleen nog duidelijk een arme stakker herinneren die tijdens de lunchpauze in de kantine aan een zonnesteek overleed terwijl hij in de rij stond voor een lunch die eruitzag als hondenstront. Ik heb altijd graag de brief willen lezen die ze naar zijn ouders hebben gestuurd.'

'Echt waar?'

'Die zonnesteek? Zeker.'

'Ik heb nooit kunnen omgaan met het idee van de dood.' Haar stem klonk merkwaardig koud, alsof ze ermee omging door er domweg niet aan te denken.

'Ik denk dat iedereen daar problemen mee heeft.'

Waar ik problemen mee had, was een samenhangend geheel te maken van haar persoonlijkheid. Zelfbeheersing had geleidelijk aan het veld moeten ruimen voor ironische openhartigheid. Haar scherpe waarnemingsvermogen was de enige constante.

We stopten bij een supermarkt aan Connecticut, waar ik acht blikjes bier haalde. Om indruk op haar te maken, zei ik. Toen reden we naar het restaurant. De Bangkok Room was fel verlicht en het eten dat er werd geserveerd varieerde van goed tot geweldig. Bovendien was het lekker gekruid en goedkoop. Dat legde ik Mary uit terwijl ik plechtig twee blikjes bier openmaakte en meedeelde dat de Bangkok Room geen drankvergunning had. Ze nam het blikje van me over en zette het aan haar lippen.

'Je lacht,' zei ze.

'Als je het per se wilt weten, ik lach omdat er maar weinig mensen met zo veel stijl uit een blikje bier kunnen drinken. Weet je dat je me nog niet hebt verteld wat je hebt gedaan voordat je voor Woods ging werken?' Dat was waar. Robinson had me dat verteld. 'Leefde je toen nog innig gelukkig met Frank en streek je zijn overhemden?'

Ze keek me lichtelijk vijandig aan. 'Jij lijkt Frank grappiger te vinden dan ik. Ik behoorde tot de staf van de handelscommissie van de senaat, die zich voornamelijk bezighield met het voorbereiden van wetten.' En met scalperen, herinnerde ik me. 'Dat was mijn eerste baan. Daarna ben ik voor Woods gaan werken.'

'Heb je hier in de stad op school gezeten?' Dit vissen stond me niet echt aan. Ik hield mezelf voor dat ik een geheim agent was die controleerde of de gegevens die ze bij haar aanstelling had verstrekt, wel klopten.

'Nee. In Chicago.'

'Hoe ben je hier dan terechtgekomen?'

Ze kromde haar schouders. 'Ik had belangstelling voor de politiek. Waarom ben jij hierheen gegaan?'

Ik vroeg me af hoe waarheidsgetrouw mijn antwoord diende te zijn en koos voor de mediumvariant. 'Ik dacht iets goeds te kunnen doen. Vechten tegen de witteboordencriminaliteit en zo.'

'Heb je ooit belangstelling voor de politiek gehad?'

'Ja, maar daar heb ik een streep onder gezet.'

'Wanneer?' Aan haar ogen zag ik dat die vraag belangrijk was. Ze probeerde weer dingen aan de weet te komen.

'Rond achtenzestig. Vind jij het nog steeds belangrijk?'

'Wat?'

'De politiek.'

'Ja, heel erg.'

'Waarom?'

Haar antwoord klonk ongeduldig. 'Omdat de regering steeds belangrijker wordt. Wie regeert, bepaalt hoe mensen hun leven zullen leven. Je hebt de juiste mensen op leidinggevende posities nodig. Plus een heleboel andere mensen die ervoor moeten zorgen dat ze daar komen en daar blijven.'

Haar stem klonk laag en intens. Ik besloot haar maar niet te vragen wat de 'juiste mensen' ten aanzien van mijn leven zouden bepalen. Het gesprek mocht niet uit de hand lopen. 'Sorry dat ik een grapje over Frank heb gemaakt. Hij had Lance of Errol moeten heten of zoiets dergelijks. En ik zou me domweg gelukkig moeten prijzen met het feit dat ik geen ex-vrouw heb.'

Toen de politiek ter sprake kwam, was ze heel streng gaan kijken. Maar opeens verving ze die gezichtsuitdrukking door een stralende, afwezige glimlach, die gespeeld leek te zijn. Haar stem klonk beter: licht, ironisch. 'Je hebt gelijk. Je bent waarschijnlijk verwend door de vrouwen die je hebt gekend.' Het eten werd geserveerd. 'Pas op, Mary. Het is heel heet.' Ik gaf haar nog een biertje.

'Is dat zo?' hield ze vol.

'Dat weet ik niet. "Verwend" is een relatief begrip en ik vind het woord een beetje ouderwets. Net zoiets als "levensgezel" of "het vrouwtje" en ga zo maar door.'

Ze glimlachte. 'Of "je opleiding thuis ten nutte maken"?' Ze viel met groot enthousiasme op het eten aan. Toen bracht ze het blikje snel naar haar lippen en nam een slok. 'Je hebt gelijk! Goeie genade! Maar het is wel lekker.' Ze deed haar ogen dicht en bewoog haar hoofd van links naar rechts. 'Weet je dat je heel erg goed bent in het niet beantwoorden van vragen?' zei ze toen ze weer was bijgekomen.

'Dat zal wel kloppen. Het komt door mijn beroep. Veel vragen stellen en geen informatie verstrekken.'

Ze schudde haar hoofd. 'Bij jou gaat het dieper,' zei ze en liet dat onderwerp toen opeens voor wat het was. 'Hoe hebje dit etablissement gevonden?'

Dat vertelde ik haar. Ik vertelde over mijn gekke studievriend die vaak stoned werd en hier dan de bevrijding van Thailand ging beramen. Ik vertelde haar nog een paar andere verhalen, terwijl we de rest van het eten en de laatste blikjes bier soldaat maakten. Ze lachte: een goede, sterke lach waardoor haar ogen oplichtten. Toen vertelde ze me zelfs een paar geestige dingen over Frank. We waren het er roerend over eens dat het maar goed was dat ze gescheiden waren en lachten daar onderweg naar de auto nog steeds om. We reden in een prettige sfeer terug naar Georgetown. Mary zat op haar gemak naast me, haar lange benen gestrekt. We hielden een soepel gesprekje gaande.

Ik parkeerde de auto en liep met haar mee naar haar deur. Ze maakte hem open, draaide zich toen om en keek me aan. 'Ik zou je best willen uitnodigen om nog even binnen te komen, maar het is al erg laat.'

Ik bleef staan, verward als een puber. 'Een andere keer dan maar.' Ik probeerde een passende laatste opmerking te bedenken.

'Bel me vanuit Boston over die dagvaarding voor Lasko.'

Ik knikte en had het gevoel dat de stemming tussen ons totaal was omgeslagen. Maar toen legde ze haar hand in mijn nek en trok mijn gezicht naar het hare toe. Haar lippen voelden sterk, bijna boos aan. Haar vingers speelden met het haar dat mijn boord raakte. Toen liet ze me weer los, ging in de deuropening staan en produceerde weer dat geamuseerde halve glimlachje. 'Welterusten, Christopher Kenyon,' zei ze en deed de deur zacht achter zich dicht.

Ik reed naar huis en pakte mijn koffer voor de reis naar Boston.

8

IK WAS IN Boston op de dag dat hij werd vermoord.

Ik landde rond kwart voor twaalf op Logan Airport, waardoor ik nog bijna drie uur de tijd had. Toen ik het vliegtuig uit was, liep ik naar een telefooncel, hopend de lunchpauze nog net vóór te zijn. Mary was in haar kantoor. Ja, zei ze, Woods had de dagvaarding voor Lasko goedgekeurd. Kon ze me later op het Bostonse kantoor bereiken als dat nodig was? Ik zei ontwijkend dat ik daar niet zeker van was. Oké. Dan zou ze me wel weer zien wanneer ik terug was. Vrij vlakke stem, geen woord over de avond daarvoor. Allemaal heel professioneel. Ik hield mezelf voor dat ik had gekregen wat ik hebben wilde en verbrak de verbinding.

Ik belde ons kantoor in Boston. Ze zouden de dagvaarding ophalen en die middag nog bij het bedrijf bezorgen. Ik haalde mijn bagage op en riep een taxi.

Voor het seizoen was het koud in Boston, dat er grijs en somber uitzag. Het was ook grijs geweest toen ik er was vertrokken na iets te hebben verloren wat ik graag had willen houden. Sinds die tijd had ik mezelf iets minder aardig gevonden. En Boston ook.

Het was pas kwart over twaalf. Dus liet ik me inschrijven in het Ritz-Carlton, leverde de dagvaarding bij de balie af, waar hij zou worden opgehaald, en ging in mijn eentje lunchen in de Locke-Ober. Daar was ik tot kwart over twee zoet mee. Toen pakte ik weer een taxi, ditmaal bemand door een bebaarde oud-Harvardstudent die wat bijverdiende door mee te doen aan quizzen die overdag door de televisie werden uitgezonden. Nee, dat kon ik hem echt niet kwalijk nemen, zei ik. Hij zette me af in Arlington Street, tegenover het hotel en voor het Common.

Het glooiende groen van het Common werd nog steeds omgeven door hetzelfde zwarte, ijzeren hek. Ik liep erdoorheen, het park in. Het geasfalteerde pad kronkelde doelloos onder eiken, tussen gras en bloemperken door. Ik keek recht voor me uit of ik Gubner ergens kon ontdekken, maar er was niemand tussen mij en de boten op de vijver in de verte. Die boten, die de vorm van een zwaan hadden, lagen bewegingloos, als een schilderij zonder hart. Het park leek levenloos, een doodgeboren fantasie. Ik draaide me om.

Gubner zat op een houten bank, ongeveer dertig meter links van me. Hij was alleen. Hij leek naar me te hebben gekeken, maar hij was niet in beweging gekomen. Ik liep naar hem toe. Gubner zat doodstil, even onwerkelijk als de zwanen. Maar hij ging staan toen ik vlak bij de bank was. De handdruk was stevig, maar de glimlach minder uitbundig dan normaal. Hij zag bleek, alsof iemand hem net een stomp in zijn nieren had gegeven.

'Hallo, Chris.'

'Hallo, Marty.' Ik keek langs hem heen. 'Waar is je vriend?'

'In het Ritz.' Hij had zijn schouders gebogen, als tegen een ongeziene dreiging, en hield zijn handen diep in zijn zakken. 'Ik wil graag eerst met jou praten.' De stem klonk iel, raspend. De problemen van iemand anders waren Gubner als een parasiterende plant aan het leegzuigen.

'Deze bank ziet er prima uit.' Ik ging aarzelend zitten en had om de een of andere reden het gevoel dat ik me daarmee definitief ergens toe verplichtte.

Nu staarde Gubner naar de boten.

'Kom er maar mee voor de draad,' zei ik.

Hij draaide zich naar me om. Gewoonlijk oogde hij een beetje losbandig. Nu leek hij gespannen.

'Hij heet Alexander Lehman,' begon hij. 'Hij was twintig jaar geleden een vriend van me op Brandeis. Mijn beste vriend. Dat is hij nog. Ik ben getuige geweest bij zijn huwelijk en zo. Wat jou allemaal geen bal interesseert. Maar hij is ook controller bij Lasko Devices. Het ziet ernaar uit dat hij bij een paar heel beroerde dingen betrokken is. En jij staat op het punt hem te helpen zijn eigen strot door te snijden.'

'Hoezo?'

Gubners gezichtsuitdrukking werd harder. 'Die dagvaarding die jouw jongens hebben verstuurd, heeft hem doodsbang gemaakt en nu wil hij zijn liedje zingen. En als jullie aasgieren met hem klaar zijn, heeft hij geen baan, geen carrière en misschien ook geen huwelijk meer.'

'Ik doe alleen mijn werk. Ik heb die vriend van je niet gevraagd om bij die "heel beroerde dingen" betrokken te raken. En ik heb ook niet om dit gesprekje gevraagd.'

'Chris, je kunt een hoge boom in,' zei hij zonder gevoel.

Daar reageerde ik niet op. 'Marty, het spijt me voor je vriend, maar het heeft geen zin een wake te houden. Zorg ervoor dat ik alles te horen krijg wat hij weet en dan zal ik proberen hem te helpen.'

Gubner trok aan zijn dikke zwarte haar, alsof hij zichzelf op die manier weer onder controle kon krijgen. 'Jij kunt geen beloften doen namens McGuire.'

'Ga je liever naar hem met dit verhaal?'

Hij schudde zijn hoofd. 'Nee. Ik wil dat jij de boodschap voor hem overbrengt. Mensen eraan herinnert dat hij geholpen heeft.'

'Ik zal me van een oordeel onthouden tot ik zijn verhaal heb gehoord.'

'Kun je hem immuniteit bieden in ruil voor een getuigenverklaring?' Het was een gebaar. Zijn stem klonk niet hoopvol.

Ik schudde mijn hoofd. 'Marty, je hebt geen enkele troef in handen. Verder nog iets?'

'Nee. Ik zal hem het verhaal zelf laten vertellen. Het merendeel ervan zal ik straks trouwens ook voor het eerst te horen krijgen.'

Dat verbaasde me. 'Waarom laat je hem praten voordat je weet wat hij gaat zeggen?'

Gubner keek een andere kant op, nergens heen. 'Christus, ik zou hem bijna nog liever willen doodschieten. Maar hij zit heel erg met het een of ander in zijn maag en dat vertelt hij liever aan jou, als vertegenwoordiger van de regering. Zegt dat hij mij niet als tussenpersoon wil gebruiken. Ik kan alleen zijn hand vasthouden.' Gubner was boos op Lehman, op zichzelf en op mij. Ik vroeg me af waarom Lehman hem kennelijk zoveel verdriet kon doen.

'Klaar?' vroeg ik. Gubner ging zonder iets te zeggen staan.

Ieder in onze eigen gedachten verzonken liepen we het park uit en staken de straat over naar de Ritz. Ik had wat gemist bij Gubner. Hij had altijd iets bestudeerd cynisch en ik nam aan dat hij daar zijn redenen wel voor zou hebben. Maar hij had zichzelf daar geen goede dienst mee bewezen. Hij was beter dan dat. Ik vroeg me af of dat ook van Alexander Lehman gezegd kon worden.

De bar van het Ritz grensde aan de lobby en was zacht verlicht. Even ingehouden als een grijs krijtstreeppak en even stil als een bankkluis. De marmeren tafels stonden bij een raam met uitzicht op het park. De meeste tafeltjes waren onbezet. In een hoek zaten twee heren van middelbare leeftijd zacht met elkaar te converseren. Beiden hadden een grijs kostuum aan, met keurige pochetjes, en ze spraken met de ernst van serieuze mannen die het over geld hebben. Ik had het altijd een prettige bar gevonden, maar vandaag leek hij iets van een rouwkamer te hebben. Ik verwachtte half Lehman op een tafel te zien liggen, klaar voor de begrafenis.

Maar Lehman leefde. Gubner nam me mee naar een man die vlak bij het raam zat. Ik voelde me gespannen. Dit leek de juiste plaats niet om zaken te doen. Lehmans rug maakte duidelijk dat die man eveneens gespannen was.

Ik was bij het tafeltje. Ik had me Alexander Lehman voorgesteld als een lange, slanke man. In werkelijkheid was hij klein en bleek, met bruin haar en het ronde gezicht van een jonge komiek.

'Meneer Lehman?'

'U moet de heer Paget zijn.' Hij zei het met de trieste stem van een man die formeel is voorgesteld aan een dodelijke ziekte. 'Gaat u alstublieft zitten.' De stem klonk jeugdig, als die van een jongvolwassene, en leek bij zijn gezicht te passen. Maar wanneer je wat beter naar hem keek, zag je iets ouders in hem, alsof je opeens werd geconfronteerd met je krantenjongen, inmiddels volwassen en gedesillusioneerd. De blik in zijn lichtblauwe ogen was triest. Het leek alsof het leven eruit was gebleekt. We gingen zitten.

Hij nam me onderzoekend op, alsof hij wilde proberen vast te stellen of ik inderdaad dodelijk was. 'Marty heeft u de situatie uitgelegd?'

'In grote lijnen wel. We verwachten de rest van u te horen.'

'Ik wou dat ik even verwachtingsvol gestemd was als u.' Lehman leek in een ellips om zijn problemen heen te zweven. Ik wachtte. Het viel me op dat hij de lange vingers van een pianist had. Hij roffelde ermee op de tafel, zonder daar geluid bij te maken. Die vingers leken voortdurend in beweging te zijn, als zenuwachtige voelsprieten die zijn relatie tot de wereld aftastten.

'Ik verwacht niet dat u zult begrijpen hoe ik hierbij betrokken ben geraakt,' zei hij uiteindelijk.

'Ik kan goed luisteren, meneer Lehman.' Ik leek te zijn uitverkoren. Uitverkoren als degene tegenover wie Lehman persoonlijk verantwoording zou afleggen. Voor die rol was ik absoluut niet geschikt. Ik was partner, vriend noch psychiater. Ik had het idee dat hij een eenzame man was.

'Ik wist wat Lasko deed toen hij me in dienst nam. Dat is nog het ergste. Ik had schulden en mijn zaak was failliet gegaan. Ik had mijn oude baan opgegeven en een cafetariaketen opgezet in New Jersey, die geen succes werd. Ik had tienduizend dollar van de ouders van mijn vrouw geleend. Een paar jaar geleden al. Dus ik was failliet en werkloos. Hij heeft me gevonden via een bemiddelingsbureau. Toen ik naar Boston kwam, heeft Lasko mijn financiële situatie met me doorgenomen. Daar besteedde hij meer aandacht aan dan aan mijn kwalificaties. Toen bood hij me die baan aan. U kunt wel zien wat daarvan terecht is gekomen.' Hij zweeg opeens, als een man die een rustpunt heeft bereikt tijdens het uitvoeren van een onaangename klus.

Ik had wel enig idee wat ervan terecht was gekomen, maar dat zei ik niet. Ik koos voor een neutrale opmerking. 'Ik zou het op prijs stellen wanneer u dat nader toelicht.'

Lehman wekte de indruk dat tegelijkertijd wel en niet te willen doen, alsof hij er niet zeker van was of hij zou worden geholpen of vernederd. 'Alec, ga door,' zei Gubner zacht.

Lehman knikte langzaam. 'Mijn vrouw was bang. Ik was verdomme ook bang. Ik had de middelbare leeftijd bereikt, ik was failliet en ik had twee kinderen.' Hij begon sneller te praten. 'Lasko drong erop aan dat ik naar Boston zou komen. Hij bood zelfs aan me geld te lenen voor de eerste betaling op een huis en borg te staan voor de hypotheek. En ik was mijn schoonfamilie tienduizend dollar schuldig. Hebt u wel eens bij uw schoonfamilie in het krijt gestaan?'

'Ik ben niet getrouwd.'

'Ik zou nog liever bij de maffia in de schuld staan. Die vermoorden je misschien, maar je hoeft niet samen met hen aan tafel.' Hij keek me aan om te zien of dat grapje tot me doordrong. Ik begon hem wat beter te doorzien.

'Meneer Lehman, er zit geen toekomst in de dood.'

Hij glimlachte vaag. 'Dus heb ik alles aangepakt. Ik heb de baan aanvaard, die beter was dan ik had verwacht, en ik ben naar Boston verhuisd. Toen heb ik die lening aangenomen. Lasko bleef me onder druk zetten om een goed huis te kopen en dat heb ik ook gedaan. Een mooi, oud, wit huis in Newton, met eiken ervoor. Mijn gezin vond het prachtig. Lasko gaf me de lening en regelde de hypotheek. Ik was controller bij Lasko Devices en had een huis in Newton.' Het trieste gezicht suggereerde dat dat alles even aantrekkelijk was als het krijgen van lepra. Lehmans gezicht was verbazingwekkend beweeglijk. Ik vroeg me af of hij daarvoor had moeten oefenen.

Opeens kreeg ik een niet al te krankzinnig idee. 'Meneer Lehman, hebt u McGuire een week geleden opgebeld om hem een tip te geven over een aandelenmanipulatie?'

Hij keek verbaasd. 'Nee. Op wat voor manipulatie doelt u?' Nu was ik verbaasd. 'Punt is dat ik wist waarom Lasko me wilde hebben. Ik had vroeger op een nationaal opererend accountantskantoor gewerkt en dan leer je behoorlijk snel je cliënten te doorzien. Ik wist dat Lasko iemand wilde hebben die hij in zijn zak had en dat ik vroeg of laat iets zou moeten doen wat me niet aanstond. Maar ik had het huis, de baan en alle bijkomende emolumenten.'

'U bent voor de verleiding bezweken,' zei ik zacht en keek hem aan.

Hij staarde naar de tafel. 'Ik ben nooit sterk genoeg geweest. Ik wist dat ik een geboren lakei was, weet u.' Zijn stem klonk nu heel bitter. 'Op de universiteit was ik de clown van de klas.' Gubner glimlachte vaag toen hij zich dat herinnerde. 'Tussen toen en nu moet ik voldoende konten hebben gelikt om er een heel stadion mee te kunnen vullen. De enige keer dat ik heb geprobeerd boven mezelf uit te stijgen, was toen ik mijn eigen bedrijf begon. Ik zou eigen baas worden. Maar ik was niet uit het goede hout gesneden. Ik bleef zoeken naar iemand die ik kon behagen, iemand die tegen me zei wat ik moest doen. Of wie ik moest zijn.' Hij zweeg en sprak toen een definitief oordeel over zichzelf uit. 'Daar komt het bij mij op neer, meneer Paget. Ik ben een loopjongen.'

En nu was hij de mijne. Die gedachte moet van mijn gezicht af te lezen zijn geweest. 'Wat is uw voornaam, meneer Paget?'

'Chris.'

'Chris, heb jij wel eens iemand willen behagen, óók al dacht je dat het niet goed was?'

'Vaker dan me lief is.'

'Wat weerhoudt je er dan van het te doen?'

Ik dacht na. 'Meneer Lehman, dat zou ik werkelijk niet weten. Ik neem aan dat ik er bang voor ben.'

Lehman knikte. Hij wist wat ik bedoelde. Even waren we bijna vrienden. Maar híj was een getuige en ik moest hem gebruiken. Ik besloot de kraan van zijn zelfanalyse stevig dicht te draaien. 'Laat ik maar zeggen dat ik begrijp wat u me verteld hebt.'

Maar Lehman keek langs me heen, naar een punt ergens in de verte. De bar trilde door de echo van een psychische explosie van lang geleden, waarvan de huidige Lehman het overblijfsel was: een krankzinnige lappendeken van gespeelde rollen zonder werkelijke inhoud. Zijn berouw was het enige dat hem voor zichzelf tot een echt mens maakte. Maar ik zou dit tot het bittere eind moeten doorzetten.

'Laten we het hebben over wat u me kunt vertellen,' zei ik.

Lehman kwam weer bij zijn positieven, alsof hij opeens uit een hypnose was gehaald. 'Ik weet niets van het manipuleren met aandelen, maar ik kan wel iets anders bewijzen. Iets wat veel erger is.' Wat het ook was... het gaf zijn stem een angstige klank. 'Ik heb thuis een memo dat alles duidelijk maakt.' Hij keek om zich heen. 'Maar hier kunnen we er niet over praten.'

Ik werd ongeduldig. 'Luister. U zult het me op een gegeven moment toch moeten vertellen.'

Lehmans stem klonk dik. 'Meneer Paget, u wilt er hier ook niet over praten. Ik weet dat ik met een mentale striptease bezig ben, maar ik wilde niet als een misdadiger in een regeringskantoor zitten. U bent heel aardig geweest. Komt u vanavond na het eten naar mijn huis en dan zal ik u laten zien wat ik heb. Dan kunt u daarmee doen wat u denkt dat het beste is.' Zijn stem klonk nu laag, ritmisch, nadrukkelijk. 'En u zult erover willen nadenken.'

Het was een vreemde en trieste gebeurtenis. De man had me willen zien – vrienden willen worden – voordat hij zijn toekomst in mijn handen legde. Maar ik kon hem geen vriendschap geven. 'Meneer Lehman, u weet dat ik u op elk moment onder ede kan ondervragen en u kan laten vervolgen wegens het plegen van meineed wanneer u liegt.'

Gubner onderbrak me scherp. 'Dat weet hij.' Ik keek van Gubner naar Lehman. Hij knikte.

'Oké, meneer Lehman. Vanavond om halfacht. Ik hoop dat u iets goeds voor me hebt.'

Lehman ging staan, glimlachend op een levenloze manier die mijn woorden dwaas liet klinken. 'Het is beter dan u zich kunt voorstellen. Of, vanuit mijn perspectief, erger.' Hij zweeg even. 'Meneer Paget, u moet niet vergeten dat Lasko een heel meedogenloze man is.'

Dat kon hij weten, dacht ik. Maar ik had de indruk dat hij een veel te slap figuur was om door Lasko ooit in vertrouwen te zijn genomen. 'Een ding zit me dwars. Waarom heeft Lasko u dit toevertrouwd, wat het dan ook mag zijn?'

De vage glimlach verdween niet. 'Omdat ik zijn controller ben,' zei hij ironisch. 'Bovendien heeft hij me bij mijn ballen.'

Dat kon ik zien. 'Waarom bent u dan hier?'

Hij ademde uit en staarde naar zijn voeten. Toen keek hij me recht aan. 'Omdat dit mijn laatste kans is om mezelf aardig te vinden.'

Ik knikte. Hij draaide zich om naar Gubner. De twee vrienden keken elkaar even aan. Gubner glimlachte half, triest. Lehman zag dat en stak zijn hand uit om Gubners arm aan te raken. Toen draaide hij zich om en liep weg. Gubner staarde hem na, alsof hij door spijt in steen was veranderd.

Ik liet hem even staren en zei toen: 'Marty, ik trakteer je op een martini. Die zijn hier goed en jij kunt er best een gebruiken.'

Gubner draaide zich om en liet zich in zijn stoel vallen. Ik bestelde twee martini's. Ze arriveerden in recordtijd. Ik duwde een glas naar Gubner toe en pakte het mijne op. Ik voelde me best lekker. Maar niet perfect. Lehman verscheen voor het raam, liep komisch waggelend, als een pinguïn. Hij keek alsof hij was neergeschoten, maar niet wist dat hij dood was. Wat hij in zekere zin wel degelijk was. Ik nam een slokje van mijn martini en keek toe hoe mijn nieuwe belangrijke getuige de straat overstak.

Ik zag de zwarte auto voordat ik wist wat het betekende. Hij leek vanaf de stoeprand opgetrokken te zijn. Lehman stak Arlington over, zonder om zich heen te kijken. Vanuit de bar zag ik de auto snel vaart meerderen, zijn kant op. Ik ging half staan, probeerde een kreet te slaken, die naar gin smaakte.

Toen zag Lehman de auto. Een fractie van een seconde bleef hij stokstijf staan, alsof hij hem had verwacht. Toen maakte hij een pathetisch sprongetje in de richting van het trottoir. Halverwege dat sprongetje reed de auto Lehman aan. Hij strekte zijn handen uit naar het park. Ik zag hem in slow motion over de auto heen vliegen, met zijn armen door de lucht maaiend als een spastische lappenpop. Toen viel hij, sloeg met zijn hoofd tegen de straat en veranderde in een vormloze hoop. De hoop bewoog niet.

Gubners mond hing open. Ik rende van tafel, schreeuwend om een ambulance. Bij de ingang van de bar botste ik tegen iemand op, die tegen de muur sloeg. Ik bleef rennen. Lehman lag waar hij was gevallen. Alleen. Een paar voetgangers staarden naar hem vanaf het trottoir. Een kleverige plas bloed verspreidde zich als olie rond zijn hoofd. Ik was bij hem en voelde zijn pols. Niets. Toen keek ik naar zijn gezicht. Het was een afschuwelijke nachtmerrie. Uit die nachtmerrie staarde één lichtblauw oog omhoog. Dat nog steeds triest keek.

9

GUBNER ZAT NAAST me op zijn hurken en zei – als een soort litanie – telkens weer: ‘O, mijn god.’ Ik ging staan en voelde me misselijk. Een groep passanten stond me met grote ogen aan te staren. Ik liep naar de dichtstbijzijnde toe, een magere man van middelbare leeftijd, en pakte zijn revers beet. ‘Doe eens wat nuttigs, stommeling. Loop het Ritz binnen en zorg dat de politie komt.’ De stem die ik hoorde, klonk duidelijk en heel koud. Het was de mijne. De man knikte zonder iets te zeggen en staarde naar mijn bebloede handen. Ik staarde hem een seconde aan en liet hem toen los. Hij liep naar het Ritz. Ik keek hem na tot hij bij de deur was. Toen liep ik naar het ijzeren hek, hield dat met twee handen vast en gaf over.

Iets later ging ik rechtop staan en staarde naar de zwanen en de bloemen in het park. Toen draaide ik me weer om naar de straat. Gubner hield nog de wacht bij het lichaam van Lehman. De politiewagens arriveerden met loeiende sirenes en een ambulance. Drie agenten stapten uit en gingen op hun hurken om Lehman heen zitten. Een man in een witte jas onderzocht hem met zijn vingertoppen. Toen legden hij en een andere man Lehman op een stretcher en droegen hem naar de ambulance. De ambulance reed weg. Geen sirene, geen haast.

Gubner en de agenten liepen naar de stoep. Het had allemaal iets vreemds, als een droom, alsof ik stoned naar een film stond te kijken. De straat was griezelig leeg, als een toneel zonder rekwisieten en spelers. Het enige spoor van Lehman was een bloedvlek.

Ik vond het prettig alleen te zijn, maar ik dwong mezelf de straat over te steken. Daar had zich een menigte verzameld. Een van de agenten stelde vragen: een grote man met scherpe ogen, donkere bakkebaarden, een snor en een lage stem. Hij draaide zich naar mij toe. Ik vermande me en vertelde hem wie we waren. Hij vroeg wat ik had gezien. Het was een Cadillac, dacht ik, vrij nieuw model. Ik had de doorgereden chauffeur niet gezien. Noch het kenteken. Ik schatte dat de wagen rond de vijftig, zestig kilometer per uur reed en ook nog eens snel vaart aan het meerderen was.

Hij nam me nauwlettend op. 'Verder nog iets?'

'Ja,' zei ik. 'Ik denk dat hij vermoord is.'

De ogen van de agent vernauwden zich tot spleetjes. Hij draaide zich om en blafte iets naar een collega. Toen vroegen ze Gubner en mij achter in een politiewagen plaats te nemen. Een agent met gemillimeterd haar reed, terwijl de man met de scherpe ogen nog een paar vragen stelde. We praatten alleen wanneer het woord tot ons gericht werd. Ik kon het gevoel in een surrealistische film te zijn beland niet van me afzetten. Gubner leunde tegen de zijkant van de wagen en zag spierwit. We hadden ons niet aan onze beroepsregels gehouden en Lehman was dood.

Het politiebureau in Berkeley Street was ondergebracht in een vierkant, grijs gebouw. De agenten namen ons mee naar de ontvangstruimte. Die zag er steriel uit en was slecht verlicht. Een dikke brigadier met levenloze, grijze ogen zat aan een bureau achter een reling. De agent met de scherpe ogen verdween. Toen hij terugkwam, zei hij dat we werden verwacht door inspecteur Di Pietro. Hij nam ons door een donkere gang mee naar een kantoor aan de linkerkant en deed de deur open.

De kamer was lichtgroen, behalve waar de verf van de muur afbladderde, wat overal was. Di Pietro zat achter een gedeukt metalen bureau, naast een foto van een mollige vrouw en drie kinderen met zwart haar, en voor een wijkkaart. Hij vroeg ons plaats te nemen.

Hij was ergens in de veertig en had donker, krullend haar dat naar achteren was gekamd. Castiliaanse neus, halfdichte ogen en een smalle mond in een gezicht vol plooien. 'U bent beiden jurist?' vroeg hij abrupt.

We knikten. Het woord jurist klonk droog, alsof Di Pietro net iets onaangenaams had doorgeslikt. Ik had het ontmoedigende gevoel dat hij de voorkeur zou hebben gegeven aan twee gewone moordenaars-verkrachters. 'Brigadier Brooks' – hij wees op onze gids met de scherpe ogen – 'zegt dat u denkt dat dit moord was, meneer Paget. Ik zou graag willen dat u me vertelt waarom u dat denkt.'

Ik voelde Gubner naar me kijken. 'Kent u een man die William Lasko heet?' vroeg ik.

De blik in de halfdichte ogen werd vaag. Di Pietro was kennelijk niet iemand die veel las. Ik ging verder. 'Lasko is een grootindustrieel hier in Boston. Een paar dagen geleden hebben we een telefonische tip gekregen dat er illegaal met aandelen van zijn bedrijf was gehandeld. Toen heeft Lehman via meneer Gubner contact met mij gezocht en om een ontmoeting verzocht. Ik ben naar Boston gevlogen en heb hen beiden in het Ritz gesproken. Lehman was de controller van Lasko's bedrijf. Hij wist niets van die aandelenhandel. Maar hij zei dat hij wel iets belastends over Lasko wist, iets wat nog érger was. Hij is er nooit aan toegekomen ons te vertellen wat het was.'

Di Pietro nam me aandachtig op, zonder iets te zeggen. Ik praatte door tegen dat onverstoorbare gezicht. 'Het gaat om het volgende. Lasko heeft geen behoefte aan problemen met de regering. Als hij die wel krijgt, bestaat de kans dat het ministerie van Justitie het antitrustproces doorzet, wat betekent dat Lasko een deel van zijn bedrijf kan kwijtraken. En Lehman wist iets wat hem veel schade kon berokkenen. Ik meen me te herinneren dat zoiets een motief wordt genoemd.'

'Wat nog meer?'

Het onbeweeglijke gezicht begon me nijdig te maken. 'Luister, inspecteur. Hoeveel voetgangers worden voor het Ritz aangereden door een auto met een snelheid van zestig kilometer per uur? Door chauffeurs in een recent model Cadillac die vaart meerderen in plaats van op de rem te trappen? Als u me daar nog één voorbeeld van kunt noemen, koop ik twee kaartjes voor het politiebal.'

Di Pietro speelde meteen in op de leemten in mijn betoog. 'Meneer Paget, ik dacht al over motieven na toen u nog op de lagere school zat. Zegt u me eens wat Lehman van plan was u te vertellen? En wie de auto bestuurde? En van wie die wagen was? En hoe Lasko te weten is gekomen dat u die man zou spreken en waar dat zou gebeuren?'

Die laatste vraag maakte me misselijk. 'Als u de Cadillac vindt,' zei ik, 'zal de rest misschien wat makkelijker gaan. Er moeten sporen van Lehman op te vinden zijn.'

Di Pietro keek van mij naar Gubner. 'Was Lehman een vriend van u?'

'Ja,' zei Gubner met een stem die van ver weg leek te komen. Di Pietro en ik waren ieder op onze eigen manier begonnen naar de toekomst te kijken. Gubner keek nog om.

Dat contrast leek indruk op Di Pietro te maken. Hij richtte zich weer tot mij. 'We hadden het over een mogelijk motief. Wij zijn niet in staat om een motief te verzinnen wanneer het om een man als deze Lasko gaat. Ik ken de aandelenhandel totaal niet.' Dat was duidelijk. Toch leek het hem niet makkelijk af te gaan om dat toe te geven. Zijn stem klonk ongelukkig. Opeens drong het tot me door dat hij had gesproken als een smeris tegen een jurist. En dat ik het hem niet makkelijker had gemaakt.

'En ik ben geen criminoloog, maar ik kan blijven zoeken en u vertellen wat ik te weten ben gekomen.'

Di Pietro knikte stijf. Toen keerde hij terug naar de veilige wereld van zijn eigen routine. 'Eerst moeten u en uw vriend een volledige verklaring afleggen. U mag niets onvermeld laten.'

Dat laatste werd tegen mij gezegd terwijl hij me strak aankeek. Of ik was een beetje prikkelbaar, of Di Pietro had het vermoeden dat ik iets achterhield. De mogelijkheid suggereerde hem dimensies waarover ik nog niet eens had nagedacht. Ik veranderde van gespreksonderwerp. 'Ik zou graag ook wat hulp van u willen hebben. Een soort ruil.'

Zijn stem klonk neutraal. 'We zullen wel zien hoe dit afloopt. Maar gaat u alstublieft niet al te agressief te werk. U bent geen politieman.'

Die gedachte leek hem wat voldoening te geven. We wisselden telefoonnummers en een behoedzame handdruk uit. Gubner deed hetzelfde, zij het aan de late kant. Toen nam brigadier Brooks ons weer mee.

Ze namen onze verklaringen op in een lichtgroene kamer met een metalen lamp aan het plafond. Toen reed de man met het gemillimeterde haar ons terug naar het Ritz. Gubner keek broedend door het raampje. Ik was er niet veel beter aan toe. Mijn spelletje met McGuire was uitgemond in moord.

Het afleggen van de verklaring had me geholpen mijn gedachten te ordenen. Maar verder had het me nergens mee geholpen. Lehman had geen kans meer gehad.

Ik nam aan dat Lasko hem had vermoord, want niets anders leek ook maar in de verste verte zinnig. De vraag was hoe hij had geweten dat hij het moest doen.

Er waren een paar mogelijkheden. Die stonden me helemaal niet aan.

10

GUBNER EN IK stapten bij het Ritz uit en zwierven doelloos door de lobby. We liepen langs de bar zonder naar binnen te kijken, beiden het gewicht dragend van dingen die niet waren gezegd. Ik besloot daar iets aan te doen.

'Marty, we moeten met elkaar praten.'

Hij zond me een haatdragende blik toe, als een dier dat in de val zit. 'Oké. Mijn kamer. Maar niet te lang.'

We gingen naar zijn kamer. Ik ging in een van de twee bij elkaar passende blauwe stoelen zitten en deed alle lichten aan waar ik bij kon, om de herinnering aan het politiebureau te verdrijven. Gubner liet zich in zijn stoel ploffen. Hij zag eruit als iemand die best een borrel kon gebruiken. Maar dit was niet zo'n zware dag die je met gin kunt vergeten. Ik voelde me triest en hulpeloos.

'Marty, het spijt me, al zul je daar wel niet veel troost uit kunnen putten.'

Condoleances interesseerden hem niet erg en al zeker niet van mij. De zinloze woorden bleven in de lucht hangen. Gubner keek naar de muur alsof hij daar met opzet voor had gekozen.

'Oké. Nu wordt er gepraat.' Mijn stem klonk scherp en verdedigend en dat verbaasde me. Hij keek me met vermoeide walging aan.

'Hoe waren ze op de hoogte van deze ontmoeting?'

Ik vroeg me af waarom hij kennelijk meende het antwoord op die vraag te kennen. 'Doe de felle lamp maar uit. Ik heb het niemand buiten mijn bureau verteld. Zoek in de richting van Lehman, of jezelf.'

'Ik heb het niemand verteld,' zei hij nadrukkelijk.

'Dan blijft Lehman over.' Ik had het griezelige gevoel dat Gubner het antwoord op die vraag kende.

'Ik heb één keer met Alec gesproken. Hij belde me op vanuit een telefooncel aan Massachusetts. Bij de tolboom. Kan onmogelijk zijn afgeluisterd. Sorry.' Hij klonk absoluut niet alsof het hem speet.

Ik besloot erop door te gaan. 'Hoe zit het met de ontmoeting die je eerder met hem hebt gehad? Die kan achterdocht hebben gewekt.'

De blik in Gubners ogen was ongeduldig. 'Ik lunchte zeven tot acht keer per jaar met Alec. Bijna elke keer dat ik in Boston was. Ik was een oude vriend van hem. Dat weet iedereen. En Alec heeft me bezworen dat hij met niemand over een mogelijke ontmoeting met jou had gesproken. Niet met Valerie. Met niemand.'

Ik geloofde hem. Ik kon me eerder voorstellen hoe Lehman angstig bij die eenzame telefooncel had gestaan dan dat ik me kon indenken dat hij Gubner vanuit zijn kantoor had gebeld. De trieste apologie die ik die middag van hem had gehoord, had als een catharsis geklonken.

'Weet jij nog iets meer dan wat hij ons heeft verteld?'

Hij schudde zijn hoofd. 'Niet over de dingen die hij van Lasko wist.'

Ik ging staan. 'Marty, ik kan je niet helpen. Maar het kan zijn dat ik je later nog eens wil spreken omdat ik je hulp nodig heb.'

Zijn wenkbrauwen gingen omhoog, bitter, vragend. 'Waarom zou ik je helpen?'

'Die vraag zul je zelf moeten beantwoorden.' Ik liep de kamer uit, ging naar beneden, naar mijn eigen kamer, liet me op het bed ploffen en staarde naar het kale plafond terwijl ik probeerde mijn verwarde gedachten te ordenen. Een misselijk makende woede nam langzaam bezit van me. Lasko, Catlow en een vriend van hen waren in mijn maag aan het paraderen. De telefoon rinkelde.

Het was McGuire. Ik keek op mijn horloge. Halfacht.

'Chris, ik was nog laat op kantoor. Hoe is het jou vergaan bij die waarschijnlijk vruchteloze onderneming?' De verbinding was slecht en zijn stem klonk schril.

'Niet goed.'

'Heeft-ie je laten barsten?'

'Dat niet direct. Iemand heeft hem doodgereden.'

Stilte. 'Je maakt zeker een grapje.'

De woede kwam omhoog, tot in mijn keel. 'Wil je foto's zien? Hij is dood.'

De telefoon bracht schril ontzag over. 'Jezus. Wat is er gebeurd?'

'Hij is vlak voor het Ritz-Carlton aangereden, waarna de chauffeur er meteen vandoor is gegaan. Hij zag er niet meer uit als een mens.'

'Wie was het?'

'Alexander Lehman. De controller van Lasko Devices.'

'Dat is afschuwelijk.' Het was moeilijk vast te stellen wat hij voelde. 'Wat wordt ermee gedaan?'

'De politie stelt een onderzoek in.'

'Kun jij daarbij helpen?'

'Ik heb een officiële verklaring afgelegd.'

'Ben je iets te weten gekomen?'

'Nee.'

'Wat is er precies gebeurd?'

Dat vertelde ik hem. Hij zweeg. 'Dan is er verder voor jou niets anders meer te doen dan terug te komen.'

'Dat denk ik ook.'

'Oké. Kom naar me toe zodra je terug bent.'

Ik aarzelde. 'Misschien blijf ik hier nog een dag, voor het geval zich een nieuwe ontwikkeling voordoet.'

'Luister. Dit is afschuwelijk, maar bemoei je er verder niet mee, tenzij je dat door de politie wordt gevraagd. We hebben je hier nodig.'

'Tot ziens, Joe.' Ik smeet de hoorn op de haak en dacht na.

Mijn gedachten begonnen in elkaar te grijpen. McGuire had me nog nooit opgebeld wanneer ik de stad uit was. Ik kon me herinneren dat hij me na die nepdiscussie toestemming had gegeven Lehman te ontmoeten. En dan was er die lunch met Catlow. Wat ik ook ging doen, ik had er niet veel tijd voor. Ik sprong op en liep de gang op.

Gubner was nog op zijn kamer. Hij liet me binnen en de doffe, starende blik in zijn ogen volgde me naar mijn stoel. Ik zette me schrap. 'Ik wil dat je me morgen meeneemt naar Lehmans huis.'

Vijandigheid veranderde in shock. 'Je bent gek geworden.' Dat leek het enige te zijn dat hij kon bedenken.

'Het is de enige manier. Lehman zei dat hij een memo had en ik wil niet dat daar iets mee gebeurt.'

Gubner kwam half uit zijn stoel overeind. 'Verdomde klootzak! Denk je nu echt dat ik jou Valerie en de kinderen laat lastigvallen na alles wat er gebeurd is?'

Ik bleef kalm. 'Als het niet anders kan, zal ik haar laten dagvaarden om naar Washington te komen.'

Zijn stem trilde van ongeloof. 'Dan zou ik je voor de rechter slepen.'

'Waardoor ze alleen nog meer van streek zou raken.'

Hij ging staan. 'Weet je dat ik nooit heb beseft wat een rotzak je in feite bent?' Hij zei het alsof hij net een steen had opgetild en mij eronder had aangetroffen.

'Ga me alsjeblieft geen complimentjes maken. Je hebt hier tegen me zitten snauwen om je eens lekker te laten gaan. Je vriend is dood, en je bent niet bereid me te helpen. Man, dat is pathetisch.'

Mijn woorden raakten hem. 'Ik geef geen barst om dat onderzoek van jou. Alec is dood. Wat kan iets anders er verder nog toe doen?'

'Denk je ook zo over Buchenwald, Marty?'

Dat was een gemene opmerking. Gubner stond naar zijn vuist te staren. Ik was klaar om de dreun te ontwijken, maar hij haalde niet uit. Ik meende wel te weten waarom. Ik sprak met een hardheid die ik niet voelde. 'Er is nog iets anders, hè? Lehman is vermoord omdat je hem niet hebt meegenomen naar Washington. Misschien ben jij wel degene die alles heeft verknald.' Gubner wierp me een woedende, gekwetste blik toe. Ik ging verder. 'Als zijn informatie goed was, was je van plan te dreigen met het vijfde amendement indien wij niet bereid waren hem immuniteit te verlenen in ruil voor een getuigenverklaring. Je dacht mij hierheen te kunnen halen en me dan heel opgewonden terug te kunnen laten rennen naar McGuire. Maar we hebben pech gehad. Lehman met name. En nu probeer jij alle schuld op mij af te schuiven. Dat is verdomd oneerlijk en ik ben niet bereid dat spelletje mee te spelen. Misschien moet je eens naar een psychiater gaan.'

Gubner keek nu opeens moe en verward. Ik ging op iets rustiger toon verder. 'Marty, mijn excuses. Jij kunt je later al dan niet nog verontschuldigen. Dat kan me niets schelen. Maar Lehmans dood is niet jouw persoonlijke bezit. En op je kont blijven zitten is een beroerde manier om een vriend te gedenken.'

Gubner had besloten niet naar me uit te halen. Maar mijn positie zat hem niet lekker. Langzaam schudde hij zijn hoofd.

Ik moest hem iets geven. 'Oké. Jij denkt dat iemand van mijn bureau Lasko heeft getipt. Maar daar kun jij toch nooit achter komen. Ik ga het in elk geval proberen.'

Gubner plofte neer alsof iemand al het stijfsel uit hem had weggezogen. Hij zat met zijn ellebogen op zijn knieën en zijn hoofd half bedekt door zijn handen. Toen keek hij me aan met een lege, vermoeide blik. 'Ik zal Valerie morgenochtend opbellen en vragen wat ze wil. Als ze jou wil zien, is dat prima. Als ze zich tegen je wil verzetten, zal ik haar daarbij helpen.'

'Oké.'

Gubner keek weer naar de muur. 'En nu wegwezen, Chris. Ik wil je vanavond niet meer zien.'

Ik wist wat hij bedoelde. Ik vertrok zonder verder nog iets te zeggen.

Ik liep rusteloos door mijn kamer te ijsberen, nerveus door de stilte, door het gevoel helemaal alleen te zijn. Ik had de stalen zenuwen en het instinct van een jurist, kon manoeuvreren en bluffen. Maar altijd binnen de regels. De regels zorgden ervoor dat juristen niets kon gebeuren. Ze beschermden je tegen de onaangenamere aspecten van het leven. Zoals moord. Lehmans verminkte lichaam had me het gevoel gegeven waardeloos te zijn, had me bang gemaakt.

Ik probeerde na te denken. Het eerste dat ik dacht, was dat ik bang was om te sterven, bang was dat iemand me zou vermoorden wanneer ik hiermee doorging. Dat pleitte niet direct voor me, maar het was wel zo. Ik probeerde aan iemand anders te denken.

McGuire. Hij kende Catlow. Feiner en Mary Carelli hadden geweten dat ik in Boston was. Alleen McGuire had geweten dat ik naar het Common zou gaan. Misschien had hij niet op een moord gerekend.

Als hij commissielid wilde worden, kon dat de reden van een telefoontje naar Catlow zijn geweest. En dan zou Lasko hebben geweten waar hij Lehman kon vinden.

Woods en Mary. Woods had goede connecties met het Witte Huis, dat op zijn beurt goede connecties met Lasko onderhield. Ik zou voorzichtig te werk moeten gaan. Robinson zou me daarbij niet kunnen helpen. Dat kon niemand.

Tot slot dacht ik aan Lehman. Ik voelde alsnog medeleven met de man die hij was geweest, al had dat gevoel geen enkele waarde meer. Misschien was hij pathetisch geweest, maar hij leefde nog en probeerde er het beste van te maken. Toen had hij gekozen voor een ontmoeting met mij. Niet om over aandelenzwendel te praten, maar over iets anders. En nu was hij dood.

Daar kwam het op neer. Misschien had ik het van me af kunnen zetten wanneer ik het niet had gezien, of wanneer ik hem niet had gebruikt. Maar ik had eraan bijgedragen dat hij werd vermoord. Dus zou ik proberen de reden daarvoor te achterhalen. Dat moest ik.

De lege kamer om me heen was vreemd en vijandig. Ik kon niet slapen.

11

DE VOLGENDE MORGEN regende het: een sombere grijze motregen. Ik belde roomservice en vroeg om koffie. Niet om een krant. Ik wilde niet over Lehman lezen. De koude drukletters zouden me herinneren aan wat ik had gezien, zonder me dingen te vertellen die ik nog niet wist.

Ik dronk de koffie op, nam een douche, schoor me en pakte mijn koffer in. Alles wat ik deed, leek banaal. Dingen die ik in een ander leven had geleerd te doen. Ik riep mezelf tot de orde. Het idee dat Lehmans dood me uniek had gemaakt, was krankzinnig, even ongepast als zelfmedelijden. Ik wachtte op een bericht van Gubner.

Hij belde om halfeen. Lehmans vrouw was bereid me te ontvangen. Ik voelde me opgelucht en ongelukkig tegelijk. Het was niet bepaald een lolletje een vrouw die net weduwe was te overvallen om de papieren van haar echtgenoot door te bladeren. Maar het was wel nodig. Dus huurde ik een auto en ontmoette Gubner voor de deur van het Ritz. Het was kwart over twee.

Gubner was niet bepaald vrolijk. Nadat hij me het adres had gegeven, leek hij geen woord meer over zijn lippen te kunnen krijgen. Ik reed Boston uit, naar het huis van Lehman.

Lehman had in een wit, twee verdiepingen tellend pand gewoond. De buurt stond vol eiken en soortgelijke witte huizen. De conformiteit getuigde van goede smaak en veel geld. De buurt leek veilig en keurig, tot en met de groene, perfecte gazons. Moord leek hier een buitenaards verschijnsel. Het zat me dwars dat dit geesteloze walhalla de beloning was geweest voor de rol die Lehman als Faust had gespeeld. Ik vroeg me af hoe zijn vrouw er nu over dacht.

Gubner en ik parkeerden de auto op de geasfalteerde oprijlaan en volgden het pad dat Lehmans perfecte gazon doorsneed naar de voordeur. Gubner bleef even mistroostig staan en drukte toen op de bel. Lehmans vrouw deed open. Gubner omhelsde haar zonder iets te zeggen, sprak toen zacht een paar woorden. De omhelzing was stijf, eerder eerbiedig dan persoonlijk, alsof het een eerbetoon aan Lehman was. Daarna liet Gubner zijn armen slap langs zijn lichaam hangen. Ik had het gevoel dat zijn affectie voor Lehman zich niet tot diens echtgenote uitstrekte. Ik liep naar binnen.

'Mevrouw Lehman, ik ben Christopher Paget,' zei ik zacht.

Ze draaide zich om. 'Hallo, meneer Paget. Ik ben Valerie Lehman. Komt u alstublieft binnen.' Ze stak een hand uit. De blik in haar ogen was leeg, maar haar hand was koel en droog, net als de rest van haar. Haar keurig gekapte haar was zilvergrijs. Ze had een aantrekkelijk, vosachtig gezicht en haar slanke figuur – vast verkregen door veel trainen en het zichzelf dingen ontzeggen – werd geaccentueerd door de zijden blouse en de op maat gesneden broek. Ze was zo uitgebalanceerd dat het iets griezeligs had. Ze had zo naar een bridgeclub kunnen vertrekken.

'Mevrouw Lehman, het spijt me dat ik hier ben en ik vind het heel triest dat uw man dit is overkomen. Heel triest.' Ik sprak langzaam, hopend dat mijn woorden goed tot haar zouden doordringen. Daar gaf ik ze de tijd voor. 'Ik waardeer het zeer dat ik met Marty mee mocht komen.'

Haar gezicht had een merkwaardige uitdrukkingsloosheid. 'Dank u.'

Ik ging verder en voelde me nutteloos. 'Als ik ook maar iets voor u kan doen, zal me dat een genoegen zijn. Zo niet, dan zal ik u niet voor de voeten lopen.'

Ik hoopte te kunnen verdwijnen naar de plaats waar Lehman zijn dossiers had bewaard. Opeens was ze niet langer kalm, maar gespannen. 'Meneer Paget, waarom wilt u de papieren van Alec inzien?'

Ik koos mijn woorden zorgvuldig. 'Uw man hielp me met een onderzoek. Hij was kennelijk op de hoogte van een aantal zaken waar hij minstens zijdelings bij betrokken was.'

Ze fronste haar wenkbrauwen bij het woord 'betrokken'. 'Alec heeft zijn werk nooit leuk gevonden. Hij heeft dit huis ook nooit mooi gevonden.' Haar stem had een eigenaardige, beschuldigende ondertoon, alsof hun ruzies haar echtgenoot hadden overleefd.

Ik ging daar liever niet verder op door. We stonden in de hal, keken de zitkamer in, naar de vruchten van de mogelijkheid om op afbetaling te kopen. De Lehmans hadden hun huis niet goedkoop ingericht. In een hoek stond een cilinderbureau. Antiek. De kleden waren beige en duur. Een crèmekleurige bank stond achter een fraaie mahoniehouten, lage tafel. Ik keek erlangs, de eetkamer in. Onder de kristallen kroonluchter stond een eettafel met prachtig houtsnijwerk. Waarschijnlijk Italiaans, minimaal drieduizend dollar. Mijn smaak niet, maar wel kostbaar. Lehmans dood gaf alles een eigenaardig, museumachtig tintje.

Zijn vrouw had me rond zien kijken. Haar lage stem getuigde van een abstracte woede: tegen Lehman gerichte woede omdat hij haar in de steek had gelaten. 'Deze baan heeft voorkomen dat Alec een volledige mislukkeling werd. Maar ik moest er bij hem op aandringen hem te nemen, alsof het erg was succesvol te zijn. Hij kon af en toe zo rancuneus doen.' In haar stem klonk een vraag door, alsof ze zich er vaag van bewust was dat ze ergens een fout had gemaakt. Maar ze zou er nooit helemaal achter komen en het was mijn taak niet om haar daarbij te helpen.

'Kan Marty me misschien wijzen waar uw man zijn spullen bewaarde?'

Maar ze was nog niet klaar. Ze sprong in gedachten van het een naar het ander en keek me aan alsof ik het antwoord op haar verwarring was. 'Is Alec vermoord, meneer Paget? De politie deed er zo vaag over.'

Naast verwarring nu ook oprecht verdriet. Haar stemmingen waren als kwikzilver. Ze had nog niet besloten wat haar werkelijke gevoelens waren. Na zijn begrafenis zou de werkelijkheid haar hard treffen. Ik wilde het niet nog erger maken. Ik schudde mijn hoofd. 'Ik weet alleen dat hij door een auto is aangereden.'

Gubner ging dichter bij haar staan. 'Ik zal meneer Paget de studeerkamer van Alec wijzen.' Hij knikte me toe.

'Dank u, mevrouw Lehman,' zei ik. Ze keek weer verward, alsof het leven te snel voor haar ging. We lieten haar staan.

Gubner nam me door de hal mee naar de trap. Onderweg liepen we langs de huiskamer. Daar zaten twee jongens van een jaar of tien en twaalf, met een grijze, gezette vrouw. Ze staarden naar een kleurentelevisie en zagen er verloren uit. Ik liep achter Gubner aan de trap op en had een beetje het gevoel de piloot van een B-52 te zijn die achteraf op de grond zijn werk in ogenschouw kan nemen. Het was makkelijker om er van een afstand naar te kijken. Ik hield mezelf voor dat ik noch Lasko had gevraagd te doen wat het dan ook was dat hij gedaan mocht hebben, noch Lehman om zo'n slappeling te zijn. Daar knapte ik niet van op.

Lehmans studeerkamer leek een voetnoot bij een welvarend leven. Hij was weggestopt aan het eind van een lange gang langs slaapkamers en badkamers. Ik had de stellige indruk dat iemand die een rondleiding door huis en tuin kreeg, die kamer nooit te zien zou krijgen. Het was een compact hokje met een bureau van esdoornhout, vol krassen, en een oude Royaltypemachine. Het was waarschijnlijk de eerlijkste kamer van het huis. Gubner keek zwijgend om zich heen, met zijn handen in zijn zakken.

'Wijs me waar ik zijn papieren kan vinden. Dan kun jij weer naar beneden gaan,' zei ik.

Hij wierp me een scherpe, verwijtende blik toe, alsof ik een grafschenner was. 'Valerie zegt dat ze allemaal in de laden van zijn bureau liggen,' zei hij op vlakke toon. 'Geniet ervan.' Hij draaide zich om en liep de kamer uit.

Ik deed de metalen bureaulamp aan en keek naar de laden. Vier aan de linkerkant en één in het midden, waar de stoel onder paste. Het beviel me niets. Ik.was te laat om een leven te kunnen redden en te vroeg om historisch onderzoek te doen. Ik voelde me een gluurder. Ik wachtte tot dat gevoel plaats maakte voor nieuwsgierigheid. Toen stak ik een hand uit naar de onderste lade en begon.

Het was een hoop troep: aandelenprospectussen, financiële verslagen, jaarverslagen en ga zo maar door. Af en toe ontdekte ik een bedrijfsbulletin, bijvoorbeeld over het jaarlijkse managementsymposium dat tijdens een weekend werd gehouden. Vorig jaar hadden de jongens hun echtgenotes meegenomen naar New Hampshire voor drie lezingen, twee toespraken van Lasko, een cocktailparty en een bijeenkomst van de damesclub. Ik zag een foto van het managementteam en hun dames. Ze keken allemaal even ongemakkelijk, als zesdeklassers die voor een klassenfoto bij elkaar getrommeld zijn. Lehman grinnikte schaapachtig, als een jongen die is betrapt op roken op het toilet. Zij zag er geweldig uit. Mooie kleren en een stralende glimlach. Hun lichamen waren niet naar elkaar toe gebogen. Lasko stond links van hen, breeduit glimlachend.

Ik controleerde alles zorgvuldig op onderstrepingen en aantekeningen in de kantlijn. Ik vond er geen. Hetzelfde gold voor alles wat ik in de drie andere linkerladen aantrof. Het laatste dat ik uit de bovenste la pakte, was weer een bedrijfsbulletin, waarin werd aangekondigd dat Lehman voor Lasko Devices zou komen werken. In het artikel stonden lovende woorden over Lasko's streven om een 'permanent managementteam' samen te stellen. Dat 'permanent' was in het geval van Lehman kennelijk ingetrokken. Ik vroeg me af hoe de schrijver dat probleempje in het volgende bulletin zou afhandelen. Ik schoof de lade met een klap dicht en voelde me gefrustreerd.

De laatste kans was de middelste lade. Ik trok hem woest open. Er lag maar één ding in: een bruine envelop, dichtgeplakt. Ik pakte hem met haastige vingers vast en scheurde hem open.

Er zat een met de hand geschreven aantekening op een velletje wit papier in. Het handschrift was ruw, sterk en op de een of andere manier bekend. In de rechterbovenhoek zag ik de woorden 'Voor A.L.' staan. De andere woorden stonden in het midden: '95 – Gehele pakket naar de overkant brengen – 3859020. Vrouwe Justitia is blind.'

Dat 'A.L.' zou wel de afkorting van Alexander Lehman zijn. De rest was idioot cryptisch. Een kinderraadseltje. Maar het had Lehman waarschijnlijk wel iets gezegd – genoeg om het zijn dood te laten worden.

Ik staarde naar het handschrift. Toen haalde ik uit een van de linkerladen een oud jaarverslag voor de aandeelhouders. Ik sloeg de glanzende bladzijden – bedrukt met een groot lettertype en verlucht met vele foto's – om tot ik bij de bladzijde kwam met de kop PAGINA VOOR DE VOORZITTER. Daarop stond een drie paragrafen tellend, oppeppend verhaaltje, dat waarschijnlijk door Lasko's pr-mensen in elkaar was gedraaid. Daaronder stond Lasko's handtekening. Ik hield het memo ernaast. Het handschrift zag er hetzelfde uit. Ik ging in de handtekening op zoek naar een unieke letter en zag een 'k' met een merkwaardige lus. Die stemde overeen met de k's van 'pakket'.

Ik legde het jaarverslag terug in de lade en stopte het memo weer in de envelop. Toen deed ik de envelop in mijn aktetas. Ik ging staan, liep de kamer uit en deed de deur achter me dicht. Ik had het gevoel de deur achter Lehmans leven te hebben gesloten.

Valerie Lehman zat op het puntje van de bank met Gubner te praten. Ze leken zich beiden slecht op hun gemak te voelen, als acteurs tijdens een eerste repetitie. Haar rol als de treurende weduwe werd ondermijnd door haar angst dat ze die rol in vodden gehuld zou moeten spelen. Haar ogen gingen de zitkamer rond, van meubelstuk naar meubelstuk. Gubners rol als de steun verlenende oude vriend paste hem slecht. Ik had het vermoeden dat hij haar al jaren niet aardig had gevonden en nu probeerde dat voor zichzelf te verbergen. De regen buiten leek zijn weerslag te hebben op de stemming in de kamer. Somber. Ik liep verder.

'Mevrouw Lehman, sorry dat ik u stoor.' De aantrekkelijke ogen keken me met een nietszeggende blik aan. Gubner leek bijna blij te zijn met mijn komst.

'Wat is er?' vroeg hij.

Ik richtte het woord tot haar. 'Ik ben bijna klaar en dan ga ik weer. Ik moet alleen nog even met Marty praten.'

Ze aarzelde, haar hoofd half scheef gehouden, alsof ze op de vertaling wachtte. Uit de tijd die het haar kostte om te reageren bleek dat ze in een shocktoestand verkeerde.

. 'Marty heeft trek in een martini,' zei ze vrolijk en totaal niet ter zake doende.

Dat vroeg om een reactie, nam ik aan. 'Doet u voor mij geen moeite, mevrouw Lehman, maar dank voor het vriendelijke aanbod.' Ik wilde nog iets zeggen, maar er kwam geen woord meer over mijn lippen.

Gubner ging staan en nam me mee de gang op. Ik keek om. Ze staarde weer om zich heen, zonder ergens naar te kijken.

'Heb je iets gevonden?' vroeg Gubner.

'Niets sensationeels,' reageerde ik ontwijkend. Gubner leek te zeer zijn afgeleid om aan te dringen. 'Blijf jij hier of ga je ook weg?' vroeg ik.

Gubners gezichtsuitdrukking was somber. 'Ik blijf hier. Dit zal alleen maar erger worden.'

'Dat denk ik ook.'

'Chris, over dat verder praten met mij... Ik denk dat ik jouw bureau de eerste weken even zal ontwijken.'

Dat kon ik begrijpen. 'Prima, Marty. We zien elkaar wel weer.' Ik liet mezelf uit. Toen stapte ik de auto in en reed ik naar het vliegveld, door de regen, weg van de witte huizen en de perfecte gazons.

Het was avond toen ik er aankwam. Ik was moe. Ik checkte mechanisch in, denkend aan alles en niets. Toen liep ik naar een telefoon. Ik dacht erover het kantoor te bellen, maar deed het niet. Ik had het ontmoedigende idee dat praten met het kantoor meer dan zinloos was.

In plaats daarvan belde ik Di Pietro. Door de telefoon klonk zijn stem heel sober. De politie had de Cadillac gevonden, achtergelaten in een zijstraat bij Commonwealth, met een stukje Lehman eraan vast. Hij was gestolen in een winkelcentrum en daarna waren de nummerborden verwisseld. Geen vingerafdrukken. Ik suggereerde dat dat betekende dat hij was gejat om Lehman te doden en vervolgens niet te traceren te zijn. Di Pietro bracht daar tegenin dat een of ander etterbakje de auto misschien wel had gestolen en het zich niet had kunnen veroorloven na de aanrijding te stoppen. Het was alsof elke zin die over zijn lippen kwam op zijn salaris werd ingehouden: vijf dollar per woord. Ik bedankte hem en hing op.

Ik stapte in het vliegtuig. Pas in de taxi die me naar huis bracht, drong het tot me door dat ik in het Ritz niet voor mijn martini had betaald.

De taxi stopte voor de deur. Ik stapte uit, met het memo dat Lehmans dood tot gevolg had gehad in mijn aktetas.

12

IK LIEP LANGZAAM door de gang naar mijn deur, de koffer met me meezeulend. Ik stak de sleutel in het slot, draaide hem om en duwde. Ik wilde naar binnen lopen. Toen bleef ik stokstijf in de deuropening staan. Er brandde een lamp die voor vage schaduwen op de muur zorgde. Iemand wachtte op me.

Mary stond bij de boekenplank, heel stil. 'Ik heb het gehoord van Alexander Lehman,' zei ze eenvoudigweg. 'Ik vind het heel erg.'

Om de een of andere reden was ik boos. 'Dat vindt Lehmans vrouw ook. Hoe ben je binnengekomen?' Mijn stem hoorde bij iemand anders. Hij was droog en rauw. Ik besefte hoe bang ik was geweest.

'De huismeester heeft me een sleutel gegeven.'

We wachtten beiden tot de ander iets zou zeggen. Ze keek me recht aan, bewoog zich niet. Ik wilde dat ze zich bewoog. Ze liep van de boeken weg en verbrak zo de betovering.

'Ik had niet moeten komen.'

'Het hindert niet.' Ik zweeg even. 'Wil je iets drinken?'

'Jij?' Ik knikte. 'Dan graag een whisky.'

Ik pakte een fles whisky onder de boekenplank vandaan en liep naar de keuken, opeens blij omdat ik iets gewoons kon doen.

'Hoe heb je het van Lehman gehoord?' vroeg ik over mijn schouder.

'McGuire. Hij zei dat het nogal gruwelijk was.'

'Gruwelijk' leek er het juiste woord niet voor, net zomin als 'niet netjes'. 'Zo zou je het kunnen zeggen. "Misselijkmakend" kan ook.' Ik wilde haar door elkaar schudden. De man was dood.

Ik deed ijs in de glazen en de illusie van routine werkte vervreemdend. 'Hoe was je reis, lieveling?' 'Prima schat, maar die arme Alec is geplet door een auto.' 'Jammer. Ik mocht Alec graag. Maar verder is alles goed?' Er klopte iets niet aan deze scène, net als rozen bij een executie. Ik schudde half mijn hoofd, alsof ik een tastbaar vreemd gevoel van me af wilde schudden.

Ik liep de keuken uit en keerde terug naar de werkelijkheid. Ze zat op de bank in de huiskamer. Ze had haar schouders gekromd en hield haar knieën tegen elkaar, alsof ze zich tegen de kou wilde beschermen. Ik gaf haar een glas. Ze hield het met beide handen op haar schoot vast en staarde erin. Ik ging zitten.

'Wat heb je gedaan?' vroeg ze, opkijkend.

'Ik heb overgegeven.'

'Wil je erover praten?'

'Nee.' Ze keek gekwetst. Ik probeerde het uit te leggen. 'Luister. Gisteren zat ik nog aan een tafeltje met Lehman. Hij was bang en misselijk van zichzelf. Maar hij leefde nog en probeerde iets terug te krijgen. Op het moment dat het gebeurde, nam ik net een slokje van een martini en streelde mijn gevoel van eigenwaarde. Toen zag ik Lehman door de lucht vliegen. Toen ik bij hem was, zag hij eruit als hondenvoer.' Haar vingers knepen in het glas. Ik zocht naar woorden. 'Het komt niet alleen doordat het zo definitief is. Ook doordat het zo arbitrair is.' Het was een betekenisloos woord. Ik gaf het op.

'Jij denkt dat hij vermoord is?'

'Inderdaad.'

'Door wie?'

'Lasko.' En iemand anders.

'Ben je iets over Lasko te weten gekomen?'

'Nee. Lehman werd gedood voordat hij me iets had verteld.' Mijn aktetas stond tegen de bank, als een stil verwijt.

'Wat ga je nu doen?'

'Dat weet ik niet.'

In het licht was haar gezicht zachter. Ze streek met haar hand heel licht over mijn knie en liet hem er toen op rusten. Ik keek naar de hand en toen naar haar.

'Je ziet er moe uit,' zei ze. Het was een nietszeggende opmerking, alsof woorden haar hand konden verbergen.

Ik zette Lehman van me af. 'Bedoelde je te vragen wat ik aan Lehman ga doen, of aan het feit dat jij hier bent?'

'Dat weet ik niet,' zei ze rustig. Haar ogen waren groot en waakzaam. Ik zag Lehman er in slow motion doorheen zwemmen. Ik wilde dat hij wegging. Ik trok haar naar me toe en kuste haar een keer, zacht. Toen ze uitgekleed was, hield ik haar lange tijd in mijn armen. Daarna begonnen we te vrijen.

Vervolgens sliepen we. Ik sliep onrustig, werd geplaagd door droomflitsen: krankzinnige fragmenten, niet tijd- of plaatsgebonden. Ik bleef Mary telkens weer voorstellen aan Alexander Lehman. Vriendjes uit mijn kindertijd kwamen naar me toe. We zetten maskers op en speelden verstoppertje. Toen lag Lehman als een raar hoopje op de grond. Ik werd zwetend wakker omdat ik een nijdig geluid hoorde dat ik niet kon plaatsen.

Geschrokken ging ik rechtop zitten, nu volkomen wakker en stijf van schrik. Ik kon weer nadenken. De telefoon. Ik deed het lampje aan en keek op mijn horloge. Vier uur. De telefoon rinkelde weer. Ik nam op.

'Weet je verdomme wel hoe laat het is?' snauwde ik tegen de hoorn.

Geen antwoord. Ik probeerde het nogmaals, rustiger. 'Wie is daar?'

Stilte. Ik dacht erover op te hangen, maar mijn instinct zei me dat ik dat niet moest doen.

De stem was heel rustig. 'Neuk je graag, Paget?'

Het klonk niet als een academische vraag. Mijn vingers hielden de hoorn steviger vast.

'Ze ziet eruit alsof ze goed is in bed. Ik hoop dat je het nogmaals kunt doen.' Het werd zonder enige nadruk gezegd, alsof ik was verbonden met een antwoordapparaat. Op de een of andere manier maakte dat het nog erger.

Ik probeerde iets te zeggen. 'Ik neem aan dat dit telefoontje iets te betekenen heeft?' Een deel van de betekenis ervan was me al duidelijk: iemand hield mijn appartement in de gaten.

'Paget, laat de familie Lehman met rust. Anders zie je er straks niet meer zo goed uit.' De stem zweeg even. 'Misschien zou je er graag net zo uitzien als Lehman?'

Ik wachtte op meer. Dat kwam niet. Ik had het vreemde gevoel dat een hand zorgvuldig een hoorn op een haak legde. De telefoon klikte. De verbinding was verbroken. Ik hield de hoorn nog tegen mijn oor toen de zoemtoon weerklonk.

Mary rolde slaperig op haar zij. Haar zwarte haren vielen half over haar gezicht. Ze streek ze met haar vingers naar achteren, haar ogen nog dicht. 'Wat was dat?' mompelde ze.

'Verkeerd verbonden.'

Ze stak afwezig een hand uit naar mijn schouder en viel toen weer in slaap. Ik keek even naar haar en deed de lamp uit.

Ik werd niet meer opgebeld. Ik ging liggen en vroeg me af hoe lang ik met Lehmans lijk zou slapen.

De volgende morgen vond ik haar in de keuken, eieren bakkend. Ze droeg een geleend wit overhemd, waaronder haar lange benen een eind uitstaken. Ik keek naar haar en liep toen nadenkend naar een raam.

Mary vroeg: 'Is dit wat ze postcoïtale *tristesse* noemen?'

'Nauwelijks.'

Ze keek lichtelijk geamuseerd en glimlachte bijna onmerkbaar. 'Weet je dat je heel weinig op Frank lijkt?' Ze draaide zich weer om naar de eieren. 'In en uit bed.'

'Is dat een goede zaak?'

Ze glimlachte snel over haar schouder. 'Een heel goede zaak.'

We ontbeten in alle rust aan de witte tafel onder het achterste raam van de huiskamer. Vierkantjes zonlicht bereikten de tafel en verwarmden haar gezicht. Ik probeerde me daar op te concentreren. Ze zag er fris uit, waardoor ik ernaar verlangde haar aan te raken. Haar zwarte haar viel over de kraag van het geleende overhemd. We hadden het over onbelangrijke dingen. Onze relatie was veranderd, maar we deden even net alsof dat niet zo was. Dat lukte niet helemaal. Dat lukt nooit.

We spraken zacht met elkaar. Zij kreeg te horen waar ik vandaan kwam en wat ik in mijn studietijd had gedaan. Dat vond ik voldoende.

Maar Mary boog zich over de tafel heen – de mouwen van het overhemd zorgvuldig opgerold tot boven haar slanke polsen – en keek me heel onderzoekend aan. Op dat moment had ik niet méér om haar te geven. Ik was moe en het tafereel riep vaag ironische herinneringen op aan andere ochtenden op een andere plaats. Ik bleef de stem door de telefoon horen. En Alexander Lehman was dood.

De laatste gedachte leek me te verlammen. Ze vroeg wat er was. Ik keek naar de vierkantjes zonlicht op de tafel. 'Een heleboel. Dat Lehman dood is. Dat ik leef. En dat het zonlicht daardoor feller lijkt, alsof ik daar al een tijdje niet meer echt naar heb gekeken.'

Haar diepzwarte ogen leken me te verslinden. 'Je kunt Lehman niet tot leven wekken.'

'Uit stof zijt gij geboren en zo?' vroeg ik.

'Chris, zeg zulke dingen alsjeblieft niet tegen me. Je begrijpt best wat ik bedoel.'

Daar was ik helemaal niet zeker van, maar ik was blij het onderwerp verder te kunnen laten rusten. Ik analyseerde de vierkantjes licht nog wat langer. Ik kon haar aan de andere kant van de tafel voelen: gespannen, al deed ze koel. De stilte zwol aan.

'Heb jij ooit wel eens echt om iemand gegeven?' Haar stem klonk rustig, maar de woorden kwamen even snel over haar lippen als een champagnekurk onder druk uit een fles kan ploffen.

Ik had mijn kop er niet bij. 'Ja. Eén keer. Op de lagere school. Om een schaap. Is een familietrekje. Ik kan me nog steeds herinneren dat ik met mijn handen door haar vacht streek. Mijn ouders kwamen erachter en stuurden me naar een heel strenge kostschool. Toen ik met Thanksgiving weer thuiskwam, waren er alleen nog drie lamskoteletjes en een wollen trui over. Die heb ik jarenlang gedragen...'

Ik bracht mezelf tot zwijgen. Voelde me ongelukkig. Haar gezichtsuitdrukking was weer gesloten.

Ik verbrak de impasse. 'Oké, dat was een smakeloos verhaaltje. Het spijt me.'

Het redde me niet. Ze was boos. 'Ben je altijd zo gééstig?'

'Nee, maar ik houd er niet van dingen over mezelf te vertellen. En deze morgen is niet geschikt voor "Dit is mijn Leven".'

Ze ging stijf rechtop zitten, met haar armen over elkaar geslagen. 'Waarom raak je zo uit je evenwicht wanneer ik je zulke vragen stel?'

'Je weet van geen ophouden, hè?'

'Wat is er in vredesnaam met je aan de hand? Je doet erg terughoudend over je reis naar Boston. Je kunt niet over persoonlijke dingen praten, iets wat te dicht bij je in de buurt komt.'

'Je hebt als bijvak zeker psychologie gestudeerd? In dat geval kan ik je vertellen dat mijn moeder heel veel van me hield.'

'Dat is niet besmettelijk.'

Ik stond op het punt haar opnieuw te verliezen. Ik had zo mijn redenen om daar niet op te zitten wachten. Ik stak een hand naar haar arm uit. Die voelde stijf aan onder mijn vingers. Maar ze trok hem niet weg. 'Mary, bepaalde dingen zijn voor mij heel persoonlijk. Op die manier kan ik beter leven. Misschien ben ik daardoor slecht gezelschap, maar dat is niet mijn bedoeling.' Ik ordende mijn gedachten. 'Sommige dingen kan ik niet omlaaghalen door er een lezing over te houden.'

'Heb ik je daar om gevraagd?' In haar stem was nog een ondertoon te horen die wees op wat er die nacht was gebeurd, maar ze had zichzelf nu verder wel onder controle. De vraag klonk tegelijkertijd intens en vlak.

Met mijn vrije hand maakte ik patronen in de vierkantjes zonlicht en ik dacht een paar ongelukkige gedachten. Toen had ik een ingekorte versie paraat. 'Vier jaar geleden heb ik in Boston met een vrouw samengewoond. Ik wilde haar houden.' Ik voelde dat ze me nu op de een of andere manier uit handen glipte. Zolang ik haar voor mezelf had gehouden, had ik het definitieve kunnen negeren, alsof ze nog altijd de mijne was. 'Ik wist te goed wat ik hebben wilde en niet goed genoeg wat zij nodig had. Wat ik had moeten begrijpen, zag ik als dingen die zij me aandeed.' Ik maakte sneller patronen in het zonlicht. 'Het is beroerd geëindigd, tijdens een ruzie waarbij niets van wat we zeiden echt waar of volkomen eerlijk was. Ik vroeg haar weg te gaan. Dat verzoek heeft ze ingewilligd.' Mary had haar arm onder de mijne omgedraaid. Haar vingers raakten me aan. Ik maakte het verhaal af. 'Als er ooit een moment komt waarop we dit nader moeten bespreken, zal ik dat misschien ook doen. Maar dat moment hebben we nog niet bereikt.'

‘Wat is er met haar gebeurd?’ vroeg ze zacht.

‘Die andere vent was slimmer en had meer geduld. Ze is nu de echtgenote van een Bostonse psychiater. Ik zie haar nooit meer.’

‘Ben je daarom naar Washington gegaan?’ De blik in haar ogen was zachter geworden, nieuwsgierig.

Ik haalde mijn schouders op. ‘Niet per se. Ik had daar heel veel redenen voor.’

Mary keek naar de tafel. Na een lange stilte zei ze: ‘Het spijt me, Chris. Misschien heb ik me gegeven de omstandigheden vanmorgen beroerd gedragen.’

Ze liet het klinken alsof ze er niet zeker van was. Maar dit was dan ook een nieuwe situatie. Voor haar en voor mij. En ze wist nog lang niet alles.

Haar vingers hielden nu mijn arm vast. Ik hield op met het tekenen van vierkantjes en cirkels. Ik trok haar overeind, wilde opeens de stem van de telefoon een loer draaien. Mijn witte overhemd viel op de grond. Haar haren rustten op haar schouders, op de plaats waar de kraag had gezeten. De zon kleurde haar huid schitterend goudbruin. Hij zag er warm uit.

13

MCGUIRE ZAT NAAR Capitol Hill te staren, waar nieuwe commissieleden werden beëdigd. Zijn vingers wreven over de armleuning en zijn voeten schoven de stoel op zijn wieltjes heen en weer. Ik vroeg me af of hij ooit stilzat.

Hij keek me aan. 'Ga zitten, Chris.' Ik trok een stoel bij, terwijl hij zijn rubberen glimlach probeerde te produceren. Die zag er ongezond uit, als de glimlach van een dominee om een vieze mop van iemand die de kas van de kerk net stevig heeft gespekt.

'Je bent laat vanmorgen,' zei hij en zocht toen naar een luchtige opmerking die bij zijn glimlach zou passen. 'Met een vrouw naar bed geweest of zo?'

'Heel geestig.'

'Een mens moet zijn gevoel voor humor nooit verliezen.'

Dat zou inderdaad zonde zijn, dacht ik. 'Joe, waarom bel je de familie Lehman niet? Die mensen snakken naar een grapje.'

'Luister. Die kwestie Lehman maakt mij even misselijk als jou.' Hij wachtte. Ik reageerde niet. 'Ben je in Boston iets te weten gekomen?'

'Niet echt.'

'Waar was je gisteren verdomme?'

'In bed met een vrouw.'

Zijn glimlach verdween. 'Geen geouwehoer. Waar was je?'

'In Lehmans huis.'

De stoel kwam tot stilstand. 'Ik had niet gezegd dat je dat kon doen. Wat heb je daar gedaan?' Zijn stem begon staccato te klinken.

'Ik hoopte iets te vinden.'

'De dag nadat die vent was overleden?' McGuire klonk zowel geschrokken als geïntrigeerd.

'Dat klopt.'

'Chris, besef je wel welke indruk dat van ons kan wekken? Een van onze mensen die lui lastigvalt vlak nadat de echtgenoot is gedood. Afschuwelijk!' Hij dacht opeens aan iets anders. 'Heb je wat gevonden?'

Medeleven stond niet zo hoog in zijn vaandel geschreven. Ik vroeg me af wie dat nog meer wilde weten. De aktetas stond bij mijn voeten, met het memo erin. 'Niet veel. Oude financiële verslagen en zo.'

Zijn wenkbrauwen werden bezorgd gefronst. 'Weet je het zeker?'

Er was iets mis. 'Is er hier iets gebeurd wat ik zou moeten weten?'

Die vraag had weer zijn vreugdeloze glimlach tot gevolg. 'Je hebt vanmiddag om halfvier een bespreking met William Lasko.'

Opnieuw Lasko. Het nieuws viel me zwaar op de maag. Ik vertrouwde mezelf niet genoeg om iets te zeggen en probeerde hem een nadere verklaring te ontlokken door hem aan te staren. Zijn bevroren glimlach was net een afschuwelijke verlegen grijns.

'Lasko's jurist heeft vanmorgen gebeld en om een bespreking gevraagd.' Hij zweeg even. 'Een zekere meneer Catlow,' voegde hij daar vaag aan toe.

Dat was een leuke opmerking. Ik nam aan dat McGuire Catlows naam sinds die maandag weer was vergeten. Ik wilde hem dat in herinnering brengen en vervolgens de tanden uit zijn smoel slaan. Maar dat deed ik niet. Ik wachtte op meer.

Dat gaf hij me, zij het aarzelend, alsof de woorden door mijn zwijgen over zijn lippen getrokken werden. 'Lasko denkt dat deze zaak een smet werpt op zijn reputatie. Hij heeft om een bespreking verzocht om vragen te beantwoorden die wij wellicht hebben.'

Dat was redelijk rechtdoorzee, maar iets in de stem van McGuire gaf me een tip.

'Heb je een stenograaf geregeld om alles te noteren?'

Dat was het. McGuire schudde zijn hoofd in de richting van de grond en keek me niet aan. 'Nee. Het gaat om een informele bespreking.' Hij probeerde het nonchalant te zeggen, alsof dit de standaardprocedure was.

Ik wilde iets doen. Alles behalve blijven zitten. Maar ik bleef zitten en liet mijn woede sudderen. Toen ik weer het woord nam, klonk mijn stem droog en precies. 'Joe, ik hoef je toch zeker niet te zeggen dat zo'n bespreking méér dan waardeloos is? Ik bedoel... dat weet je toch wel?' Hij staarde me aan en leek betrapt en woedend tegelijk. Ik ging verder. 'Zonder verslag zullen we meineed nooit kunnen bewijzen. In dat geval kan hij op elk moment dat het hem uitkomt tegen ons liegen.'

'Hij is bevriend met de president. Vergeet dat niet. En hij komt vrijwillig naar ons toe.'

'Dat verbaast me niets. Je weet verdomd goed waarom hij hierheen komt. In ruil voor leugens die hem nooit kwaad kunnen doen, zal hij precies te weten komen wat ik weet. Hij zal naar de vragen luisteren. Als ik hem naar Sam Green vraag, zal hij in dat opzicht wijzer worden. Als hij op de een of andere manier connecties met Green onderhoudt, zal hij Green eerder te pakken hebben dan wij. Als Lehman me iets heeft verteld, zal hij dat uit mijn vragen kunnen opmaken. Als hij over een bepaald feit tegen me liegt en ik kan er niet verder op doorgaan, weet hij dat ik over dat feit niets weet. Zo gaat het. Misschien kan ik maar beter rechtstreeks aan Lasko verslag gaan uitbrengen.'

'Die man heeft invloed, verdomme. En jij kunt hem geen moer maken.'

'Ik denk dat Lasko Lehman heeft laten vermoorden.'

Zijn ogen flitsten. 'Zulke onverantwoorde nonsens wil ik niet van je horen.' Hij sprak met de nadrukkelijke minachting van een sergeant-majoor. 'Ik heb hier een hoop onzin van jou gepikt, maar als je iemand anders gaat belasteren, vlieg je eruit.' In zijn stem klonk onder de woede ook verholen angst door, alsof een moord minder werkelijk zou worden door er niet over te praten.

Dus zei ik het nogmaals, heel langzaam. 'Ik denk dat Lasko Lehman heeft laten vermoorden.'

Hij werd rood. 'Als je dat buiten de muren van dit kantoor zegt, ben je op staande voet ontslagen.'

'Geldt dat ook ten aanzien van de politie van Boston?'

'Vooral ten aanzien van de politie van Boston.'

Ik ging staan omdat ik niet verder durfde te gaan. 'Is dat alles?'

Zijn stem werd hoger van woede. 'Nee, dat is het niet. Je hebt in Lehmans huis rondgelopen zonder dat iemand je daar toestemming voor had gegeven. Je hebt me gepasseerd met de dagvaarding voor Lasko. Nu heb je jezelf tot rechercheur benoemd. Als je denkt dat Woods je blijft dekken, kun je dat meteen vergeten. Als ik je ontsla, heb ik daar alle reden toe. Geen enkel advocatenkantoor zal je meer in dienst nemen. Niet eens om de koffie rond te brengen.'

Ik balde mijn handen in mijn zakken tot vuisten om niet uit mijn slof te schieten. 'Joe, ik denk dat je me nog maar beter niet op staande voet kunt ontslaan. Dat zou te erg stinken.' We keken elkaar strak aan. 'Zijn we nu klaar?' vroeg ik.

McGuire knikte en wendde zijn blik af. Het gebaar wees op een ongemakkelijke mengeling van woede en irritatie. Afstekend tegen de kale muur zag hij er even eenzaam uit als de laatste huurder in een onbewoonbaar verklaard pand.

Ik pakte mijn aktetas en liep naar de deur. Die maakte ik open en draaide me toen nog even half om. 'Tussen twee haakjes, Joe... Ben jij er een gewoonte van aan het maken vreemde telefoontjes te plegen?'

Ik keek naar zijn ogen, zoekend naar een bevestiging. Het enige dat ik zag was woede – en verbazing. Ik trok de deur met een klap achter me dicht en liep weg.

De woede liet zich nu niet langer onderdrukken. Half verblind liep ik de gangen door, terug naar mijn afdeling. De grijsheid en het lawaai waren er nog, alsof er niets was veranderd. Een jongen van de postkamer bracht me een stapel memo's en de nieuwsbrief van het bureau. Drie secretaresses zaten rond het bureau van Debbie te praten en roerden in hun koffie met de serene zelfgenoegzaamheid van ambtenaren. Dit was een geweldige dag. Een van hen was met haar bowlingclub kampioen van de ECC geworden.

Ik keek naar de diverse kantoren en had het idee hier vanuit Botswana op bezoek te zijn. Feiner staarde zijn kantoor uit, zag me en keek een andere kant op. Een vreemd gezicht liep rakelings langs me heen. Iemand die kennelijk net in dienst was genomen. Ik liep door naar mijn eigen kantoor.

Debbie keek op en liep achter me aan. Een tijdje keek ze alleen maar naar me. 'Alles in orde met jou?' vroeg ze uiteindelijk.

'Dat denk ik wel.'

De blik in haar rustige ogen was serieus. 'Triest van je getuige,' zei ze eenvoudigweg.

Om de een of andere reden was het de meest normale reactie die ik in drie dagen had gehad. Toen herinnerde ik me opeens dat Mary vrijwel exact hetzelfde had gezegd. Ik probeerde te bepalen wat het verschil was. Dat lukte me niet. 'Dank je,' zei ik uiteindelijk.

Ze knikte. 'Als je erover wilt praten...' Ze maakte de zin niet af, alsof ze me duidelijk wilde maken dat het me vrij stond dat al of niet te doen. Ik zei dat ik dat misschien zou doen en wist toen niet meer wat ik zeggen moest. Ze liep terug naar haar eigen bureau en deed de deur achter zich dicht. Ik smeet mijn aktetas op mijn bureau en ging zitten. Ik staarde nog steeds naar die aktetas toen Robinson aanklopte. Hij keek meelevend. 'Wat is er in vredesnaam gebeurd?'

Hij ging zitten terwijl ik hem dat vertelde, maar het memo onvermeld liet. Het hielp om erover te praten. Maar het memo bleef als een brok in mijn keel steken. Net als het telefoontje. Misschien leek dat in het daglicht kinderachtig. Hoe dan ook, ik maakte er geen melding van.

Robinson overwoog alles. 'Dus jij denkt dat Lasko Lehman heeft gedood?'

'Ja.'

Hij knikte. 'Dat is een niet helemaal onzinnig idee.'

De sfeer in mijn kantoor werd opeens grimmig, alsof Robinson Lehmans dood had bevestigd. Robinson voelde het ook aan. Hij zocht onhandig naar iets om me af te leiden. 'Weet je dat er grenzen zijn aan wat je in je eentje kunt doen?' zei hij uiteindelijk.

'Hoe bedoel je dat?'

Hij leunde achterover met het air van een man die een parabel gaat vertellen. 'Een paar jaar geleden had ik een secretaresse die altijd achter haar typemachine in slaap viel, met loopneus en al. Op een dag heb ik eens goed naar haar gekeken. Overal littekens van injectienaalden. Dus heb ik geprobeerd haar te laten ontslaan. Dat ontdekte ze en ze diende een klacht in bij de man die erop moet toezien dat beide seksen gelijke kansen krijgen, met de mededeling dat ik een racist was.'

'Wat is er toen gebeurd?'

'Ik werd op het matje geroepen bij de personeelsafdeling en heb toen met de een of andere pompeuze kwal een gesprek moeten voeren over mijn latente racisme. Het resultaat was dat ik opdracht kreeg wekelijks therapeutische sessies met die vrouw te houden, om haar te helpen. Dat heeft drie weken geduurd. De vierde week kon ik er niet meer tegen. Ik heb haar voorgedragen voor een promotie. Ze houdt nu tussen haar dutjes door supervisie over een typekamer met dertig secretaresses.'

Ik schudde mijn hoofd. 'Het punt is,' zei hij, 'dat het erbij hoort.'

Het verhaal leek vaag maar deprimerend verband te houden met mijn werk en misschien zelfs wel met Lehman. Het feit dat Robinson het accepteerde, zat me niet lekker. Ik probeerde iets constructiefs te bedenken.

'Het Bostonse kantoor heeft woensdag de dagvaarding voor Lasko's financiële administratie afgeleverd. Denk je dat je die per luchtpost hierheen gestuurd kunt krijgen?'

'Een deel ervan wel.'

'Laten we dat deel dan dit weekend bekijken. Er moet iets anders gaande zijn wat met dit alles te maken heeft.'

'In orde. Verder nog iets?'

Ik dacht nog steeds aan het memo. 'Weet je dat we om halfvier een bespreking met Lasko hebben?'

Door de dikke brillenglazen keek hij me verbaasd aan. 'Dat heb ik inderdaad gehoord. Ik kan niet zeggen dat de regels die daarvoor zijn vastgesteld me aanstaan.'

'Jim, het was niet mijn idee.'

Hij knikte. 'Dat dacht ik al wel. Heb je met McGuire gesproken?'

'We hebben er woorden over gehad,' zei ik droog. 'Ik ben deze week voor de tweede keer bijna ontslagen.'

Robinson keek weer peinzend, zijn blik gericht op zijn vingernagels. 'Heb je je ooit wel eens afgevraagd waarom hij het niet gewoon doet?'

'Ja. Ik denk dat hij het te lastig vindt om me midden in deze zaak te dumpen.'

'Dan zou je je eens moeten afvragen waarom hij nu juist jou op deze zaak heeft gezet. Ieder ander zou voor minder problemen hebben gezorgd.'

Het was alsof hij mijn achterdocht had geroken en een versluierd debat aan het voeren was. Met mij en met zichzelf. Ik wilde hem vertellen over McGuire en de advocaat van Lasko. En over het memo. Maar dan zou hij tussen mij en McGuire in komen te staan. Dat zou hij niet willen.

'Jim, ik zal erover nadenken en ik waardeer je hulp.' Ik had het gevoel dat ik hem tekortdeed, verraad pleegde jegens onze vriendschap. Maar hij had mijn problemen niet nodig en ik kon me niet voorstellen dat hij tegenover McGuire zijn mond zou houden. Ik liet hem vertrekken.

Ik stond op en deed de deur achter hem dicht. Toen haalde ik de bruine envelop uit mijn aktetas. Lehmans memo. Ik hield het vast en vroeg me af of die absurde boodschap op de een of andere manier ook mijn dood kon worden. Toen maakte ik mijn bureaulade open en keek erin. De bodem van de lade bestond uit twee lagen metaal. Ik pakte mijn briefopener, klemde die tussen de twee lagen aan de voorkant van de lade en wrikte. Er ontstond een kleine spleet. Ik trok de briefopener weer los en haalde het memo uit de envelop. Ik kopieerde de cryptische woorden in een aantekenboekje, scheurde het velletje eruit en stopte het in mijn portefeuille. Toen deed ik het memo terug in de envelop en wrikte de metalen lagen met de briefopener weer los. Ik hield de envelop in mijn linkerhand en probeerde hem in de gleuf te schuiven. Hij paste. Langzaam duwde ik hem er helemaal tussen.

Ik dacht een tijdje na. Ik wist dat dit een keerpunt was. Ik kon het memo verborgen houden, of het aan anderen laten zien en proberen er verder niets meer mee te maken te hebben. Maar dat stadium was ik waarschijnlijk al gepasseerd toen ik het de eerste keer las. Ik deed de lade dicht en op slot.

Ik leunde achterover in mijn stoel en wachtte op de komst van William Lasko.

14

ROND TIEN VOOR halfvier haalde ik Robinson op en liep ik met hem naar de vergaderzaal. Die was voor een koopje chic ingericht: goedkope houten tafel en moderne Zweedse stoelen, met gele stof bekleed. Maximale levensduur drie jaar. Aan twee kanten ramen, met goedkope, oranje jutegordijnen ervoor. Een groene plastic plant in een pot completeerde het geheel.

We gingen op de wegwerpstoelen zitten en maakten zenuwachtige grapjes over het decor en het moeten wachten, omdat Lasko ons kon laten wachten en dat wist. Robinson keek nu niet langer in gedachten verzonken, wel mistroostig. Ik voelde me in de verdediging gedrongen, maar ook bang. Ik had het idee kennis te gaan maken met de moordenaar van Lehman, de man achter de rustige telefoonstem, de schrijver van het memo dat ik in mijn bureau had verstopt. Het was een nieuwe ervaring voor me. Ik keek afwezig naar de gordijnen en probeerde mijn plan te repeteren.

Ik keek op mijn horloge. Het was tien over halfvier. Lasko wilde ons iets duidelijk maken. Dat lukte. Elke seconde leek een eeuwigheid te duren. Robinsons wijsvinger trok onzichtbare gleuven in zijn aantekenblok. Ik betrapte mezelf erop dat ik met mijn pen op de tafel zat te tikken, in de stijl van Gene Krupa.

De telefoon rinkelde. De bewaker beneden deelde me mee dat Lasko was gearriveerd, met zijn advocaat. Ik zei dat hij hen naar boven moest sturen, naar de vergaderzaal op de tweede verdieping. We wachtten. Toen ging de deur open.

De foto's van Lasko hadden me niet voorbereid op zijn werkelijke uiterlijk. Hij vulde de deuropening, was op zijn minst een meter drieënnegentig lang en honderdvijftien kilo zwaar en straalde een strak onder controle gehouden kracht uit. Hij liep met grote passen om de vergadertafel heen, breeduit glimlachend, met het air van een man die een bruggenhoofd veiligstelt. Hij kwam dicht bij me staan en gaf me een handdruk waar mijn botten van kraakten.

'Ik ben William Lasko.' Hij keek me strak aan, mijn reactie taxerend.

Ik probeerde in geen enkel opzicht te reageren. 'Hoe maakt u het, meneer Lasko? Ik ben Christopher Paget.'

Hij staarde me nog een seconde langer aan en liep toen naar Robinson, met wie hetzelfde ritueel werd herhaald. Hij zag eruit als een Amerikaan uit een van de zuidwestelijke staten: veel kleur in zijn dikke gezicht, zwarte, harde en intelligente ogen. Ik wees op de tafel. Lasko eigende zich met een resoluut gebaar een stoel toe en ging zitten. Hij leek zich terdege van zichzelf bewust te zijn, alsof hij voortdurend en waarderend naar zijn spiegelbeeld keek. Op een vreemde manier was het indrukwekkend. Ik voelde me nietig, was me bewust van mijn eigen onbelangrijkheid.

Toen zag ik Catlow pas. Hij stond op de achtergrond, de perfecte, zichzelf wegcijferende advocaat. Het contrast met Lasko was opvallend. Catlow was een kleine man met zandkleurig haar en een heel bleke huid. Hij stelde zich met droge, iele stem voor en zijn handdruk was licht. Het meest opvallend aan hem waren de scherpe, grijze ogen. Catlow had er een punt van gemaakt zo min mogelijk op te vallen. Ik keek om naar Lasko. Hij had zwart haar, een stompe neus en dikke, volle lippen. Een teruggetrokken leven zou niets voor hem zijn.

We gingen allemaal zitten. Robinson rechts van me, de andere twee links van me. Lasko boog zich over de tafel heen alsof hij hem zelf had gekocht. Ze staarden me aan, wachtend terwijl ik erover nadacht hoe ik zou beginnen.

De telefoon rinkelde. Ik nam op. Een overzeese telefonist vroeg met raspende stem naar Lasko. Ik gaf hem de hoorn. Zijn bariton klonk zeer voldaan. 'Ik heb een paar potjes op het vuur staan. Er zijn altijd mensen die me moeten spreken.' Door de telefoon zei hij: 'Leo? Waar ben je? In Japan? Hoe laat is het daar in vredesnaam? Ja, ik ben bij de ECC. Wat is er aan de hand?' Lasko voerde beide kanten van het gesprek, omwille van mij. Ik vroeg me af hoe die arme Leo het vond om middernacht op te moeten staan om de baas te bellen.

Lasko bleef met Leo praten en naar mij kijken. Ik keek terug, om ervoor te zorgen dat hij gelukkig bleef. 'Ja. Oké. Vijfendertig per ton? Dat is belachelijk.' Zijn ogen volgden mij jaloers, mijn aandacht opeisend. 'Luister, Leo, dat is geouwehoer. Vraag die Jap maar eens waar hij elders zulke goede kolen voor dat roteilandje van hem kan krijgen en ga daarna een ommetje maken. Over twee weken komt hij kruipend naar je terug.' De boodschap was overgekomen: Lasko was een heel belangrijk man. Dit was zijn manier om met mensen om te gaan. Wat belangrijk was, was om belangrijk te zijn. Lasko had belangrijkheid even hard nodig als een junk zijn dope. En Lehman was op de een of andere manier bedreigend voor de toevoer geweest.

Lasko verbrak eindelijk de verbinding. Ik keek naar hem, zonder iets te zeggen. Na een lange stilte nam hij het woord. 'Meneer Paget, waar zit u mee?' Zijn stem klonk opdringerig vriendelijk, alsof hij me zo snel mogelijk mijn plaats wilde wijzen. Catlow, zat doodstil, met zijn handen op de tafel.

Ik antwoordde beleefd. 'Meneer Lasko, ik zat te denken dat u me misschien een paar suggesties aan de hand kunt doen over wat we hier kunnen bereiken.'

Lasko antwoordde soepel. 'Oké. Ik denk dat we open kaart moeten spelen. Ik ben praktisch ingesteld. Uw onderzoek is slecht voor mijn bedrijf.' Hij spreidde zijn handen in een gebaar van openheid. 'Vraagt u me wat u me vragen wilt. Ik zal al uw vragen beantwoorden tot u er zeker van bent dat u absoluut niets hebt om u zorgen over te maken.' De woorden klonken vriendelijk, maar raakten alleen het oppervlak. De boodschap die ermee werd doorgegeven, was gebiedend. Lasko meende dat ik zijn eigendom was, net als Lehman. Zijn minachting was even voelbaar als de augustushitte.

Ik dwong mezelf te glimlachen. 'Dat kan ik waarderen.' Ik vroeg me af wat er zo vreemd was aan deze bespreking. Toen wist ik het opeens. Niemand had Alec Lehman genoemd.

Ik sprak timide. 'Klaar om te beginnen?'

Lasko glimlachte terug en spreidde opnieuw zijn handen. 'Klaar.'

Heel langzaam zei ik: 'Hebt u Alexander Lehman vermoord?'

Elk woord viel als een baksteen. Catlows ogen werden bijna onmerkbaar groter. De glimlach speelde nog een seconde op Lasko's gezicht nadat zijn hersenen hadden geprobeerd die weg te halen. Toen leek zijn gezicht op dat van een roofdier uit de oertijd. Dat was het echte antwoord op mijn vraag. Zijn formele antwoord was een anticlimax, uitgesproken met een monotone stem die het doel had betekenisloos te zijn.

'Nee.'

'Dat is een opluchting.' Ik wendde me tot Robinson. 'Heb jij meneer Lasko nog iets te vragen?'

Robinson staarde me even aan en schudde vervolgens plechtig zijn hoofd.

Toen nam Catlow het woord. Dat hij gespannen was, bleek uit zijn schorre stem. 'U moet beslist nog meer vragen hebben. Meneer Lasko heeft hier met niet onaanzienlijke problemen tijd voor vrijgemaakt, omdat hij druk bezig is met het overnemen van drie bedrijven. U moet uw werk beter kunnen doen dan tot nu toe het geval is geweest.'

McGuire kon gewoon geen goede hulp meer krijgen. Ik wuifde Catlows woorden weg en wendde me tot Lasko. 'Meneer Lasko, gaat u er maar van uit dat alles is opgehelderd. Kan ik u naar de deur begeleiden?'

Lasko's ijskoude bariton trilde. 'Meneer Paget, u maakt een ernstige vergissing.' Mijn neerbuigende houding had hem diep geraakt, tot uitersten gedreven. Zijn gezicht zei de rest: dat ik dezelfde fout beging als Lehman.

Ik kon Lasko niet laten merken dat ik de koude rillingen over mijn rug voelde lopen en zei rustig: 'U betaalt belasting. Schrijft u maar een brief naar het congreslid dat uw belangen behartigt. U en ik hebben alles afgehandeld. Voorlopig.'

Catlow raakte Lasko's mouw aan. 'Bill, wacht beneden op me. Meneer Paget en ik hebben nog iets te bespreken.' Lasko reageerde niet. Catlow ging op dezelfde rustige toon verder. 'Dit is de reden waarom ik jouw advocaat ben,' zei hij, en knikte naar mij alsof ik de potplant was. Lasko staarde me nog steeds aan. De sfeer was dodelijk. Toen perste Lasko zich zijn stoel uit, wierp me nog een laatste verhitte blik toe en liep met grote passen de kamer uit. De merkwaardige kracht van de man bleef in de lucht hangen: de kamer leek opeens leeg.

Catlow bleef zitten waar hij zat en keek ons vanaf de andere kant van de tafel koel aan. Hij wendde zich tot Robinson. 'Wilt u ons excuseren? Meneer Paget en ik hebben het een en ander te bespreken.'

Robinson keek even mijn kant op. Ik knikte. Hij vertrok, zij het aarzelend.

Catlow en ik waren alleen. 'U moet mijn cliënt excuseren,' zei hij.

'Hij is nogal van streek door de dood van Lehman, nietwaar?'

Catlow stak een sigaret op, natuurlijk met een laag teergehalte, en haalde een asbak naar zich toe. Zijn bewegingen waren sober. Hij keek op. 'U zult zich wel een ware held voelen. Elke jonge jurist die voor de regering werkt, droomt vast over een moment waarop hij de kans krijgt in het licht van de schijnwerpers te staan. De jonge meneer Paget, die als een held voor de waarheid vecht.' Hij blies rook uit en nam me door die rook heen schattend op.

Hij was op een rustige manier bevoogdend maar wat hij zei, klopte wel zo ongeveer. 'Iets dergelijks, ja.'

Hij glimlachte tevreden. 'Christopher, dat is heel dom. Deze zaak zal over een jaar niets anders zijn dan een voetnoot bij een volgend budgetteringsprogramma. En zelfs wanneer hier echt een zaak van komt, zal er een schikking worden getroffen, waarna er verder niets meer gebeurt. Behalve met jou.' Hij keek me met zijn grijze ogen strak aan en koos zijn woorden zorgvuldig. 'Over wat er hier vanmiddag is gezegd, wil ik het niet eens meer hebben. Desondanks kan dit alles grote gevolgen hebben voor jou. Je zult nodeloos vijanden maken. Je zult persona non grata worden, niet omdat je mensen boos hebt gemaakt, maar omdat je mensen boos hebt gemaakt op een manier die je beoordelingsvermogen in diskrediet brengt.'

Door zijn kalmte had ik het eigenaardige gevoel leeg te lopen als een doorgeprikte ballon. 'Ga door. Ik ben een en al oor.'

'Er is vanmiddag ook zorgeloos gesproken – door jou – over zaken waar jouw bureau niets mee te maken heeft. De politie is niet met beschuldigingen gekomen. Er is in feite niemand die jou bij dit spel zal steunen.' Zijn stem klonk nu triest, als een lijkzang voor mijn ten dode opgeschreven carrière. 'Je staat alleen. Dus heb je er niets bij te winnen. Denk daar maar eens over na.'

Hij keek me verwachtingsvol aan. Ik zag een adertje op zijn bleke voorhoofd. Ik keek hoe hij een trek van zijn sigaret nam. Daardoor zag zijn gezicht er broodmager uit, als een doodskop. Hij was de buitenkant van Lasko's binnenkant. Catlow zou zich bezighouden met mijn carrière en het bureau, terwijl Lasko zich op een veilige afstand met belangrijker zaken bezighield: dodelijke verkeersongelukken en bedreigingen met de dood. Het was allemaal heel effectief. En ik was het spuugzat.

'Een goede analyse, meneer Catlow. Maar u bent van één vooronderstelling uitgegaan die niet deugt. U neemt aan dat ik net zo wil zijn als u. Maar nu is het toevallig zo dat ik nog liever zou hebben dat een Wassermannonderzoek bij mij positief uitviel. Dat heeft niets heldhaftigs. Het is gewoon een feit. Nu zal ik u eens een goede raad geven. De voorstelling die uw cliënt hier ten beste heeft gegeven, was een van de beroerdere fenomenen die ik tot dusver heb gezien. Maar niet zo beroerd als Alec Lehman, wiens bloed zich over Arlington Street verspreidde.' De ader in Catlows voorhoofd klopte nu en daardoor zag hij even wit als ivoor. 'Lasko is met teer besmeurd en u zult die teer ook over uw hele lichaam krijgen,' zei ik tot slot.

Catlow staarde me even aan. Ik gedroeg me niet zoals het hoorde. Helemaal niet. Toen ging hij snel staan, klaar om te vertrekken. Geen laatste dreigementen. Catlow was er de man niet naar om woorden te verspillen. Die zou hij elders gebruiken. 'Vaarwel, meneer Paget.' Het klonk alsof ik blijvend ergens anders naartoe zou gaan.

Mijn stem bracht hem weer tot staan. Op conversatietoon zei ik: 'Toen ik bij Lehman was gearriveerd, was zijn gezicht in moes veranderd en zijn schedel verbrijzeld. Een oog was dicht en op de buitenkant van zijn hoofd zat plakkerig spul dat voor die tijd in zijn hoofd had gezeten.'

De ader klopte. De blik in zijn ogen was messcherp van woede. Ik had grof en niet als een jurist gesproken over dingen waarover het verboden was te spreken. Dingen die door een formeel taalgebruik minder werkelijk werden. Hij vertrok snel.

Ik zakte onderuit in mijn stoel. Het feest was ten einde en ik was achtergebleven om de troep op te ruimen. Ik voelde me vermoeider dan ik in mijn herinnering ooit eerder was geweest.

15

ROBINSON SPEELDE MET de inhoud van zijn bak voor ingekomen post toen ik zijn kantoor in liep. Dat was iets wat hij deed wanneer hij opgewonden was en afleiding nodig had.

'Wat is er gebeurd?' vroeg hij. Zijn ogen straalden van nieuwsgierigheid.

Ik liet me vermoeid in een stoel voor zijn bureau zakken. 'Raad daar maar eens naar, Jim.'

Ik zei het nonchalant, alsof ik hem wilde verzekeren dat hij niets had gemist.

Robinson glimlachte vaag. 'Ik denk dat ik je er wel een samenvatting van kan geven. Papa heeft tegen je gezegd dat je een stoute jongen was geweest en straf zou krijgen. Verbannen naar het bureau voor de visserij, waar je kunt nadenken over de juiste omstandigheden waaronder zalm kuit kan schieten.' Zijn stem maakte me duidelijk dat hij iets dergelijks eigenlijk wel half verwachtte.

'Je komt er vrij dicht bij in de buurt.' Ik kwam vanuit hogere sferen snel weer met beide benen op de grond te staan. Mijn stem leek vanaf een grote afstand mijn oren te bereiken.

'En je hebt tegen hem gezegd dat hij een hoge boom in kon.'

Ik knikte.

Robinsons gezichtsuitdrukking werd ernstiger. 'Het was een nogal verbazingwekkende vertoning. De eerste keer dat ik je echt iets stoms heb zien doen.'

'Dan heb je gewoon niet goed gekeken. Wat vond jij van Lasko?'

'Ik denk dat Lasko wilde dat je wist dat hij Lehman heeft vermoord. Hij wilde ervoor zorgen dat je 's nachts gaat zweten wanneer je eraan denkt.'

'Ik denk niet dat ik de volgende voetganger zal zijn die dodelijk verongelukt. Te veel – onnodige – troep. Ik weet niets.' Ik sprak overtuigder dan ik was.

'Daar kan Lasko niet zeker van zijn. Ik zal je eens zeggen wat ik denk.' Zijn stem klonk vast en gezaghebbend. 'Zelfs wanneer jouw veronderstelling klopt, zul je niet lang bij deze zaak betrokken blijven. Zo ongeveer eens in de vijf jaar krijgen we met iets te maken wat iemand die echt machtig is, schade kan berokkenen. Dan verloopt alles vrijwel langs dezelfde lijnen. Er zijn manieren om dit bureau onder druk te zetten via de mensen die het leiden, de mensen die willen hebben wat ze van politici of misschien van iemand met veel geld kunnen krijgen. Dit is zo'n zaak en jij zit er middenin. Maar deze is erger dan de andere, omdat er iemand is vermoord.'

'Wat zou jij doen als je in mijn schoenen stond?'

Robinson keek naar zijn bureau. 'Dan zou ik me er niet meer mee bemoeien.' Hij sprak snel, alsof hij tegenargumenten verwachtte. 'Begrijp me goed. Ik probeer niets van dit alles te verdedigen. Maar ik denk wel dat dit bureau af en toe goed werk doet en we leven nu eenmaal niet in een perfecte wereld. Realistisch gesproken is de kans dat je hier een stap verder mee komt nul komma nul. Maar jij zult er zélf wel schade van ondervinden. Laat de politie dit afhandelen.'

Ik schudde mijn hoofd. 'Daar is het al te laat voor.'

'Verdomme, Chris, hier is het al te laat voor. Het is al te laat voor Lehman.'

'Het is niet geëindigd met de dood van Lehman. Daar is het mee begonnen.'

Hij zweeg, alsof hij de onverzettelijke ondertoon in mijn stem taxeerde. 'Oké,' zei hij uiteindelijk. 'Als Lehman het de moeite waard maakt risico's te nemen, is het mij best, al zie ik niet in waarom. Maar je hebt nog een vriend nodig die je helpt. Woods, McGuire, het kan me niet schelen wie. Anders zul je niet met gezag kunnen opereren en snijdt Catlow je ballen eraf. Als Lasko niet wat ergers in de zin heeft.'

Ik ging iets verzitten. 'Ik denk dat het Woods zal moeten worden.'

'Chris, wie het ook wordt, je kunt er beter vaart achter zetten. En verander alsjeblieft niet nog eens plotseling van koers door een onderzoek in te stellen naar iemand van je eigen bureau.'

Ik ging staan. Robinsons ronde, bezorgde gezicht was in tegenspraak met de scherpe toon van zijn stem. 'Succes ermee,' zei hij mild. 'Je bent altijd geniaal geweest in vrienden maken met mensen op hoge posten.'

Ik ging op zoek naar Woods.

De rust in de suite van de voorzitter maakte me nerveus. Hierboven leek mijn ontmoeting met Lasko onwerkelijk. Ik vroeg de receptioniste naar Woods en liet me in een zachte stoel zakken. Woods was er niet, Mary wel. Ze keek om de hoek van de deur van haar kantoor.

'Een goede middag, Chris.' Ze glimlachte niet, maar de woorden leken vaag, droog te verwijzen naar de ochtend. Op de een of andere manier voelde de receptioniste dat aan en ze kneep haar ogen tot spleetjes samen, alsof ze met een kristalontvanger verre signalen kon oppikken. Op een andere dag zou het allemaal heel geestig zijn geweest.

'Heb je even tijd voor me?' vroeg ik.

'Ja,' zei ze kwiek. 'Kom binnen.'

Ik ging tegenover haar zitten. Haar marineblauwe zijden blouse gaf haar huid een diepbruine kleur. Ze had haar haar naar achteren gekamd.

Ze zag me kijken en glimlachte veelzeggend. 'Ik had vanmorgen de tijd niet om mijn haar te wassen.'

Ik grinnikte. 'Het ziet er prima uit.' Maar ik moest ter zake komen. 'Ik heb een probleem voor voorzitter Woods.'

'En dat is?' Het glimlachje verdween.

'McGuire had voor vanmiddag een bespreking geregeld tussen mij, Lasko en zijn advocaat: een man die Robert Catlow heet. Geen stenograaf erbij. Lasko wilde weten wat ik wist. Ik wilde het spel niet meespelen. Laat ik het zo zeggen: we hebben niet lachend afscheid van elkaar genomen.'

Haar gezichtsuitdrukking werd ijskoud. Op dat moment hadden we de receptioniste of wie dan ook een rad voor ogen kunnen draaien. ‘Waarom heb je ons niet vóór die bijeenkomst op de hoogte gebracht?’

Omdat ik dit soort dingen liever zelf doe, dacht ik. ‘Dat weet ik niet.’

‘En nu wil je dat Jack Woods de rommel voor je opruimt?’

‘Ik wil zijn hulp hebben.’ Ik aarzelde. ‘En de jouwe.’

Haar stem klonk koel en afstandelijk. ‘Hoeveel hulp verwacht je precies, Chris? Je bent me geen dag meer voor. Ik heb je ingehaald.’ Niet helemaal. Ik herinnerde me het memo van de overledene, verstopt in mijn bureaulade. ‘Je hebt me gebruikt om McGuire te omzeilen met de dagvaarding voor Lasko. Je hebt ons niet verteld dat je een getuige zou spreken. Je hebt geprobeerd me helemaal onkundig te laten van het feit dat je naar Boston zou gaan.’ Ze zei het vlak, alsof ze bezig was met het voorlezen van een lijst van officiële bewijsstukken. ‘Je hebt gehandeld alsof je een onafhankelijke aannemer bent.’

‘Ik werk beter in mijn eentje,’ zei ik.

Ze keek me aan alsof ze wilde achterhalen waar mijn woorden begonnen en eindigden. ‘Tot dusver heb je het briljant gedaan. Je hebt geen feiten en een dode getuige. Het is je alleen gelukt problemen voor je eigen commissie te maken.’

‘Niemand is perfect.’

Er verscheen een geërgerd fronsje in haar voorhoofd. ‘Chris, je doet er verstandig aan te besluiten voor wie je werkt.’

Ik hield mezelf voor dat ik alles zo goed als ik kon had gedaan. Vijf dagen lang had ik mijn eigen gang kunnen gaan. Ik had een tweede dagvaarding losgepeuterd, Lehmans memo in handen gekregen en Lasko weggestuurd zonder dat hij iets wijzer was geworden. ‘Kan ik Woods spreken?’

‘Die is er maandagmorgen weer.’

‘Oké. Dan wil ik hem graag om negen uur spreken.’

Ze nam me bedaard op. ‘Verwacht geen applaus.’

Ik ging staan, opeens boos. ‘Luister. In de afgelopen drie dagen heb ik iemand vermoord zien worden, ben ik bedreigd door een varken en diens zak van een advocaat en verneukt door mijn eigen baas. Het kan me geen bal schelen wat jij ervan denkt.’

Haar ogen werden groter. Ik keek om, wetend hoe weinig van dat alles voor haar bedoeld was geweest en beseffend dat ik haar nog steeds kon voelen. Ik voelde me schizofreen. Op een andere dag had ik haar mee naar huis genomen. In plaats daarvan draaide ik me om en liep weg.

Het was vijf uur. Vanachter mijn raam kon ik de straat voor het gebouw zien. Daar wemelde het opeens van de auto's en de mensen. Een leger ambtenaren kwam de deur door en liep de straat op. Ik draaide me om en keek naar mijn bureau. Iemand was zo attent geweest om een artikel over Lehman uit de *Boston Globe* te knippen. De politie had het nog steeds over een aanrijding waarna de chauffeur was doorgereden. Ik pakte de telefoon en belde Greenfeld.

16

GREENFELD ZAT AL aan een tafeltje vlak bij de bar van het Madison toen ik daar arriveerde. Hij zag me en grinnikte. 'Chris, je ziet er verdomd beroerd uit,' zei hij als begroeting.

Ik ging zitten. 'Dat is gek, want ik voel me geweldig. Straks ga ik mijn kungfu oefenen, vrijen met de vrouw van de Braziliaanse ambassadeur en de eerste twee hoofdstukken schrijven van een schitterende roman.' Zijn grijns werd breder. 'Waarom ben jij zo opgewekt?' vroeg ik.

We bestelden twee martini's. 'Jij zou ook heel opgewekt zijn wanneer je net afscheid had genomen van een van Amerika's allergrootste droogkloten,' zei hij.

'Wie is dat?'

'Mijn zwager. Het levende bewijs van de opmerkelijke overlevingsdrang van de hogere middenklasse. Heeft heel lang over de lagere school gedaan: intellectuele tekortkomingen door zwakke genen. Dus gaat zijn vader op zoek naar een middelbare school in het oosten van het land die dringend een bibliotheek nodig heeft. Ook dat werd een lange lijdensweg. Hij kan nog steeds geen enkele baan aan. Dus gaat zijn vader op zoek naar een geschikte, niet veeleisende juridische faculteit. De opleiding daar duurt drie jaar, maar hij doet er vier jaar over, voornamelijk omdat hij zijn tijd verdoet met bier drinken en flipperen op de sociëteit. Dus zorgt papa ervoor dat een vriend hem een baan geeft. Nu resideert hij in de countryclub, drinkt gin en beweert dat "de zwarten" niet hard genoeg werken.'

Ik glimlachte. 'Je moet hem wel erg graag mogen.'

Greenfeld dacht daar even over na. '"Walgen" is zo'n slecht woord nog niet. "Verachten" kan er ook best mee door.' Hij zette zijn zwager uit zijn gedachten. 'Wat is er gaande?'

'Niets. Ik heb een rotdag achter de rug en ik had behoefte aan een stevige borrel en het genoegen van jouw gezelschap. Ik verwacht van jou dat je het vrolijke gebabbel van de Ronde Tafel van Algonquin probeert te evenaren. Van alle zes de leden. Terwijl ik luister en dronken word.'

Hij keek nieuwsgierig. 'Had de Ronde Tafel van Algonquin zes leden?'

'Christus, Lane, dat weet ik niet.'

Hij grijnsde weer. 'Waarom niet?'

Onze drankjes werden gebracht door een ober die zo rustig en efficiënt werkte dat hij met de bar leek te versmelten. De bar zelf was klein en aangenaam donker. Kleine stukjes glas op de muur weerkaatsten het licht. Er kwamen een paar stamgasten binnendruppelen, klaar om het eerste drankje tot zich te nemen. Ik pakte mijn martini. De eerste martini van de avond vind ik altijd lekker. Die smaakt zuiver en nieuw, vooral als je hem kunt drinken voordat het druk, lawaaiig en rokerig wordt. Ik nam een slokje. Het leek bijna een nieuw begin.

Greenfeld zette zijn glas neer. 'Wat gebeurt er in de zaak Lasko?'

'Niet veel. Maar ik heb de man zelf vandaag wel ontmoet. Hij en Catlow zijn naar ons toe gekomen.'

Hij trok zijn wenkbrauwen op. 'Ben je daar iets wijzer van geworden?'

Ik schudde mijn hoofd. 'Niets, behalve dan dat ik nu weet dat ik die twee absoluut niet mag.'

'Wat hebben ze gedaan?'

'Voornamelijk geprobeerd over me heen te walsen.'

Hij glimlachte. 'Dat is niets ongewoons.' De glimlach verdween. 'Ik heb gelezen dat een van de leidinggevende figuren van Lasko's bedrijf kort geleden een aanvaring met een auto niet heeft overleefd. In Boston.'

Ik knikte. 'Dat artikel heb ik ook gelezen.' Ik sprak zo nonchalant mogelijk. Ik kon niet bewijzen dat het moord was. En als ik iets dergelijks aan Greenfeld suggereerde, zou ik de zaak misschien verliezen. Toch vond ik het een bizar spelletje, alsof ik ontkende dat Lehman ooit had bestaan.

Ik kon niet bepalen of Greenfeld twijfelend of gewoon nadenkend keek. Ik nam een slokje en probeerde een ander gespreksonderwerp te bedenken. 'Heb jij nog wat naders gehoord over dat antitrustproces van het ministerie van Justitie tegen Lasko? Gaat dat door, heeft het Witte Huis er een veto over uitgesproken of is er iets anders gaande?'

Hij haalde zijn schouders op. 'Ik weet het niet. Weet het Witte Huis dat jij met Lasko bezig bent?'

Dat kon ik hem wel vertellen. 'Daar ben ik zeker van.'

Hij glimlachte even en leek toen weer diep in gedachten verzonken. 'Dat plaatst jouw bureau in een moeilijke positie, nietwaar?'

'Daar lijkt het wel op. Weet jij iets wat me zou kunnen helpen?'

Hij staarde me vragend aan. 'Je klinkt alsof je hulp nodig hebt.'

Ik grinnikte en probeerde zorgeloos te klinken. 'Ik heb altijd hulp nodig.'

Hij dacht na. 'Ik heb één ding gehoord, uit de derde hand. Via mijn beroemde bronnenapparaat. Men vermoedt dat Lasko in het Caribisch gebied druk bezig is om zich stiekem in banken in te kopen en om zich bedrijven toe te eigenen die als front kunnen fungeren. Op eilanden als de Nederlandse Antillen, waar jullie hem niet te grazen kunnen nemen.'

'Weet die bron van je waarom hij dat doet?'

Hij schudde zijn hoofd. 'Informatie lospeuteren uit de Lasko-organisatie is niet direct het makkelijkste ter wereld. Maar verdomme, Chris, dat is toch jouw werk. Heb je ooit gehoord van een bedrijf op de Nederlandse Antillen dat zuiver op de graat is?'

Ik glimlachte. 'Misschien twee of drie.'

'Wat je doet vermoeden?'

'Dat weet ik niet. Er zijn zo veel mensen die er gebruik van hebben gemaakt. Bernie Cornfeld en de jongens van de Investors Overseas Services, onder anderen. Maar ik zou meer moeten weten. Bijvoorbeeld of het iets met aandelenmanipulatie te maken heeft.'

'Dus je denkt dat Lasko met aandelen heeft geknoeid?' 'Ook dat weet ik niet. Echt niet.'

Dat geloofde hij en hij bestelde nog iets te drinken. Stilzwijgend lieten we het gespreksonderwerp Lasko verder rusten. 'Ik ga vanavond met een aardig ogende vrouw een hapje eten,' zei hij vrolijk. 'Heb je geen zin om ook een dame op te scharrelen en ons gezelschap te houden? We gaan naar Nathan's. Verder is er vanavond een oude detective op de buis. *The Big Sleep*: Bogart in de rol van Philip Marlowe.'

Greenfeld was een filmgek. 'Hoe vaak heb je die al gezien, Lane?'

Hij staarde naar het plafond. 'Minstens vijf keer,' concludeerde hij.

Ik grinnikte. 'Bedankt voor de uitnodiging, maar ik denk dat ik pas.'

Greenfeld schudde overdreven zijn hoofd, zogenaamd diep teleurgesteld. 'Dan mis je een schitterende film, en waarschijnlijk ook een niet al te beroerd diner.' Zijn stem werd droog. 'Zit je soms net tussen betekenisvolle relaties in?' De ironische vraag leek op de een of andere manier aan hemzelf gericht. Het deed me denken aan Lynette.

'Dat denk ik wel. Ik schijn in aanraking te zijn gekomen met iets heel vreemds wat niet weet welke kant het op zal gaan.'

Hij glimlachte peinzend naar zijn lege martiniglas. 'Dat soort is me bekend.' Ik was nieuwsgierig naar Lynette, maar niet nieuwsgierig genoeg om ernaar te vragen. We rekenden af en vertrokken.

'Slaap lekker, Chris,' zei hij toen we op de stoep stonden. 'Rond een uur of negen zal ik waarschijnlijk weten wie van ons tweeën beter af is.' Hij racete in zijn zilverwitte Alfa Romeo de avond tegemoet. Ik liet me naar huis brengen door een smerig gele taxi van iemand anders.

Ik deed de deur van mijn appartement zorgvuldig achter me dicht en staarde naar het onopgemaakte bed en het overhemd dat Mary erop had achtergelaten. Twee nachten met weinig slaap en drie dagen met Lehmans dood eisten hun tol. Ik liet me op het bed ploffen en viel in een diepe, bodemloze slaap.

Ik werd ergens op de Nederlandse Antillen wakker, denkend aan Lasko. Ik keek op de klok. Kwart over tien. Robinson zou al met de Lasko-documenten in de weer zijn. Ik nam een snelle douche, trok een blauwe spijkerbroek en een T-shirt aan en keek naar buiten. Het was zonnig. Ik ging te voet naar mijn kantoor.

East Capitol werd bevolkt door jonge mensen die hun zaterdagse dingen deden. Aan de overkant van de straat liep een bebaard figuur met een zak vol wasgoed te zeulen. Een kleine, blonde vrouw kwam mijn kant op, met een fles wijn voor bij het avondeten onder haar arm. Ze knikte toen ze langs me liep. Voor me uit glansde de koepel van het Capitool te midden van de bomen in het licht van de zon. Toeristen liepen de heuvel over, keken aandachtig om zich heen, als archeologen bij een plaats waar opgravingen worden verricht. Ik liep het terrein van het Hooggerechtshof over, langs het kantoorgebouw van de Senaat. In ons gebouw nam ik de lift en liep ik door de lege gangen waarin mijn voetstappen door de muren werden weerkaatst.

Robinson was er al. Hij zat op de grond, tussen allerlei bruine kartonnen dozen die hij al open had gescheurd. De financiële gegevens van Lasko lagen overal verspreid. Ik bood mijn excuses aan voor het feit dat ik te laat was en ging ook tussen de dozen zitten. 'Heb je al iets interessants gevonden?'

'Niet echt. Al iets wijzer geworden bij Woods?'

'Die was er niet.' Ik herinnerde me Greenfelds informant. 'Iets gezien over het kopen van buitenlandse bedrijven?'

Hij wees op een doos. 'Daar zat zoiets in.'

'Denk je dat je het terug kunt vinden?'

Hij knikte en sloeg aan het graven. Na een tijdje had hij een stapel papieren te pakken. Hij zette zijn bril af en wreef in zijn ogen. 'Weet je wat elektronische chips zijn?'

'Ja. Dat zijn chips die als elektronische geleiders fungeren. Lasko kan ze voor zijn computers en zo gebruiken.'

Hij speelde met zijn bril en zag eruit als een bijziende prof die peinzend naar zijn aantekeningen kijkt. 'Lasko importeert de meeste chips uit Japan. Volgens de gegevens hier koopt hij die bij een bedrijf dat Yokama Electric heet. Ongeveer een maand geleden heeft hij een klein bedrijf gekocht: Carib Imports.' Hij wees op de stapel papieren bij zijn voeten. 'Het verkoopcontract zit daartussen. Je kunt het bekijken. Carib Imports importeert elektronische chips. Het is gevestigd op een klein eiland in het Caribisch gebied. St. Maarten. Dat is Nederlands, is het niet?'

'Ja, volgens mij is het een van de Maagdeneilanden.' Ik pakte een handvol documenten en bladerde ze door. Het contract las ik aandachtig. De rest maakte me nog nieuwsgieriger.

'Zegt het jou iets?' vroeg Robinson.

'Dit is allemaal heel interessant. Ik heb er geen idee van wat een bedrijf op zo'n piepklein eiland wijzer kan worden van het importeren van chips, en ik heb er ook geen idee van waarom Lasko zo'n bedrijf zou willen kopen. Zakelijke redenen kunnen er niet voor zijn. Hij kan de chips waarschijnlijk goedkoper bij Yokama krijgen. Ook de timing is vreemd. Ongeveer een week nadat Sam Green al die aandelen in handen had gekregen, heeft hij het bedrijf gekocht en er op de kop af anderhalf miljoen dollar voor betaald. Ik vraag me af of er een verband is en zo ja, welk.'

'Misschien moeten we het Sam vragen. Die moet hier maandag verschijnen.'

'Dat zou ik nog niet direct willen doen, want dan zal Lasko er meteen van op de hoogte worden gesteld.' Ik dacht na. 'Wie is die Peter Martinson?'

'De verkoper? Heb je nooit van hem gehoord?'

'Nee.'

Robinson masseerde zijn nek. 'Ik ook niet.' Hij bleef masseren. 'Verkeerd gelegen, vannacht.'

'Is er een aanwijzing dat Lasko al aandelen Carib Imports had voordat hij het kocht?'

'Volgens het verkoopcontract niet. Tussen twee haakjes: in dat contract is ook bepaald dat Martinson Carib mag blijven leiden, met een jaarsalaris van vijfenzeventigduizend dollar.'

'Weten we wanneer Carib is opgericht?'

Robinson schudde zijn hoofd. 'Dat kan ik hier niet uit opmaken. Ik kan er trouwens helemaal weinig uit opmaken.'

'Wat denk jij, Jim?'

'Het is een beetje eigenaardig. Maar St. Maarten is Nederlands en wij hebben daar geen jurisdictie.'

Mijn instinct pikte een vage boodschap op. 'Ik denk dat ik erheen moet om eens om me heen te kijken en met die Martinson te praten. Ik wil weten wanneer dat bedrijf is opgericht en hoe het zijn zaken doet.'

Robinsons glimlach was koud. 'Misschien is Woods bereid je het reisgeld uit zijn eigen zak voor te schieten.'

'In elk geval hebben we dan wat anders om over te praten.'

'Ik neem aan dat het tijdverspilling is je te zeggen dat je weer problemen zoekt door daarheen te gaan?'

'Ik denk dat we zullen moeten rekenen op het gezonde verstand van Woods.'

Hij ging staan en rekte zich uit. 'Oké, Chris. Ik neem twee aspirientjes en ga dan naar huis. Kan ik verder nog iets voor je doen?'

'Nee. Bedankt voor je hulp.'

'Graag gedaan.' Hij glimlachte. 'Ik hoop dat Woods hier evenveel belangstelling voor heeft als jij. Wat het dan ook mag betekenen.'

Hij vertrok. Ik pakte de stapel papieren en ging naar huis om me een beetje in St. Maarten te verdiepen.

Het eiland bleek een heel klein stipje in West-Indië te zijn, ten oosten van Puerto Rico, en het had een Frans en een Nederlands deel. Volgens mijn encyclopedie had het een oppervlakte van ongeveer vijfentachtig vierkante kilometer, was het ontstaan op een oude vulkanische rots en produceerde het zout, katoen en vee. Inwonertal 6.540. Het Nederlandse deel had witte stranden en in de wintermaanden meerden er cruiseschepen af. De hoofdstad was Philipsburg en het eiland was het meest noordelijke van de Nederlandse Antillen.

17

DIE MAANDAGMORGEN WAS het heet en bewolkt en stonk het naar uitlaatgassen. De stad voelde aan en rook als een kleedkamer en het gebouw van de ECC zag er troosteloos uit. Er is bijna niets zo grijs als een regeringsgebouw op een donkere ochtend. Het paste bij mijn stemming.

Woods stond in de deuropening van zijn kantoor op me te wachten. Voordat ik mijn mond open kon doen, nam hij me snel mee langs de receptioniste. Onderweg naar binnen keek ik om me heen. Mary was in geen velden of wegen te bekennen.

Ik ging zitten. Woods liep doelbewust naar zijn bureau, ging zitten en staarde me aan. Het leek een symbolisch gebaar. Zijn bureau scheen rang en macht te symboliseren. 'Ik denk dat we maar beter kunnen beginnen met wat er vrijdag met Lasko is gebeurd en dan in de tijd terug moeten gaan tot jouw dode getuige.' Zijn stem was koud van ingehouden woede.

'Ik begin liever met Lehman.'

Hij nam me aandachtig op, alsof hij door een microscoop naar een objectglaasje keek. 'Als jij denkt dat dat zinniger is.'

Ik begon. 'Oké. Dinsdag belt Marty Gubner me op en vraagt me of ik zijn – mij onbekende – cliënt wil ontmoeten. Gubners cliënt blijkt Alexander Lehman te zijn, de controller bij Lasko. Lehman heeft nooit gehoord van aandelenmanipulatie, maar zegt dat hij wel van iets anders op de hoogte is. Van wat vertelt hij niet. Ik spreek af er die avond met hem over te praten.' Woods keek cynisch. Ik ging door, het memo overslaand. 'Lehman loopt het Ritz uit en wordt aangereden.' Opeens was ik boos op mezelf, omdat ik me zo verdedigend opstelde. 'Het is prima om hier te zitten alsof ik het verliezen van een spelletje schaak aan het rationaliseren ben. Maar op die manier mis je veel. Misschien zou ik Lehmans lijk op je bureau moeten deponeren om je de kans te geven het eens uitgebreid te bekijken.'

Woods leunde achterover in zijn stoel, zijn hoofd scheef, alsof hij me vanuit een andere hoek wilde bekijken. 'Oké, ik was er niet bij. Ga door.'

'Punt is dat ik me moest afvragen wat het te betekenen had. Er kwamen twee vragen bij me op. Waarom was hij gedood? En hoe was bekend geworden dat ik hem zou ontmoeten? Die laatste vraag baart me met name veel zorgen. Gubner zweert dat hij noch Lehman er ook maar met iemand over heeft gesproken. Dan blijven er, naast Jim Robinson en ikzelf, drie mensen over: McGuire, Ike Feiner en Mary Carelli.'

Woods was ergens halverwege mijn betoog doodstil blijven zitten. 'Ik wil even zeker weten of ik het goed begrijp. Wil je suggereren dat Lasko Lehman heeft vermoord, nadat iemand van dit bureau hem had gewaarschuwd?'

'Het eerste suggereer ik, het tweede zie ik als een mogelijkheid.'

Hij staarde me aan en hief toen zijn handen op alsof hij om een time-out vroeg. Hij glimlachte dunnetjes en droog. 'Oké, Chris. Je hebt onder te veel druk gestaan.'

Die opmerking stond me niet aan. 'Ik geloof niet dat ik bereid ben met zo'n uitleg genoegen te nemen.'

Hij liet zijn handen met een klap op zijn dijbenen vallen en boog zich toen iets vriendelijker over zijn bureau heen. 'Luister. Je hebt behoorlijk wat ellende moeten verwerken. Maar er zal nog heel wat water door de zee moeten voordat je me ervan hebt overtuigd dat iemand van dit bureau erbij betrokken is. Je weet niets wat zo'n suggestie ook maar enigszins zou kunnen schragen.' Zijn stem was rijk aan nuances, getuigde van een verlies aan respect en gevoelens van spijt. Allemaal in één zin. Ik wilde dat respect terugwinnen. Maar McGuire beschuldigen was daar de juiste manier niet voor. Dus deed ik dat niet.

'Wat die bespreking met Lasko betreft... die heeft me verrast. Het enige dat ik kon bedenken, was hem te overbluffen en weg te sturen zonder dat hij iets wijzer was geworden. Ik heb er niet aan gedacht jou ervan op de hoogte te brengen. Ik had het gevoel dat het mijn probleem was. Daar bied ik je mijn verontschuldigingen voor aan.'

'Wat is er gebeurd?'

'Hij kwam hierheen om uit te vogelen wat ik precies wist. Ik vroeg hem of hij Lehman had vermoord. Hij zei van niet. Toen heb ik hem naar huis gestuurd.'

'Waarom heb je hem dat verdomme gevraagd?'

'Dat weet ik niet precies.'

In zijn stem klonk duidelijke frustratie door. 'Ik verwacht meer van je dan puberaal machogedrag. Je had me van die bespreking op de hoogte moeten stellen. Ik had hem kunnen annuleren, of ik had erop kunnen staan dat het onder ede gebeurde. Nu zitten we verdomme met een beroerde confrontatie en een hoop ellende.' Hij staarde nijdig naar het bureau, alsof die ellende daar lag.

'Het spijt me,' zei ik en had er spijt van dat ik dat had gezegd. Het klonk meelijwekkend.

Hij keek op en ging door alsof hij me niet had gehoord. 'In het weekend ben ik gebeld door het Witte Huis. Ze vroegen zich af of ik wist wat hier gaande was. Wat niet het geval was.' Hij leunde achterover. 'Chris, weet je dat je hard onderweg bent om beroemd te worden?'

'Liever niet.'

Zijn gezichtsuitdrukking was koud. 'Luister. Het enige dat ik van je verwacht, is wat verantwoordelijkheidsgevoel. Je hebt Lasko het perfecte excuus gegeven om ons op de korrel te nemen. Nu hebben we het Witte Huis ook nog eens op onze nek. Het congres kan besluiten stevig te snijden in ons budget, waardoor we vleugellam zouden zijn. Het probleem is veel groter dan een enkele zaak.'

'Oké. Dat heb ik begrepen.'

'Goed,' zei hij droog. 'En dan nog iets. Het is afgelopen met beide uiteinden tegen het midden uit te spelen. Bij elke belangrijke bespreking zullen jij, McGuire en Mary – of ikzelf – aanwezig zijn. Wat jij en McGuire ook met elkaar te verhapstukken hebben, ik wil niet dat het bureau daar de dupe van wordt.'

Ik merkte dat ik naar zijn boeken en schilderijen staarde. Hij ging verder, maar nu op een andere toon. 'Oké, Chris. Ik zal je met deze zaak door laten gaan, al zouden sommige mensen dat liever anders zien. Ik wil dat het onderzoek grondig wordt verricht, mits we dit bureau daarbij niet de das omdoen.' Hij keek me aan, vragend om vertrouwen.

Een echte opening was het niet, maar toch maakte ik er gebruik van en ik vertelde hem over St. Maarten. Hij keek lichtelijk geamuseerd. 'Je hebt niet direct een sterke onderhandelingspositie,' zei hij. 'Ik heb ook de indruk dat ik je net heb gezegd dat je niet over het hoofd van McGuire heen mag gaan.'

'Dat weet ik. Maar ik ben op zoek geweest naar een reden voor die aandelenmanipulatie en die heb ik tot nu toe nog niet kunnen vinden. Er moet een verband bestaan met het feit dat Lasko dat onbetekenende bedrijfje heeft gekocht. De timing is te perfect. Lehman is niet gestorven vanwege een aandelenzwendel. Wel om een andere reden.'

'Je bent aan het gissen en wij zijn bevoegd om een onderzoek in te stellen naar manipulatie met aandelen, niet om Lasko's zaken uit te kammen.' Zijn stem werd droog. 'Vind je ook niet dat we ons beter een beetje gedeisd kunnen houden? Bovendien hebben we voor deze zaak niet al te gek veel tijd meer. We kunnen ons als goede schoenmakers beter bij onze leest houden.'

Ik voelde me een beetje wanhopig. 'Heb jij Lasko wel eens ontmoet?' vroeg ik. Hij schudde zijn hoofd. 'Ik wel. Tamelijk primitief type. Het kan zijn dat hij nog iemand vermoordt wanneer we dit niet tot op de bodem uitzoeken.'

Zijn gezichtsuitdrukking werd jeugdig ernstig: de uitdrukking van een jong genie dat met een lastig examen wordt geconfronteerd. 'Wij zijn de politie niet.' Hij zweeg even. 'Wanneer zou je willen vertrekken?'

'Zo spoedig mogelijk.'

Hij schudde zijn hoofd. 'Ik zie er het nut en de zin niet van in. Maar ik zal erover nadenken en je mijn definitieve besluit laten weten. Nog één ding.' Hij porde met een vinger op het bureaublad om zijn woorden te benadrukken. 'Het is gevaarlijk om Lasko een moordenaar te noemen. We hebben geen bewijzen. En als we die ooit wel krijgen, zal ik ermee naar de juiste autoriteiten stappen. Dat is jouw taak niet. Heb je me goed begrepen?'

Ik knikte.

'Oké,' ging hij verder. 'Je moet vanmorgen met Sam Green praten. Ga dat nu maar doen.'

Ik besloot op een andere toer afscheid van hem te nemen. 'Dank voor het beschikbaar stellen van je tijd.'

Hij gaf een ingekorte versie van de scheve grijns ten beste. 'Zorg dat je niet in de problemen komt.' Ik vertrok.

Onderweg kwam ik Mary tegen. Ze zag er goed uit, slank in een bruine katoenen broek.

'Goedemorgen,' zei ze alsof ze me een eeuwigheid niet gezien had.

'Hallo.'

Haar ogen leken mijn stemming te taxeren. 'Heb je tijd voor een kopje koffie?'

'Een paar minuten.'

'Kom binnen.' Ik liep achter haar aan en ging zitten.

De receptioniste bracht twee kopjes koffie. Mary pakte zoetjes en koffieroom uit een la van haar bureau. 'Hoe was je weekend?' vroeg ze en keek me aan.

'Geweldig. Ik heb mijn zonden zitten overdenken.'

Ze gaf me mijn kopje. 'Melk en suiker, hè?' Dat was ze die vrijdagmorgen te weten gekomen. Haar ogen lichtten op door een vleugje warmte. 'Het spijt me van vrijdagmiddag.'

'Mij ook.' Het leek wel alsof we de helft van de tijd die we bij elkaar waren, spendeerden aan het maken van excuses. Dat zei ik tegen haar.

Ze fronste haar wenkbrauwen. 'Toen je vrijdag was vertrokken, heb ik nog naar je gezocht.'

'Ik ben wat gaan drinken met een vriend en toen zijn we tot de conclusie gekomen dat vrouwen moeilijk zijn.'

Ze glimlachte. 'Wie is die vrouwenhater?'

'Een vent die Lane Greenfeld heet.'

Ze nam een slokje koffie. 'Werkt hij niet voor de *Post*?'

'Dat klopt. Deze ambiance maakt het er niet makkelijker op, weet je,' ging ik verder. 'Ik heb de indruk dat onze uitstekende werkrelatie voortdurend onze andere relatie de voet dwars zet. En omgekeerd.'

Ze haalde even hulpeloos haar schouders op. 'Ik kan er niets aan doen dat ik deze baan heb.'

'En ik niet dat ik de mijne heb.' Ik keek op mijn horloge en stond op. 'Over tien minuten komt Sam Green. Laten we proberen over een paar dagen weer met elkaar te communiceren. Misschien verbazen we onszelf dan nog wel.'

Ze glimlachte haar goede glimlach. 'Oké. Daar verheug ik me op.'

Ik liep naar mijn kantoor en vroeg Debbie een vlucht naar St. Maarten te reserveren. Misschien zou dat me geluk brengen. Toen liep ik naar de vergaderzaal, waar Robinson al was.

Ik ging zitten en vertelde hem over Woods terwijl we op Green wachtten. De stenografe arriveerde en zette haar apparaat neer. Ze was mijn favoriete stenografe: een blank gezicht als van een baby en ogen zo glazig als knikkers. Ik had advocaten om haar heen zien schreeuwen en vloeken, terwijl zij rustig verder werkte om alles te noteren, waarbij ze vaag, in zichzelf gekeerd, glimlachte. Vijf dagen later verscheen dan keurig netjes op tijd het uitgewerkte verslag, inclusief al het gevloek en gescheld. Voor altijd bewaard voor het nageslacht. In mijn fantasie liet ze haar werk om vijf uur 's middags in de steek en ging ze terug naar een sjofel appartement waar ze heroïne verkocht in een wereld waarin ze bekend stond als de Potomac Connection. Het was een aardige theorie.

Green en zijn advocaat kwamen binnen toen zij net het voorbereidende werk achter de rug had. Ik nam Green van top tot teen op. Hij was een lopende definitie van het woord 'slonzig'. Het kwam niet door zijn kleren. Green was gewoon een van die mensen die er tweederangs uitzien. Hij had een fretachtig gezicht en een steelse blik die telkens een andere kant op leek te schieten. Zijn dun wordende haar was gekapt in de wetlook en zijn huid was even bleek als de buik van een vis. Robinson en ik gaven de man met tegenzin een hand en draaiden ons toen om naar zijn advocaat.

De advocaat was een verrassing. Green kwam gewoonlijk met een goedkoop individu dat Johnson heette, een litteken op een van zijn wangen had en er zo dom en gemeen uitzag dat je je afvroeg waar hij rechten had gestudeerd. Maar nu had Green het hogerop gezocht. Helemaal tot aan Edmund O' Hair.

O'Hair gaf me een hand en ging naast Green zitten. Hij had wit haar en een rood, Iers gezicht, waaraan wat leek te zijn bijgeschaafd. Ik wist wel iets van hem af. Hij was een jongen uit Hell's Kitchen, die na verloop van tijd was uitgegroeid tot iemand die door Wall Street werd ingehuurd wanneer er met grof geschut moest worden gewerkt. Hij had nooit omgekeken. Nu was hij de belangrijkste strafpleiter op een advocatenkantoor van honderd man. Hij was atavistisch trots op het werk dat hij deed en de cliënten die hij had, onder wie General Motors. Green behoorde niet tot het soort mensen met wie hij zich gewoonlijk inliet. Dat suggereerde mogelijkheden die me niet bijzonder aanstonden.

Robinson en ik gingen aan het andere uiteinde van de vergadertafel zitten. Ik vroeg O'Hair of zijn cliënt er klaar voor was. Hij knikte. De stenografe hield haar vingers bij het apparaat. Ik begon aan mijn litanie: recht op een advocaat, het vijfde amendement, de gevolgen van meineed. Dat laatste zei ik met heel veel nadruk.

Toen begon ik mijn vragen te stellen. Ja, Green had op de veertiende en de vijftiende juli twintigduizend aandelen Lasko Devices gekocht, via drie verschillende effectenmakelaars. Ja, hij had die aandelen nog. Ik ging in de aanval, terwijl ik O'Hair waakzaam naar me voelde kijken.

'Waarom hebt u opdracht tot de aankoop van die aandelen gegeven?'

Greens ogen gleden naar een hoek. 'Ik dacht dat het een goede investering was.'

'Is er een bepaald persoon die u iets dergelijks heeft gesuggereerd?'

'Dat kan ik me niet herinneren.'

'Kent u een man die William Lasko heet?'

Hij staarde naar de gordijnen. 'Niet dat ik me kan herinneren.'

'Hebt u ooit met een zekere William Lasko gesproken?'

'Dat kan ik me niet herinneren.' Hij had een iele, schrille stem, die er door het liegen niet beter op werd.

'Meneer Green, hebt u de aankoop van aandelen Lasko ooit op een datum vóór de vijftiende juli met William Lasko besproken?'

'Daar ben ik niet zeker van.' Zijn gejammer begon steeds onoprechter en beledigder te klinken.

'Het is een eenvoudige vraag,' zei ik nijdig. 'Ja of nee?'

Hij schudde koppig zijn hoofd. 'Ik weet het niet.'

'Hoe hebt u uw aankopen gefinancierd?'

'Ik probeer na te denken.' Hij staarde naar het plafond, alsof hij trachtte zich dingen te herinneren. 'Ik geloof dat ik het geld heb geleend van de First Seminole Bank in Miami.'

'Hoeveel?'

'Vierhonderdduizend.'

'Wanneer hebt u dat geld geleend?'

'Rond de eerste week van juli.'

'Met wie hebt u dat afgehandeld?'

'Een zekere meneer Billings, een onderdirecteur.' De zin klonk alsof hij niet af was.

'Hebt u vóór het afsluiten van die lening met iemand anders over de First Seminole Bank gesproken?'

'Voor zover ik het me herinner niet.'

'Hebt u er met Lasko over gesproken?'

'Dat kan ik me niet herinneren.'

Ik veranderde opeens van gespreksonderwerp. 'Wie betaalt voor de diensten die de heer O'Hair u vandaag verleent?'

O'Hair nam meteen het woord. 'Ik raad mijn cliënt aan die vraag niet te beantwoorden. Dat is vertrouwelijke informatie.'

'Zal wel.'

'Stapt u dan maar naar een rechtbank en probeert u de rechter ons te dwingen tot het beantwoorden van die vraag.'

Ik zweeg, gefrustreerd. O'Hair staarde me nietszeggend aan. Hij zou van geen wijken willen weten. Green was ofwel banger voor iemand anders, of O'Hair dacht dat ik op de een of andere manier wel te bewerken was of zelfs buitenspel kon worden gezet voordat het zover moest komen. En hij wist dat ik geen bewijzen had. Ik stelde een aantal soortgelijke vragen en kreeg soortgelijke antwoorden. Ik maakte nog melding van het feit dat Green op een later tijdstip opnieuw zou worden opgeroepen en zette er toen een punt achter.

O'Hair en Green gingen staan. Het liegen had Green zenuwachtig gemaakt. Hij zag er moe uit en liep meteen weg. O'Hair wilde achter hem aan gaan, maar ik hield hem tegen. 'Meneer O'Hair, wanneer we Green opnieuw oproepen, zal het niet meer zo leuk zijn. Ik weet dat u hem dat zult meedelen.'

O'Hair schudde met een lichte glimlach zijn hoofd en liep de kamer uit. Dat deed de stenografe ook, met haar eigen halve glimlachje. Ik draaide me om naar Robinson. 'Ik krijg altijd honger wanneer er tegen me gelogen wordt. Kan ik je een lunch aanbieden?'

'Zeker.' Hij glimlachte. 'Weet je dat een mens door dit soort dingen gaat verlangen naar duimschroeven en waterslangen?'

'O'Hair kan een hoge boom in. Wat een verwaande zak! Het is duidelijk dat Lasko Green hiertoe heeft aangezet. Anders zou Green het gewoon hebben ontkend zonder er zo omheen te draaien. Maar het enige dat we officieel in het verslag hebben staan, is de First Seminole Bank. Kun jij nagaan wie het merendeel van de aandelen van die bank in handen heeft?'

'Oké. Ik heb een vriend bij de Florida Corporations Commission die ik kan bellen. Over een kwartier zie ik je beneden.'

We liepen samen de gang op. Robinson ging door naar de telefoon, ik terug naar mijn kantoor.

De telefoon rinkelde. Het was Woods. 'Ik heb nagedacht over wat je hebt gezegd. Wil je nog steeds naar St. Maarten?'

Daar had ik niet op gerekend. 'Natuurlijk.'

'Wanneer zou je kunnen vertrekken?'

'Morgen.'

Woods zweeg even. 'Oké,' zei hij toen. 'Ga dan maar. Ik zal het tegen McGuire zeggen.' De verbinding werd verbroken.

Ik staarde verbaasd naar de telefoon. Maar het had geen zin je vragen te stellen over een mazzeltje wanneer het je in de schoot werd geworpen. Ik legde de hoorn op de haak.

18

OM TWEE UUR de volgende middag hing mijn vliegtuig boven St. Maarten. Het eiland was groen en wit, omgeven door fel blauw. Ik wenste dat het winter was en dat ik vakantie had.

Ik voelde de zinderende hitte zodra we landden. Toen ik mijn bagage had opgehaald en de douane door was, was ik bezweet en futloos. Ik liep naar een rij auto's die verwachtingsvol aan het eind van de landingsbaan stonden geparkeerd. De dichtstbijzijnde was een oude Oldsmobile. De chauffeur stond er met bestudeerde nonchalance tegenaan geleund. Ik heb schijt aan je, zei zijn gezicht, maar je bent mijn inkomen.

Ik had ook schijt aan hem. 'Kunt u me naar Philipsburg brengen?'

Hij knikte en smeet mijn koffer in de kofferbak. Ik maakte mijn portier open. Welkom op het vriendelijke St. Maarten.

We reden zwijgend tussen lage, groene struiken op een onverharde weg door, langs hutten van hout en golfplaat. Het was niet moeilijk het je voor te stellen: toeristen die elke winter als trekvogels arriveerden en langs die hutten werden gereden terwijl ze druk kwekten over het witte zand en het blauwe water. Ze zagen de versteende gezichten en de sjofele hutten niet. Als ze die wel zagen, zouden ze niet kwekken. Degenen die ze wel zagen, voelden zich schuldig en gingen het jaar daarna naar Palm Springs. En de eilandbewoners minachtten hen allemaal en namen hun geld aan. En minachtten hen nog meer. Wat in zekere zin stom was. Wanneer je naar die zwarte rotsen keek, wist je dat de eilandbewoners de toeristen nodig hadden, en niet omgekeerd. We reden weer langs een hut, waaraan een zielige, magere geit was vastgebonden.

Het was, hoe dan ook, moeilijk er een moreel oordeel over te vellen. Maar ik zou volgend jaar waarschijnlijk ook naar Palm Springs gaan.

We bereikten Philipsburg. Geen voor de hand liggende omgeving voor een onderneming van Lasko. Voornamelijk gestucte bungalows, sommige met metalen of houten uithangborden die best een verfkwast konden gebruiken, verspreid langs een paar smalle straten. Het zag eruit als een ongeregeld zootje, alsof het stukje bij beetje van tijd tot tijd was opgebouwd. Op de geasfalteerde straten veel vrachtwagentjes, jeeps en een paar auto's, de meeste oud genoeg om je de indruk te geven dat je op een autokerkhof terecht was gekomen. De straten zelf waren rustig en het wegdek was gebarsten, waardoor de geparkeerde auto's en vrachtwagentjes de indruk wekten achtergelaten te zijn. Her en der op een grasveldje een paar palmen. Ook een aantal dichtbebladerde bomen die ik niet kon identificeren. Het belangrijkst was de hitte. Zo vochtig dat je haar bijna kon zien. Die hitte leek het hout, het metaal en de barsten in het trottoir te hebben doortrokken, en de bewegingen van de paar eilandbewoners die lusteloos voortslenterden. Ik voelde me ook wel een beetje zo.

De chauffeur zette me af bij het Administration Building, waarin de politie was ondergebracht. Deze buurt was beter. Een aantal grotere witte, twee verdiepingen tellende huizen, die pas geschilderd waren. Het regeringsgebouw had een rood pannendak en een lange, overdekte veranda. Ik maakte de hordeur open en liep een lichtgroene ontvangstruimte in, waar een ernstig ogende jonge zwarte man met een bril met goudkleurig montuur dienst had. Ik zette mijn bagage neer en vroeg naar inspecteur De Jonge. Hij wees me op een houten stoel voor zijn bureau en pakte de telefoon.

Ik wachtte ongeveer vijf minuten. Toen kwam een gezette man in een kakikleurige broek en een shirt met korte mouwen de trap af gejogd. Hij liep naar me toe en gaf me een hand.

'Meneer Paget? Ik ben Hendrik de Jonge. Wilt u meegaan naar mijn kantoor?' Zijn stem was zacht en hij sprak met een licht accent.

'Graag.'

Ik liep achter hem aan de trap op en de hoek om, een brede hal in. Het kantoor van De Jonge, aan de linkerkant, was eveneens lichtgroen van kleur. Het was klein maar netjes en aan het plafond hing een grote ventilator. Hij had een houten bureau, waarop helemaal geen rommel lag en waarvoor één stoel stond. De ventilator en de schaduw maakten het kantoor draaglijk, maar niet méér dan dat. Ik ging zitten en keek om me heen. De muren waren kaal, met uitzondering van een staatsieportret van een veel jongere koningin Juliana en een prins Bernhard van voor de Lockheedaffaire. De leeftijd van De Jonge was moeilijker te schatten. Hij had een dikke bos donkerblond haar, een gerimpeld jong-oud gezicht en heldere, blauwe ogen, maar hij zat vermoeid onderuitgezakt in zijn stoel. Dat laatste schreef ik toe aan de last die een blanke hier moest dragen en ik vermoedde dat hij ergens achter in de dertig was. Ik bleef me afvragen hoe hij op St. Maarten terecht was gekomen.

De Jonge speelde met een meerschuimen pijp en keek hoe ik naar hem keek. 'Meneer Paget, wat kunnen we voor u doen?'

'Eigenlijk niet meer dan ik u gisteren door de telefoon al heb uitgelegd. Voor zover ik weet stellen we geen onderzoek in naar welke Nederlander dan ook. Alleen naar die ene Amerikaan: William Lasko.'

Hij viste op de tast een tabakszak uit een la van zijn bureau en bleef naar me kijken. 'En u wilt het bedrijf van die Lasko dat hier is gevestigd, een bezoek brengen.'

'Dat klopt.'

Hij stopte zijn pijp zorgvuldig. 'Waar houdt dit precies verband mee?'

'We vermoeden – we weten het niet zeker, maar we vermoeden – dat de overname van Carib Imports iets te maken heeft met enige activiteiten van Lasko op de Amerikaanse aandelenmarkt, die in strijd zijn met de Amerikaanse wetgeving.' Ik zocht naar een formulering die veilig klonk. 'Het enige dat mijn bureau in feite hebben wil, is een aanwijzing over waar we in Amerika moeten zoeken. Aan het bedrijf hier is een man verbonden met wie ik graag zou willen spreken: een zekere Peter Martinson.'

Hij stak zijn pijp op en keek even van opzij naar het staatsieportret, alsof Juliana hem in de gaten hield. 'Ik heb na uw telefoontje contact opgenomen met het kantoor van de gouverneur op Curaçao. Ik kan u helpen in die zin dat ik een bezoek aan het bedrijf voor u kan regelen en u de dossiers kan laten inzien waar u om hebt gevraagd.' Hij klonk heel voorzichtig, als een bureaucraat. Die gedachte moet van mijn gezicht af te lezen zijn geweest, want de toon van zijn stem veranderde abrupt. 'Meneer

Paget, u moet begrijpen dat deze eilanden heel arm zijn. We moedigen buitenlandse investeringen aan. De filosofie, al onderschrijf ik die niet, luidt dat je geen heilige hoeft te zijn om op de Antillen zaken te doen.'

Dat was nauwelijks een openbaring te noemen. Maar het was wel een soort verklaring, de beste waar hij mee kon komen. Ik had zijn baan niet en zou hem ook niet willen. 'Ik begrijp het, inspecteur. We waarderen alle hulp die u ons kunt geven.' Ik keek op mijn horloge. 'Hebt u tijd om nu naar het bedrijf toe te gaan?'

Hij ging staan. 'Dat zal wel lukken. Beneden kunnen we een jeep en een chauffeur vinden.'

De chauffeur was een jonge, zwarte politieman die Duval heette. Hij had scherpe ogen en een stevige handdruk. Hij nam ons mee naar een jeep en manoeuvreerde behendig door de smalle straten naar de rand van Philipsburg. Een pakhuis van golfplaten stond op een vuile, met stenen bezaaide plek, achter een strip beton. Het pakhuis was lang, laag en verroest. Een metalen deur vormde aan de voorkant de enige ingang. We stapten uit de jeep en liepen erheen. Naast de deur was een zware bronzen plaat vastgeschroefd, splinternieuw, slecht bij de rest passend: CARIB IMPORTS. Ik keek lichtelijk geamuseerd naar het gebouw. Hiervan zouden nooit foto's in het bedrijfsbulletin verschijnen.

We liepen naar binnen, een gang op met links en rechts kantoortjes die door metaalplaten van elkaar waren gescheiden en zo te zien van recente datum waren. Drie kantoren aan elke kant. De gang liep naar een grote, kale betonnen ruimte die voor de helft was gevuld met dozen en niet al te fel werd verlicht door tl-buizen aan het plafond. Een paar werklui met mouwloze T-shirts aan waren in een hoek dozen anders aan het neerzetten om meer ruimte vrij te maken. In de verste muur was een deur die halfopen stond en wat zonlicht en vochtige lucht binnenliet. In een hoek stond de deur van een houten hokje open, waardoor een smerig toilet zichtbaar was. Ik rekte mijn hals, zoekend naar iemand die eruitzag als Peter Martinson.

Ik liet mijn blik rusten op het enige blanke gezicht dat ik zag: een vierkante man met grove gelaatstrekken en dun wordend, rood haar. Hij had een blauw shirt met korte mouwen aan en stond in een van de verste hoeken naar de werklui te kijken zonder zelf iets te doen. Wij bleven bij het eind van de gang staan tot hij ons zag. Hij keek even naar de twee politiemensen en vervolgens strak naar mij, alsof ik werd verwacht. Hij inspecteerde de werklui nogmaals nonchalant en liep toen met een soort van berekende agressie onze kant op.

'Ja?' zei hij. Zijn stem was even uitdrukkingsloos als zijn gezicht.

Ik liet De Jonge het woord doen. Hij keek de man strak aan, noch bewogen, noch onbewogen. 'Ik ben inspecteur de Jonge en dit is meneer Paget.' Hij knikte naar mij. 'Hij is hier als vertegenwoordiger van de Amerikaanse regering. We willen meneer Martinson graag spreken.'

De man sprak met een zwaar Nederlands accent. 'Meneer Martinson is er niet.'

'Wanneer wordt hij verwacht?'

'Dat weet ik niet.' De stem leek ons naar de voordeur te duwen.

'Wie bent u?'

'Ik heet Kendrick.' De man was beslist niet in een praatje geïnteresseerd. Elk woord kwam knarsetandend over zijn lippen.

'Wat is uw functie hier?'

'Ik ben aangesteld om te werken. Niet om te praten.'

De stem van De Jonge klonk geduldig. 'Toch zouden we graag even met u willen praten.'

Kendrick haalde zijn schouders op en nam ons zonder verder iets te zeggen mee naar het kantoortje het dichtst bij de deur. Hij liep om een metalen bureau heen en ging zitten. De Jonge en ik namen tegenover hem plaats. Duval bleef staan en nam Kendrick heel aandachtig op, alsof hij diens uiterlijk in zijn geheugen wilde opslaan.

De Jonge sprak tegen Kendrick. 'Ik denk dat meneer Paget een paar vragen wil stellen.'

Ik knikte. 'Mijn bureau is nieuwsgierig naar de aard van dit bedrijf.' Kendrick keek me zwijgend aan. Hij vroeg niet wat mijn bureau was of waarom we nieuwsgierig waren. Dat stond me niet aan, net zomin als Martinsons afwezigheid.

'Wat doet Carib Imports precies?' vroeg ik.

Hij sloeg zijn armen over elkaar. 'Ik ben niet bevoegd om namens het bedrijf te spreken. U zult er meneer Martinson naar moeten vragen wanneer hij terug is.'

'Heeft niemand het u verteld?'

Het sarcasme leek hem licht te raken. Hij bloosde. 'Het zou duidelijk moeten zijn. We importeren elektronische chips.'

'Van Yokama Electric?'

De blik in zijn ogen veranderde even. 'Dat is geen bekende naam.'

'Misschien wel als ik hem spel?'

De stem werd nadrukkelijk. 'We doen geen zaken met Yokama Electric.'

'Met wie dan wel?'

'Verschillende bedrijven. Daar zult u meneer Martinson naar moeten vragen. Ik run alleen het pakhuis.'

'Hoelang doet u dat al?'

'Net een maand.'

'Hoelang draait dit bedrijf?'

Opeens lag er een blik vol haat in zijn ogen. 'Ik heb u al gezegd dat ik hier pas een maand werk.'

Ik voelde weer een koude woede in me opkomen, gericht tegen hem en de hele situatie. Ze hadden geweten dat ik zou komen. Ik wilde Kendrick op mijn eigen territorium hebben, om hem onder ede te verhoren en klein te krijgen. Maar dat kon ik op St. Maarten niet doen en dat wist hij. Ik keek naar De Jonge. Hij leunde achterover, alsof hij er niets meer mee te maken had. Dit was uiteindelijk zijn zaak ook niet.

Ik wendde me weer tot Kendrick. 'Waar is meneer Martinson?'

'Dat weet ik niet.'

Ik werd opeens erg bang dat ik Martinson de dood in had gedreven, even zeker als ik dat met Lehman had gedaan, zonder te weten waarom.

'Waarom niet?' vroeg ik kortaf.

'Hij heeft de leiding aan mij overgedragen. Hij zei dat hij doodop was. Stress. Dat hij even rust wilde nemen. Hij wilde tegen niemand zeggen waar.'

'En als u hem moet vragen met wie u zaken moet doen?'

Hij werd opnieuw rood. 'Ik heb u al gezegd dat ik dat niet weet.'

'Wanneer is hij weggegaan?'

'Een paar dagen geleden,' zei hij vaag.

'U bedoelt gisteren?'

Hij knipperde met zijn oogleden. 'Dat herinner ik me niet. Dat moet u hem vragen.'

Ik zweeg even. Hier kwam ik niet verder mee. Ik glimlachte verontschuldigend, met gespeelde verlegenheid. 'Ik weet dat het een beetje onbeleefd is, maar is hier misschien een toilet? Ik heb een heel lange reis achter de rug.'

Hij wees hooghartig met een duim naar het pakhuis. 'Dank u,' zei ik. 'Wilt u me even excuseren?'

Kendrick ging half staan, alsof hij zich afvroeg of hij met me mee moest gaan of beter bij de politiemensen kon blijven. Hij koos voor de politie en ging weer zitten.

Ik liep met grote passen naar het pakhuisgedeelte en keek over mijn schouder om er zeker van te zijn dat ik niet in de gaten werd gehouden. De werklui waren in de verste hoek links van me nog dozen aan het verplaatsen. Het toilet was in de andere hoek, rechts van me. Daarnaast stonden twee dozen. De werklui stonden met hun rug naar me toe.

Ik pakte een van de dozen en trok hem mee het toilet in. Toen bukte ik en scheurde het deksel open. In de doos zaten twee dozijn bruine papieren zakjes. Ik maakte er één open. Zwarte stukjes metaal vielen in mijn hand, die ik als kommetje gebruikte. Elektronische chips. Ik deed de chips in de linkerbuitenzak van mijn jasje. Toen verscheurde ik het lege zakje en spoelde de snippers door.

Ik keek om de hoek van de deur. De werklui waren in geen velden of wegen te bekennen. Ik sleepte de doos terug en zette de andere erbovenop. Toen ging ik terug naar het kantoortje. De anderen zaten of stonden.nog op de plaats waar ik hen had achtergelaten, zwijgend, alsof ze door mijn vertrek in steen waren veranderd.

De Jonge keek op van zijn pijp. 'Hebt u deze man verder nog iets te vragen?'

'Nee, dat denk ik niet.'

Kendrick staarde me nors maar opgelucht aan. De Jonge ging staan. 'Hartelijk dank, meneer Kendrick.' Kendrick zei niets. We liepen het kantoor uit, maakten de voordeur van het pakhuis open en stapten in de jeep. In mijn zak gleden de chips geluidloos langs elkaar.

19

WE GINGEN TERUG naar het Administration Building en wachtten terwijl Duval navraag deed naar Martinson. Hij kwam terug met een telefoonnummer en het adres van een huurhuis in de heuvels boven Little Bay. Was ik van plan daarheen te gaan, vroeg De Jonge vermoeid. Nee, zei ik. Maar als ik van gedachten mocht veranderen, zou ik het hem laten weten. De Jonge gaf Duval opdracht me naar mijn hotel te brengen. We reden zwijgend weg.

De rit was heet en stoffig in de felle middagzon. Ik kon er niets aan doen dat ik me zorgen bleef maken over Martinson. Woods had niet geluisterd toen ik hem over McGuire vertelde en ik zou sowieso hebben gevraagd naar St. Maarten te mogen gaan. Nu kreeg Lehman misschien gezelschap van Martinson. Dat alles dankzij mijn eigen ijdelheid en stupiditeit.

Ik was een albatros. Ik maakte jacht op mannen, opdat die door Lasko gevonden konden worden. En Lasko was me altijd een stap voor geweest, zonder zich te laten zien. Vanaf die eerste dag toen McGuire Catlow, de uitdeler van vette baantjes, had ontmoet. Toen ik Lehman sprak en hem vermoord zag worden. Toen mijn zoektocht naar het cryptische memo op stille dreigementen uitdraaide en Lasko kwam proberen te achterhalen wat ik wist. Toen Sam Green met een dure advocaat was komen aanzetten, die me vrijwel niets wijzer maakte. En nu was Martinson verdwenen. Ik vroeg me af wat voor een man hij was, of hij een gezin had, waardoor zijn pad het mijne had gekruist.

We reden een kleine heuvel op en het uitzicht werd opeens veel wijdser: een zoutwit strand en water dat blauwer was dan azuur, fraai en schoon ogend, glinsterend in de zon. Het hotel stond vlak naast het strand. Drie lange, twee verdiepingen tellende eenheden, wit gestuct. De zomer was laagseizoen en het hotel zag er verlaten uit. Toen we er waren, bedankte ik Duval en stapte uit. Hij keek plechtig. 'Sorry, meneer Paget, dat we niet meer hebben gedaan.'

Ik besefte dat de man zijn mond had gehouden omdat hij met de situatie verlegen was. Ik probeerde een glimlach te produceren, wat me bijna lukte. 'Doe me dan een genoegen en geef Kendrick een aframmeling namens mij wanneer je daar ooit de kans voor krijgt.'

Duval grinnikte terug. 'Die heb ik hier al opgeslagen,' zei hij en tikte tegen zijn hoofd.

Ik lachte. 'Dat was me al opgevallen.' We gaven elkaar een hand. 'Het ga je goed,' zei ik.

'Dank u.' De jeep reed weg en ik liep het hotel in.

De lobby was licht en modern en het was er doodstil. Een dikke Nederlander schreef me ernstig en hoffelijk in, gaf me tips over restaurants en debiteerde een paar zwaarwichtige grapjes. Daar was ik niet voor in de stemming. Ik vroeg of hij een envelop en een brandkast had. Hij knikte. Ik deed de chips in de envelop en keek toe hoe hij hem opborg. Toen kreeg ik de sleutel en liep ik naar mijn kamer.

Ik had een kamer op de bovenste verdieping, met uitzicht op de oceaan en een schuifpui naar een balkon. Het strand strekte zich rechts van me kilometers lang onder de groene heuvels uit. Het was spierwit en werd beschermd door lage palmbomen. Het hotel stond aan een baai. De heuvels in de verte leken te proberen de zee te raken. De golfslag was mild, regelmatig en ietwat slaapverwekkend – een diep, voldaan geluid. Verderop bescheen de zon witte plekken in het donkere azuur, waardoor die als mica glansden. Ik keek er een tijdje naar. Toen riep ik mezelf tot de orde, nam een douche en trok een schoon pak aan.

De telefoon stond naast mijn bed. Ik ging liggen, steunend op mijn ellebogen, en dacht lange tijd na. Ik wilde de hoorn van de haak nemen, maar deed het toch niet, denkend aan Lehman. Toen deed ik het alsnog en vroeg de telefonist het nummer te draaien. Ik kon de telefoon aan de andere kant van de lijn horen rinkelen: een metaalachtig geluid waar ik van schrok.

Toen hield dat op. 'Hallo.' Het was een vrouwenstem. Amerikaans, dacht ik.

'Mevrouw Martinson?'

'Ja. Met wie spreek ik?' Haar stem klonk beschroomd, alsof ze vreesde slecht nieuws te zullen horen.

'U spreekt met Christopher Paget. Ik ben een Amerikaan en werk als jurist voor de regering. Ik probeer uw echtgenoot te vinden.'

'Wat wilt u van Peter?' De vraag klonk zowel zenuwachtig als hoopvol.

'Ik wil hem alleen spreken. Ik denk dat hij me zou kunnen helpen.' Ik probeerde het zo te doen voorkomen dat het helpen van mij de helper eer zou verlenen. Lehman wist wel beter, maar die man kon niet meer praten.

'Waar wilt u met hem over praten? Ik bedoel... waarom zou Peter u kunnen helpen?'

'Ik stel namens de regering een onderzoek in naar een Amerikaans bedrijf: Lasko Devices.'

Haar stem werd vlak. 'Dan kan Peter u niet helpen.'

'Is het een kwestie van niet willen of niet kunnen?'

'Hij kan u niet helpen,' hield ze vol.

De woorden klonken verontrust. Ik besloot aan te dringen. 'Mevrouw Martinson, is uw man thuis?'

Stilte. 'Nee.'

'Heeft hij problemen?'

'Hoe bedoelt u dat?'

Ik dwong mezelf met koude precisie te spreken. 'Ik zal het anders stellen. Hebt u er ook maar een idéé van waar hij is?'

'Eh... nee.' Toen begon ze te huilen, alsof mijn vraag de dam van haar zelfbeheersing had doorbroken.

Ik kneep in de hoorn, pogend het contact met haar niet te verliezen. 'Mevrouw Martinson?'

'Ja.'

'Kan ik u spreken?'

Ze kreeg haar stem weer onder controle. 'Ja.'

'Laat me eens even nadenken.' Ik aarzelde. 'Hebt u vandaag al iets gegeten?'

'Nee.' Het antwoord kwam traag, alsof ze haar hoofd aan het schudden was geweest en zich toen pas herinnerde dat ik haar niet kon zien. Ik begreep het wel. Haar stem door de telefoon was werkelijker dan de kamer om me heen.

'Ik wil niet dat iemand me naar u toe ziet gaan. Kent u La Porte?'

'Ja.'

'Kunt u daar over een uur zijn?' Er volgde een lange stilte. 'Mevrouw Martinson, komt u alstublieft. Het zou heel belangrijk kunnen zijn.'

Ze klonk uitgeput. 'In orde, meneer Paget. Ik zal naar u toe komen.'

'Dank u,' zei ik. Abrupt verbrak ze de verbinding.

Ik huurde een auto en was iets aan de vroege kant bij La Porte: rond kwart over zeven. Een kleine Fransman begeleidde me uitermate beleefd naar een tafel achter in het eetzaaltje. Ik zei tegen hem dat ik een dame verwachtte. Hij liep snel weg en keek tevreden. Door het raam zag de zee er in het afnemende zonlicht schitterend blauw uit. Het decor rondom me was donker en eenvoudig: Franse boerenmeubels, wit linnen en tin. Ik vond het fraai. En ik hoopte dat Martinson nog in leven was.

De Fransman verscheen weer, gevolgd door een lange, jong ogende blondine, gekleed in een witte broek en een zijden, blauwgroene blouse. Verbaasd ging ik staan.

'Mevrouw Martinson?' Ze knikte en keek me aan. 'Ik ben Chris Paget. Gaat u alstublieft zitten.' De Fransman schoof handig haar stoel naar achteren en liet haar plaatsnemen. Ik nam haar nogmaals op. Ze was misschien vijfendertig, maar de jaren hadden alleen haar ogen niet ongemoeid gelaten. De rest van haar was jeugdig: aantrekkelijk cheerleadersgezicht en een slank lichaam dat zich bewoog met de onbezorgdheid van jonge meisjes die nog niet hebben ervaren dat het leven een harnas kan zijn. Ze nam mij over de tafel heen eveneens op. De trieste wallen onder haar ogen leken een verwijt aan mijn adres. Blij zijn dat ze aantrekkelijk was, was méér dan zinloos. Ik vroeg me af waar Martinson was terwijl ik met zijn vrouw dineerde.

'U bent heel jong,' zei ze.

Ik glimlachte. 'Oud genoeg. Kan ik u iets te drinken aanbieden?' Ze aarzelde. 'U zult best wel een drankje kunnen gebruiken.'

'Graag dan. Hetzelfde als u neemt.' Haar natuurlijke stem was hoog, als die van een jong meisje.

Ik bestelde twee rum-tonics en keek toen weer in haar bezorgde ogen.

'Ik zal u eerst maar eens uitleggen waarom ik hier ben,' zei ik voorzichtig en ik probeerde door de manier waarop ik haar aankeek enig vertrouwen te wekken. 'Ik ben als jurist verbonden aan een bureau in Washington, de ECC.' Ik pakte mijn legitimatiebewijs en legde dat recht voor haar neer. 'Een van onze taken is het instellen van onderzoeken naar fraude bij bedrijven die in de Verenigde Staten aandelen op de markt brengen. Ik ben bezig met een zaak waar Lasko Devices bij betrokken is. Vanmorgen ben ik hierheen gevlogen om met uw man te praten. Ik heb een bezoek gebracht aan het bedrijf en gesproken met ene Kendrick. Hij zei dat uw man vakantie had opgenomen omdat hij overspannen was. Hij wilde me niet vertellen wanneer hij was vertrokken en waarheen, noch wanneer hij terug zou komen. Ik vermoed dat uw man gedurende de afgelopen vierentwintig uur is verdwenen en niet op dit eiland is.'

Ze schudde haar hoofd en de blonde, verwarde haren streken langs haar schouders. 'Nee.'

'Waarop zegt u nee?'

Haar stem trilde, alsof ze door iets heen en weer werd geschud. 'Hij is niet gek. Hij is weggegaan omdat ze hem dat hebben opgedragen.'

'Wie?'

'Dat weet ik niet. Iemand van het bedrijf. Hij heeft me vanmorgen gebeld en zei dat hij een tijdje weg moest, stante pede. Dat iemand naar hem op zoek was.' De twee gedachten kwamen in haar ogen met elkaar in botsing. 'Dat was u.' Haar stem klonk beschuldigend. Dat was even logisch als al het overige.

'Waarschijnlijk wel. Waarom is hij weggegaan?'

'Omdat ze hem dat hadden opgedragen. Hij was bang. Hij is tot nu toe nooit ook maar érgens bang voor geweest. Ik heb hem gesmeekt niet weg te gaan, maar hij bleef zeggen dat hij niet anders kon. Toen hing hij op. Het was zo angstaanjagend. Ik begrijp er helemaal niets van.' Ze trok haar schouders in en dat gaf haar iets breekbaars.

'Wat heeft hij u verder nog verteld?'

'Dat ik er niemand iets over mocht vertellen. Maar ik ben bang omwille van hem.'

'Waarom bent u bang?'

'Omdat Peter bang is.' Die woorden hadden een vreemde nagalm, alsof ze jarenlang had geleefd op de reacties van haar echtgenoot. Maar ik was ook bang.

'Heeft hij u verteld waarom?'

'Nee.'

Ik kon merken dat ze me door al die steriele vragen steeds minder ging vertrouwen. En ik voelde aan dat ze nog niet had besloten voor wie ze bang moest zijn. Onze drankjes kwamen. Ze nam lusteloos een slokje en keek me over de rand van haar glas aan.

Ik probeerde het over een andere boeg te gooien. 'Mevrouw Martinson, deze zaak lijkt voor iemand heel erg belangrijk te zijn. Ik wil dat uw echtgenoot niets kan gebeuren. Alles wat u me over zijn bedrijf kunt vertellen, kan daarbij helpen.'

De blik in haar ogen werd troebel door twijfel, toen door tranen. Ze staarde naar haar schoot. Ik wachtte. 'Kunt u helpen Peter te beschermen?' vroeg ze na een tijdje.

'Dat hoop ik.'

Ze keek me weer aan. 'Oké,' zei ze toen rustig.

'Laten we beginnen met hoe uw man hier verzeild is geraakt.'

'Ik denk dat het komt omdat niets echt een succes leek te worden. Peter... Het is niet zo dat Peter niet slim is, dat is hij juist wel en in hoge mate bovendien, maar hij had alleen de juiste plek nog niet gevonden.' De woorden klonken als een formule, alsof zij ze voor zichzelf was blijven herhalen tot ze ze uit haar hoofd kende. 'Toen we afgestudeerd waren, wilde Peter naar Europa. Ik kon geen kinderen krijgen...' Haar stem stokte. Misschien zouden kinderen haar echtgenoot volwassen hebben gemaakt. 'Peter was de laatste tijd vertegenwoordiger van een fabrikant voor internationale bedrijven. De afgelopen twaalf jaar zijn we overal en nergens geweest. Ik heb schitterende herinneringen. En Peter spreekt drie talen.' Opeens hield het geratel op. Ik moest weer aan een cheerleader denken die ouder was geworden. Ze voerde het gejuich nog steeds aan, maar het team had ze achter zich gelaten en dat zou haar nooit meer inhalen. Dat besef kon ik in haar ogen lezen. De blik daarin aarzelde tussen onschuld en gekwetstheid. 'Ik help u niet echt, hè?'

Ik probeerde aanmoedigend te kijken. 'Gaat u alstublieft door. Waar heeft Peter hiervoor gewerkt?'

'In Japan.'

'Voor Yokama Electric?'

'Dat klopt. Hoe weet u dat?'

'Ik begin van een en een twee te kunnen maken. Rond welke tijd bent u naar St. Maarten gekomen?'

'In juli.' Ze zweeg even. 'Vorige maand pas.' Dat leek haar te verbazen, alsof ze het idee had dat het al langer geleden was. De Fransman kwam onze bestelling opnemen. Ze keek afwezig. Ik stelde een aantal vragen en bestelde ook voor haar. Het was een vreemd gevoel. Misschien deed haar echtgenoot dat ook altijd.

'Waarom St. Maarten?' vroeg ik toen we hadden besteld.

'Peter is daarvoor gevraagd. In Japan deed hij veel zaken met Lasko Devices. Ze mochten hem graag. Dat heeft Peter me verteld. William Lasko heeft hem persoonlijk gevraagd hierheen te komen.'

'Wat werd uw man geacht te doen?'

'Lasko wilde dat Peter het nieuwe bedrijf voor hem zou runnen. Carib Imports.'

'Heeft uw man aandelen Carib Imports?'

Ze schudde haar hoofd. 'Nee. Peter runt het bedrijf alleen maar voor Lasko.'

'Weet u dat zeker?'

'We hadden het geld niet voor een eigen bedrijf. Dit was echt een buitenkansje voor Peter.' De zin begon trots, maar eindigde in verlegenheid.

'Mag ik u vragen hoeveel hij ervoor betaald krijgt?'

'Het leek zo fantastisch. Een bonus van honderdduizend dollar en de eerste twee jaar een salaris van vijfenzeventigduizend. We hebben een prachtig huis in de heuvels gehuurd.'

'Dat kan ik me voorstellen.' Dat kon ik ook, maar niet op de manier die zij dacht.

Dat leek ze aan te voelen. 'Meneer Paget, wat gaat er met Peter gebeuren?'

'Niets. Maar ik moet hem wel vinden. Hebt u er enig idee van waar hij is?'

'Hij mocht het me niet vertellen,' zei ze zacht en aarzelde.

'Mevrouw Martinson, u moet me verdomme helpen!' Ik schudde mijn hoofd. 'Sorry. Ik ben hier ook bij betrokken, al is het op een andere manier dan u.' Lehmans onuitgesproken aanwezigheid maakte mijn stem dik. 'U kunt uw man het best helpen door me alles te vertellen. In het bijzonder dat.'

Ze keek me openhartig aan. Ik kwam tot de conclusie dat ze heel aardige ogen had. 'Meneer Paget, ik hou heel erg veel van Peter.'

'Dat zal ik niet vergeten,' zei ik rustig.

Ze raakte mijn hand aan. 'Het enige dat ik weet, is dat Peter zei dat hij daar veilig zou zijn. Ergens in de buurt van Boston.'

Dat zou kunnen kloppen.

De Fransman serveerde ons diner. Ze at nauwelijks iets. Ik moedigde haar aan wel te eten, wees de lekkerste hapjes aan. Ik stelde nog een paar vragen, die me niets wijzer maakten. Ze was geen domme vrouw, helemaal niet. Maar ze was opgehouden zich verantwoordelijk te voelen voor de mannenwereld. Of ze had zich daar nooit verantwoordelijk voor gevoeld. Wat me waarschijnlijker leek. Ze was in alle opzichten een slachtoffer: gekwetst en hoopvol tegelijk. En ik vond haar aardig.

We waren klaar met eten. 'Hebt u een foto van uw man?' vroeg ik.

Ze zocht in haar tas en haalde er een vrij kleine foto uit. 'Dat is Peter,' zei ze. De warmte in haar stem was gemengd met angst, alsof er van Peter niets anders meer kon zijn dan die foto.

Ik zag een magere man met scherpe gelaatstrekken en donker, krullend haar. Hij had alles om knap genoemd te worden. Wat mijn aandacht trok, was de onechte winnaarsglimlach. Om de een of andere reden deed hij me denken aan een kerel die met een duur racket en dure tenniskleren de baan op komt en alle ballen slaat op een manier waar jij alleen maar over kunt dromen. Waarna je je vervolgens afvraagt waarom hij de wedstrijd dan toch heeft verloren.

'Mag ik hem houden?' vroeg ik. Ze knikte. Ik stopte hem zorgvuldig in een binnenzak.

De Fransman keerde terug en keek triest naar het nog vrijwel volle bord van mijn tafelgenote. Het zag er goor uit, alsof iemand was begonnen aan een chirurgische ingreep en toen had besloten er niet mee door te gaan. Het kwetste zijn gevoelens. Ik vrolijkte hem op door te zeggen dat zo'n perfecte *canard à l'orange* een grote zeldzaamheid was. Ze keek met lege ogen toe, alsof het niet meer of minder belangrijk was dan de rest van haar dag. Opeens zag ik Valerie Lehman even voor me, die verbaasd naar haar fraaie meubels keek.

We namen geen dessert. Ik pakte haar arm en nam haar mee naar buiten. De nacht was een donkere cocon van privacy. We liepen de straat over naar haar auto. Geen gebouwen of mensen in de buurt.

We bleven bij haar auto staan. 'Weet u dat ik niet eens weet hoe u heet?' zei ik.

Het duurde even voordat ze het begreep. 'O. Tracy.'

Ik glimlachte. 'Ik geloof in het belang van namen. Tracy Martinson is een mooie naam.'

Ze pakte mijn revers vast, leunde half tegen me aan. 'Wilt u Peter alstublieft voor me vinden.'

'Ik zal proberen u niet teleur te stellen,' zei ik rustig. Ze keek me aan alsof ze wist wat ik bedoelde. Iemand anders had haar wél teleurgesteld. Een zacht briesje blies haar haar tegen mijn schouder. Ik duwde het naar achteren, over haar wang. Ze rilde en klemde zich aan me vast. Maar dit was voor mij niet de juiste gelegenheid en voor haar al evenmin. Ik wachtte. Ze maakte aanstalten om in te stappen.

Ik vroeg haar nog even te wachten en krabbelde de telefoonnummers van mijn hotel, het bureau en mijn huisadres op een velletje papier. Dat drukte ik in haar hand. 'Kunt u het alleen redden?'

'Ja,' zei ze langzaam. Maar ze zou zich helemaal niet alleen kunnen redden.

Ik keek naar haar terwijl ik dat dacht en toen werd haar gezicht opeens door het licht van koplampen beschenen. Ik draaide me om naar het felle licht en hoorde het geraas van een snel vaart meerderende auto. Hij kwam regelrecht op ons af door de voorheen zo stille straat en was misschien nog zo'n vijftien meter van ons vandaan. Tracy gilde. Ik bleef even stokstijf staan. Er schoot een krankzinnige gedachte door me heen: net als Lehman. Nog zes meter bij ons vandaan. Ik kwam weer in beweging, greep Tracy beet en liet me zijdelings op de motorkap van haar auto vallen. De auto racete langs ons heen terwijl we verder rolden, de motorkap af, op het gras aan de andere kant. Ik hield haar op de grond, met haar gezicht in het gras. We hoorden het harde gebrom van de motor toen de wagen verder de hobbelige weg af reed.

Ik trok haar overeind, bleef haar hand vasthouden en nam haar mee naar de overkant. In het restaurant leunde ze tegen mijn schouder en huilde zacht. De Fransman kwam aanlopen, geschrokken en meelevend. Er was een ongeluk gebeurd, zei ik. Hij liet Tracy plaatsnemen en wees mij een telefoon. Het lukte me Duval te bereiken in het Administration Building. Daar was ik blij om.

Hij was er in twee minuten en vroeg zich af wat hij kon doen. Ik keek even naar Tracy, die aan een tafeltje zat.

'Kunt u haar huis in de gaten houden?'

Hij knikte. 'Zeker. Maar wat kunnen we voor u doen?'

'Maakt u zich over mij geen zorgen. Het was een waarschuwing, denk ik. Als ze ons hadden willen doden, zijn daar betere manieren voor, zoals een kogel door het hoofd. Ik denk dat ze willen dat zij haar mond houdt en dat ik mijn onderzoek staak.'

'Dit heeft dus met haar echtgenoot te maken.'

'Ja. Hij wordt vermist.'

'En u hebt niets gezien?'

'Alleen de auto. Verder niets.'

We spraken nog even met elkaar, waarbij ik uitlegde wat ik kón uitleggen. Toen liep hij naar Tracy toe. Ze was nog steeds spierwit en half verdoofd.

'Maak je geen zorgen,' zei ik. 'De inspecteur zal je huis laten bewaken.'

Ze knikte afwezig en liep samen met Duval naar buiten. Opeens bleef ze weer staan en draaide zich om, alsof ze iets vergeten was.

'Dank u, meneer Paget.'

Het was een bedankje dat ik niet verdiende. Ik had haar veilig thuis kunnen laten blijven. 'Ik zal proberen uw man te vinden,' beloofde ik. Maar ik vroeg me af of dat me zou lukken.

Ze draaide zich opnieuw om en liep met Duval naar zijn jeep. Toen ze erin zat, keek ze me nog een keer aan. Toen reden ze weg. Ik bleef kijken tot ik haar niet meer kon zien. Daarna reed ik terug naar het hotel.

20

IK PARKEERDE MIJN auto voor het hotel en stapte uit. De nacht was stil en vanaf de oceaan kwam een tropisch briesje landinwaarts. Op een ander moment zou ik een afgeknipte spijkerbroek hebben aangetrokken om over het strand langs de waterlijn te lopen en naar de golfslag te luisteren. Maar vanavond niet. Ik liep naar mijn kamer, voelde me stijf, wist dat ik blauwe plekken moest hebben opgelopen.

Ik was nog steeds geschrokken en had het vaag onrustige gevoel dat je hebt wanneer je ergens bent waar je niet had verwacht te zijn. Op de trap van het hotel bleef ik nog even staan en keek naar de sterren.

Een seconde voordat hij me neersloeg, hoorde ik het geritsel van kleren. Een dikke arm maaide door de lucht. Toen voelde ik een vreselijke pijn in mijn hoofd en mijn knieën knikten. Ik viel een donker gat in.

Ik vocht me een weg terug door een afschuwelijke, kloppende pijn in mijn hoofd. Mijn maag was opstandig en mijn benen waren verdoofd, alsof ze niet op mijn zenuwstelsel waren aangesloten. Ik bleef liggen terwijl ik langzaam verder bij mijn positieven kwam.

Ik lag op mijn rug, kijkend naar de sterren, en opeens wist ik dat ik dood had kunnen zijn als iemand dat had gewild. Christopher Paget: de laatste akte van het drama van een amateurdetective. Mijn zakken waren binnenstebuiten gekeerd.

Wankelend ging ik staan en sleepte me vallend en half kruipend de trap op. De laatste meters legde ik rechtop af.

Mijn sleutel zat in de deur. De kamer was overhoop gehaald. Ik leunde tegen de deurpost. Het had wel wat weg van een film, dacht ik. Maar dat was het niet. Helemaal niet.

Ik liep de kamer in. Niemand thuis. Ik deed de deur op slot en schoof de grendel ervoor. Toen liep ik duizelig, langzaam, de kamer rond. Mijn portefeuille was er nog. Ik maakte hem open. Geen geld gejat. Ik haalde het velletje met de tekst van het memo van Lehman tevoorschijn. Dat was niet aangeraakt. Ze waren niet op zoek geweest naar een velletje papier, dacht ik. Wel naar de chips. Ze wilden die verdomde chips terughebben.

Ik had net voldoende kracht over om Tracy te bellen. Haar stem klonk hoopvol toen ze opnam. Met haar was alles in orde, zei ze. Duval was bij haar. Had zich een nieuwe ontwikkeling voorgedaan? Nee, zei ik. Ik wilde alleen even weten of alles met haar in orde was. Ik wenste haar een goede nacht en legde de hoorn op de haak.

Iets deed me denken aan de woorden op het velletje papier. Maar ik kon ze niet duidelijk zien. Ze bleven voor mijn ogen zwemmen. Ik viel in slaap, met het papiertje nog stevig in mijn hand.

Ik werd gewekt door de felle tropenzon die door de ramen naar binnen kwam. Mijn hoofd klopte. Ik ruimde de kamer op en pakte koortsachtig van uitgestelde woede mijn koffer. Ik schreef me uit en nam de envelop met de chips mee. Toen reed ik naar de stad en ging naar De Jonge.

Hij keek me van achter zijn keurig nette bureau flegmatiek aan. 'Een goede morgen, meneer Paget. Is alles met u in orde?'

Ik wilde zijn bureau omgooien, een grote troep van zijn kantoor maken en Bernhard en Juliana het raam uit smijten. Maar dat deed ik allemaal niet. Ik ging ook niet zitten.

'Een goede morgen, inspecteur. Ik kom het een en ander aangeven. Een van uw zakenlieden wordt vermist. Uw economie wordt bedreigd. En ik heb hoofdpijn.'

Hij ging rechtop zitten. 'Waar hébt u het in vredesnaam over?'

Ik begon met de aanval op mij en de inbraak in mijn hotelkamer, terwijl ik mijn gedachten ordende en me afvroeg hoe ik Tracy in bescherming kon nemen. Ik verzekerde hem dat ik niet erger gewond was dan iemand die met een baksteen was bewerkt. Nee, ik wist niet wie het had gedaan, al vroeg ik me wel af wat Kendrick in zijn vrije tijd deed. Bijna geen geld kwijtgeraakt. Ook geen waardevolle spullen. Ik maakte geen melding van de chips die ik had gestolen.

De Jonge bood zijn verontschuldigingen aan en keek alsof hij met dit alles zeer verlegen was. Daar werd ik niets wijzer van, dus begon ik over Tracy, zonder te vertellen wat ze mij had verteld.

'Mevrouw Martinson kon me niet helpen, maar ik denk dat hij verdwenen is omdat ik me hier heb laten zien.'

Hij bloosde. 'Daar heb ik niemand iets over verteld.'

'Ik geloof u, inspecteur.' Dat deed ik ook, voorlopig. 'Ik wil u wel vragen dit heel serieus te nemen. De vrouw heeft politiebescherming nodig.'

De gezichtsuitdrukking van De Jonge was gespannen. 'Gaat u alstublieft even zitten.'

Ik koelde af en ging zitten. De stem van De Jonge werd meelevend. 'Meneer Paget, wat u ook denkt... we maken ons echt zorgen wanneer iemand hier zomaar verdwijnt. De politie zal erop toezien dat mevrouw Martinson niets overkomt.'

Ik ging staan. 'Oké. Hartelijk bedankt.'

Hij stak een hand op. 'Meneer Paget, u bent geen geduldig man. U wilde een paar dossiers inzien. Dat heb ik voor u gedaan. Wilt u weten wat ik heb ontdekt?'

Hij had gelijk. 'Peter Martinson, die zich in een dossierkast had verstopt?'

Hij zond zijn pijp een beledigde blik toe. 'Nee. Maar ik ben wel te weten gekomen wanneer Carib Imports is opgericht. Afgelopen juli pas. Peter Martinson heeft de noodzakelijke papieren daarvoor ondertekend.' Hij keek me aan. 'Ik hoop dat u daar iets aan hebt.'

'Inderdaad, inspecteur,' zei ik, nu zonder ironie in mijn stem. Hij ging staan en stak me een hand toe. 'Ik zal contact met u opnemen wanneer we iets naders te weten komen.' Hij zweeg even. 'Het spijt me dat we u niet beter hebben kunnen helpen.'

Dat speet hem waarschijnlijk inderdaad. Ik haalde mijn schouders op en drukte zijn hand. Hij keek weer naar Juliana. Ik zei hem gedag en reed naar het vliegveldje.

Daar stond een enkel gebouw van B2-blokken, waarin de douane was ondergebracht en de bagage kon worden ingeleverd en opgehaald. Naast het gebouw zag ik een telefooncel. Die gebruikte ik om Robinson te bellen. Zijn stem klonk over die lange afstand vaag. 'Hoe gaat het daar?'

'Beroerd. Ik ben gisteravond in elkaar geslagen, en ik kan Martinson niet vinden.'

'Jezus, wat is er precies gebeurd?'

Ik nam een besluit. 'Ik ben hier niets wijzer geworden. Geen informatie. Helemaal niets. Ben jij iets over Green te weten gekomen?'

'Eén ding. Lasko heeft een grote hoeveelheid aandelen First Seminole Bank in handen.'

Ik dacht na. 'Dan moeten we Green weer oproepen, en snel.'

'Dat zal ik doen. Is alles verder met je in orde?'

'Dat denk ik wel.'

'Dat is dan in elk geval iets.'

Ik bedankte hem en verbrak de verbinding. Ik moest lang wachten tot het toestel vertrok en het was ook een lange reis. Het was avond toen ik terug was in Washington. De koepel van het Capitool stak in het licht van de schijnwerpers fel af tegen de zwarte lucht. St. Maarten leek heel ver weg.

21

DE VOLGENDE MORGEN vroeg zat ik alleen in mijn kantoor en probeerde een logisch geheel te maken van alles wat er was gebeurd. Het probleem was dat ik niemand kon vertrouwen. Als ik Lehmans memo hier liet zien, zou Lasko het te weten komen. Als ze wisten dat ik die computerchips had gestolen, zou Lasko daaruit kunnen afleiden welke kant ik op ging. En als ik zei dat ik probeerde Martinson op te sporen, was de kans groot dat hij dat met de dood zou moeten bekopen. Als hij niet al dood wás. Ik moest ervoor zorgen niet te veel te zeggen, zelfs niet tegen Robinson. Het was niet zo dat ik hem niet vertrouwde, maar ik kon hem niet vragen zijn mond op slot te houden. Wanneer hij het spel met me meespeelde, kon hij in de problemen komen. En wanneer hij zich iets liet ontvallen, kon ik in de problemen komen. Ik streek voorzichtig met mijn vingertoppen over mijn schedel. Die deed nog steeds zeer.

Het gevoel in een geïsoleerde positie te verkeren benauwde me. Ik was de enige die alle beschikbare brokjes informatie in handen had – het nepbedrijf, Lehmans memo, de verdwijning van Martinson – al kon ik er nog niets zinnigs van maken. En ik kon er niet met anderen over praten. Het zou me hebben geholpen dat wel te kunnen. Liefst met iemand die knikte wanneer ik melding maakte van moord en lekken binnen het bureau en juichte wanneer ik loog en dingen in mijn bureau verstopte. Maar dat zou niet gebeuren. Ik zat aan Martinson te denken toen Robinson de deur opendeed.

Hij knipperde met zijn ogen naar het zonlicht dat door mijn raam naar binnen scheen. ‘Chris, hoe is het met je? Heb je pijn?’

Ik deed de luxaflex dicht. 'Een beetje hoofdpijn.'

'Je ziet een beetje bleek. Heb je je door een arts laten nakijken?'

'Misschien zal ik dat alsnog doen.'

Hij knikte, tevreden. 'Wat is er gebeurd?'

Hij kreeg de ingekorte versie, de versie zonder de chips, het memo en het verhaal van Tracy. Ik begon er behoorlijk goed in te worden. Robinson was gaan zitten en luisterde aandachtig. 'En je hebt Martinson niet kunnen vinden?'

'Nee.'

'Denk je dat hij zich bij Lehman heeft gevoegd?'

'Ik hoop van niet.'

Robinson schudde zijn hoofd. 'Aan dit soort dingen ben ik niet gewend.'

'Wie is dat wel?'

'Wat ik niet kan begrijpen, is waarom Lasko, die al ernstige problemen met het ministerie van Justitie heeft vanwege dat antitrustproces, ook nog eens geduvel met ons gaat zoeken.' Robinson dacht over zijn eigen vraag na en sneed toen opeens een ander gespreksonderwerp aan. 'Hoe groot zijn jouw problemen?'

'Je bedoelt te vragen hoe groot de kans is dat ik over mijn sterfelijkheid moet nadenken?' Hij knikte somber. 'Ik blijf mezelf voorhouden dat mij vermoorden net zoiets is als een politieman vermoorden. Dus denk ik dat ze dat niet zullen doen tenzij het echt niet anders kan.'

'Het logische gevolg van die redenatie is dat ze het zullen doen wanneer het niet anders kan.'

'Maak me alsjeblieft niet depressief.' Ik keek op mijn horloge. 'Wanneer komt Green?'

'Om halftien.'

'Vertel me dan maar snel wat ik weten moet.'

Robinson haalde zijn schouders op. 'Oké. Lasko heeft vijfentwintig procent van de aandelen First Seminole Bank in handen. Ik kan misschien beter zeggen dat zijn bedrijven die in handen hebben – Lasko Devices en de dochtermaatschappijen – via hun verschillende pensioenfondsen. Daardoor vrij moeilijk te traceren. Hoe dan ook, hij heeft die vijfentwintig procent en dat maakt hem de grootste aandeelhouder.

Niet voldoende om de bank zelf volledig onder controle te kunnen krijgen, maar wel genoeg om een flinke vinger in de pap te hebben.'

'Leuk. Heb je met iemand van die bank gesproken?'

'Nee. Ik dacht dat jij dan bang zou zijn dat het Lasko ter ore kwam.'

'Verder nog iets?'

'Ik heb O'Hair gebeld, hem in herinnering gebracht dat de dagvaarding nog van kracht was en Sam uitgenodigd hier terug te komen. Waarom heb ik niet gezegd.'

'Oké.'

'Hoe ga je dit aanpakken?'

'Ik zal O'Hair in bedekte termen clementie aanbieden en dan dreigen met een vervolging wegens het plegen van meineed.

'Hij moet geloven dat ik daartoe zal overgaan, al ben ik dat absoluut niet van plan. Dan zal ik proberen hem te laten denken dat we informatie over de bank hebben, wat niet zo is. Daarna zie ik wel hoe het verder loopt.'

'Ik hoop dat O'Hair er instinkt.'

'Ik ook. Luister. Ik heb nog een paar dingen te doen.'

Hij stond op. 'Oké. Dan zien we elkaar beneden wel weer.'

'Ja.' Ik voelde me een beetje schuldig. 'Jim, bedankt voor je hulp. Dat meen ik echt.'

'Graag gedaan,' zei hij en deed de deur achter zich dicht.

Ik staarde ongelukkig naar de telefoon. Als ik deze telefoontjes pleegde, zou ik het verder echt alleen moeten opknappen. Maar ik had mezelf geen keus gelaten. Dus pleegde ik eerst het makkelijkste telefoontje.

Greenfeld was op de redactie. 'Lane, ik wil je om een gunst vragen zonder dat jij erop kunt rekenen er iets voor terug te krijgen.'

'Je kunt het altijd proberen,' zei hij droog. 'Waar gaat het om?'

'Heb jij bronnen bij de Belastingdienst?'

'Zeker.'

'Als je het kunt doen zonder die lui opgewonden te maken, zou je dan om een lijst willen vragen van alle psychiatrische inrichtingen en sanatoria waaraan de Lasko Foundation geld heeft geschonken? Vooral rond Boston. Denk je dat je dat kunt doen?'

'Mag ik vragen waarom?'

'Dat mag je, maar ik geef je geen antwoord.'

'Kun je dit niet via je eigen kanalen doen?'

'Nee. Dit niet.'

'Wat is er bij jullie verdomme gaande?'

'Kun je het doen?' hield ik vol.

'Oké,' zei hij gekwetst. 'Ik bel je terug.' De verbinding was verbroken.

Ik moest om nog een gunst verzoeken. Ik bereidde me voor om terug te gaan in de tijd, het verleden met het heden te vermengen. Toen draaide ik het nummer.

'Meneer Stansbury? U spreekt met Chris Paget.'

'Chris,' zei de krachtige stem. 'Waar ben je?'

'In Washington. Ik werk hier.' Dat ik dat al drie jaar deed, voegde ik er niet aan toe.

'Schitterend. In dat geval moet je bij me langskomen.'

'Dat was ik eigenlijk ook van plan. Ik denk dat u me misschien een dienst kunt bewijzen.'

'Dat zal ik graag doen.' Zijn stem werd plotseling warm door het opleven van hoop. Hoop die ik ook had gekoesterd en waarvan ik met heel veel moeite afstand had gedaan. Maar het was me wel gelukt.

'Ik ben bang dat het iets zakelijks betreft.'

Zijn stem klonk iets minder enthousiast. 'Zeg het maar.'

'Ik kan me herinneren dat u elektrotechnisch ingenieur was voordat u het bedrijfsleven in ging. Bent u nog steeds thuis in die materie?'

'Dat denk ik wel.'

'Ik heb de mening van een expert nodig over een paar computerchips. Zou u die vandaag kunnen bekijken?'

'Zeker. Sinds ik met pensioen ben, heb ik niets anders meer dan tijd. Te veel tijd. Weet je mijn huis te vinden?'

'Zeker.'

'Ik verheug me op je komst.'

'Heel hartelijk bedankt, meneer Stansbury.'

'Tot straks dan maar.' Zijn stem had een vragende ondertoon. Ik verbrak de verbinding nog niet, maar de vraag werd niet gesteld. Daar was ik blij om. Ik legde de hoorn op de haak en controleerde afwezig of de chips nog in mijn zak zaten. Dat was zo. Toen liep ik mijn kantoor uit om Sam Green te ondervragen.

Robinson zat al in de vergaderzaal, met Green, O'Hair en mijn favoriete stenografe. Ze zette haar apparaat naast de potplant, nog altijd glimlachend als de Mona Lisa. Green transpireerde, al was het lekker koel in de kamer. Hij zweette omdat hij zich afvroeg wat we wisten. O'Hair zat naast hem, met een ostentatieve kalme houding.

Ik liep naar het hoofd van de vergadertafel en ging naast Robinson zitten. Green staarde naar een lege hoek, alsof ik daardoor zou verdwijnen. Ik rommelde wat met papieren om hem nog even in zijn sop te laten gaarkoken.

O'Hair begon. 'Namens mijn cliënt eis ik te horen waarom hij opnieuw is opgeroepen.'

Ik stuurde de stenografe weg en wendde me toen tot O'Hair. 'Omdat we deze week mensen verhoren die geestelijk niet helemaal in orde zijn. Green is de specialiteit van deze dag.'

'Wat voor een geouwe...'

'Laat dat eisen maar rustig varen. Er is al iemand dood en jouw mannetje is een spel met ons aan het spelen.'

O'Hair bond in. 'Mijn cliënt weet wat zijn rechten zijn.'

Het onderhandelen was begonnen. Ik vroeg Green te vertrekken. Hij ging onhandig staan, struikelde bijna en liep wankelend de kamer uit. Ik keek hem na. 'Ik hoop dat zijn rechten hem troosten in Danbury. Met zijn strafblad zal hij daar wel even zitten.'

'U hebt zelf gezegd dat u meineed niet kon bewijzen.' O'Hair probeerde gekrenkt te klinken, alsof ik een belofte niet gestand had gedaan.

'Ik ben van gedachten veranderd. Volgens mij zal geen enkele jury geloven dat hij zich een maand later niet meer kan herinneren wie hem een lening van vierhonderdduizend dollar heeft verstrekt.'

'Waarom gaat u dan niet procederen?'

Dat was tactiek nummer een: proberen de aanklager zo ver te krijgen dat hij toegeeft dat je cliënt belangrijk is. 'Omdat Green een totaal onbelangrijk figuur is. Om eerlijk te zijn interesseert het me niet wat hij doet. Als hij bereid is te praten, hebben we er nog een getuige tegen Lasko bij. Als hij daar niet toe bereid is, zal ik beiden gerechtelijk vervolgen.'

'U hebt nog niets laten zien.'

Ik haalde mijn schouders op. 'U kunt kiezen, meneer O'Hair. Green kan een beroep doen op het vijfde amendement, of hij kan met ons samenwerken. Maar hij kan beter niet proberen meineed te plegen.'

Robinson speelde zijn rol goed en keek met een vaag, superieur glimlachje naar O'Hair. O'Hair ging staan. 'Ik zal dit met mijn cliënt bespreken.'

We staarden hem aan. Hij vertrok.

Robinson draaide zich naar me toe. 'Dat was grof. En ik dacht altijd dat McGuire de grootste rotzak was.'

Ik haalde mijn schouders op. 'Op een avond, wanneer deze zaak is afgerond en ik de tijd heb om me af te vragen wat een klootzak ik ben, zal ik een martini pakken en me er beroerd over voelen. Nu kan ik me dat niet veroorloven. Bovendien heeft niemand Green het boevenpad op gedwongen.'

Robinson knikte. Hij wist dat ik gelijk had; hij was alleen blij dat ik de harde jongen had uitgehangen. Dat was een normale reactie. Soms zat het me dwars dat ik dat niet erg vond. Maar nu vond ik het helemaal niet erg.

O'Hair kwam terug. 'Kunt u garanderen dat de verklaring van meneer Green vertrouwelijk zal worden behandeld?'

Minstens twee of drie uur lang, dacht ik. 'Vraagt u om een speciale behandeling?'

'Ik kan mijn cliënt niet adviseren mededelingen te doen die binnen de kortste keren bij het grote publiek bekend zullen zijn.'

Ik probeerde blasé te kijken. 'U kent onze regels. Geen enkel onderzoek wordt in de openbaarheid gebracht voordat er tot gerechtelijke vervolging is besloten.'

Mijn antwoord was niet ter zake doende. In de zaak Lasko waren onze regels waardeloos. Het was mogelijk dat O'Hair een van de crediteuren van Green zou worden, die om een deel van de nalatenschap moest gaan vechten met de First Seminole Bank. Maar O'Hair liep de kamer weer uit.

Ik hoorde op de gang vaag gemompel. Toen kwam Green binnen; met de fretachtige gezichtsuitdrukking van een man met weinig wilskracht die net door een gewiekste vertegenwoordiger in een hoek is gedreven. Hij wist niet wat hij had gekocht en was er niet zeker van of hij blij zou zijn wanneer hij erachter kwam. O'Hair keek ondoorgrondelijk. 'Ga je gang,' zei hij, en knikte.

De stenografe kwam achter hen aan naar binnen. Ik keek haar even aan en begon toen.

'We zetten de getuigenverklaring van Samuel Green voort in de zaak Lasko Devices, dossiernummer 774.' De vingers van de stenografe vlogen over de toetsen. 'Meneer Green, u hebt eerder verklaard dat de First Seminole Bank in Miami u de afgelopen maand juli een lening heeft verstrekt van ongeveer vierhonderdduizend dollar. Wilt u de omstandigheden rond de verstrekking van die lening volledig voor ons beschrijven?'

'Ja, meneer Paget. Dat zal me een genoegen zijn.' Het uitgetypte verslag, dacht ik, zou nooit duidelijk maken dat aan zijn stem te horen was dat het hem helemaal geen genoegen was. 'Tegen het eind van de maand juni werd ik benaderd door meneer William Lasko.'

'Hoe?'

'Telefonisch.'

'Wat hield dat gesprek in?'

'Ik had wel het een en ander over meneer Lasko gehoord en gelezen, in de krant en de *Journal* en zo, maar ik had hem nog nooit persoonlijk ontmoet. Misschien had ik een paar keer een foto van hem gezien. In elk geval vroeg ik waarom hij mij belde en hij zei dat het niet belangrijk was hoe mijn naam hem ter ore was gekomen, maar dat hij me een zakelijk voorstel wilde doen. Sinds het afgelopen jaar, toen ik problemen met meneer Robinson en de anderen heb gehad, was het me niet zo voor de wind gegaan. Dus zei ik dat ik daar wel oren naar had. Luisteren kon immers geen kwaad?' Green zweeg, transpireerde en keek besluiteloos.

'Ga door.'

Green keek even naar zijn handen. 'Dus heb ik meneer Lasko ontmoet en hij zei dat hij wist dat ik niet al te best bij kas zat en dat hij mij zou helpen wanneer ik hem hielp. U kent dat wel...' Greens middelmatigheid klonk door in zijn afgezaagde manier van praten. Ik wachtte tot hij iets zou zeggen als 'de ene hand die de andere wast'. In dat opzicht stelde hij me teleur. 'Zoiets als "als jij mij op m'n rug krabt, zal ik bij jou hetzelfde doen". Meneer Lasko zei dat hij me vierhonderdduizend contant zou geven en dat ik daar dan weer op de aandelenmarkt mee moest gaan spelen. Het enige dat ik hoefde te doen, was aandelen Lasko kopen. Hij zei dat hij de lening zou afbetalen wanneer ik het geld niet kon teruggeven. Maar als de prijs van die aandelen omhoog ging, zou ik ze kunnen verkopen om vervolgens de lening af te betalen en de gemaakte winst in eigen zak te steken. Dus ik had niets te verliezen. Hij heeft me twee keer gebeld, een keer op de veertiende en een keer op de vijftiende juli, met het verzoek te kopen. Ik had daar niet al het geld voor nodig en hij zei dat ik met de rest van het geld kon doen wat ik wilde, dus toen heb ik nog een paar andere dingen gekocht.' Green zweeg, buiten adem. In het licht van de lamp zag hij er bleek en spichtig uit. O'Hair staarde door het raam naar buiten alsof hij daar iets interessants zag.

Green besefte dat ik wachtte. 'Dat is alles,' zei hij.

Ik ging door, om de rest ook vast te leggen. Hij had in New York met Lasko geluncht. Lasko had hem in de watten gelegd met witte wijn, oesters en de geur van geld. We namen elke aankoop door. Lasko belde elke morgen voor het openen van de beurs. Hij had niet geweten waarom Lasko dit wilde, beweerde hij. Dat, dacht ik, was ongeveer even waarschijnlijk als dat Green van plan zou zijn zijn winst aan een fonds voor armlastigen over te maken. Maar het kon me niet zo veel schelen. Ik had gekregen wat ik hebben wilde. Ik sloot het verslag. De stenografe glimlachte, pakte haar apparaat op en vertrok.

Green keek me behoedzaam aan. O'Hair keek van Green naar mij. 'Ik hoop dat u weet te waarderen dat u de volledige medewerking van de heer Green hebt gekregen.'

'Dat is geweldig,' zei ik ernstig.

O'Hair keek minzaam, Green hoopvol. Beiden besloten dat het tijd was om op te stappen. Het holle geluid van hun voetstappen werd vager en was toen niet meer hoorbaar.

'We kunnen Lasko nu te grazen nemen wegens manipulatie,' zei ik. Maar het probleem was dat ik dat niet met andere dingen in verband had kunnen brengen. Martinson, Lehman en St. Maarten waren nog stukjes van de puzzel die ik niet op hun plaats kon leggen.

Robinson ging wat makkelijker zitten. 'Weet je dat ze een redelijke kans van slagen hebben wanneer ze om immuniteit vragen?'

Ik knikte. 'Het zal Green altijd goed vergaan wanneer hij handel kan drijven. Maar zo werkt het nu eenmaal. Neem die vent nu eens die Tricky Dick heeft verraden. Drie makkelijke maanden brommen en vervolgens is hij de ster op allerlei literaire lunches.'

Robinson glimlachte en zweeg een tijdje. Toen: 'Ik vraag me af waarom Lasko bereid was genoegen te nemen met een kereltje als Green als stroman.'

Dat zat mij ook dwars en er was nog iets anders. Mijn triomf leek een beetje te worden uitgehold. Ik was er in deze zaak niet aan gewend als overwinnaar uit de bus te komen. 'Had jij de indruk dat O'Hair wat al te gemakkelijk overstag ging?'

Robinson keek geïnteresseerd. 'Ik heb hem wel eens harder zien onderhandelen.'

'Het leek bijna alsof hij het niet erg vond dat we zouden kunnen bewijzen dat Lasko met aandelen heeft gemanipuleerd.'

'Dat zou logisch zijn indien hij de advocaat van Green was.'

'Ja, maar ik denk dat hij de advocaat van Lasko is en hier was om de belangen van Lasko te beschermen. En waarom zou Green zijn nek uitsteken? Lehman heeft iets dergelijks met de dood moeten bekopen.'

'Wat concludeer jij daaruit?'

'Misschien dat Lasko bereid is ons die aandelenzwendel te laten achterhalen, om op die basis een schikking te kunnen treffen. Misschien wil hij dat het bureau het onderzoek nu verder staakt, om zo te voorkomen dat we iets ontdekken wat nog erger is.'

Daar dacht Robinson over na. 'Zo op het eerste gezicht zou ik niet weten waarom.' Hij keek naar het plafond, alsof hij iets was vergeten en het daar terug zou vinden. 'In dat geval zou hij iets heel belangrijks te verbergen moeten hebben.'

Mijn hoofd klopte. Ik besloot dat iemand ernaar moest kijken. Ik excuseerde me. Toen haalde ik de chips op en nam een taxi naar het ziekenhuis, waarbij ik me afvroeg of Stansbury me zou kunnen vertellen wat ik weten moest.

Eén ding was me vrij duidelijk. De zaak draaide absoluut niet om het manipuleren met aandelen. Ik had nog een lange weg te gaan en ik had niet veel tijd meer om die af te leggen.

22

HET ZIEKENHUIS HIELD me vast tot ongeveer halfvier en ik bracht een groot deel van die tijd door met het invullen van formulieren. De onze en de hunne. Geen breuk, deelden ze me vrolijk mee, en ze waren er ook vrij zeker van dat ik geen hersenletsel had opgelopen. Ik was verrukt.

Normaal gesproken zou ik recht voor het ziekenhuis een taxi hebben aangeroepen. In plaats daarvan liep ik in de grote hal naar een telefoon en vroeg om een taxi aan de achterkant van het gebouw. Tien dagen eerder zou ik om zoiets hebben gelachen, maar op dit moment was niets meer bijzonder geestig.

Ik wachtte binnen tot de taxi verscheen, stapte in en gaf de chauffeur opdracht naar Old Town Alexandria te rijden via de George Washington Parkway, die parallel loopt aan de Potomac. Voor zover ik kon nagaan, werden we niet gevolgd.

In Alexandria kreeg Parkway een andere naam: Washington Street. De taxichauffeur sloeg linksaf en reed door de smalle straatjes naar Duke Street. Old Town bestond voornamelijk uit bakstenen huizen, heel oud en met voortuintjes die aan het trottoir grensden. Net als Georgetown zou Old Town nooit echt in de mode raken. Te weinig bomen en geen enkel restaurant dat me aanstond. Maar voor het merendeel was het er vredig en stikte het er niet van de weekendtoeristen die alles op alles zetten om het leven voor de vaste bewoners onmogelijk te maken. Dat had zo zijn charme.

Stansbury woonde aan Pitt Street, vernoemd naar William Pitt. Senior. Zijn voortuin was naar de maatstaven van Old Town gemeten groot, en stond – op een nette manier – vol met al het weelderige spul dat bereid is in Washington te groeien. Het huis zelf was van grijs geschilderde baksteen. De zwarte voordeur was net geverfd en voorzien van een nieuwe koperen klopper. Ik had het er zo uit kunnen halen, ook als ik het adres niet geweten had.

Ik vroeg de taxichauffeur om te wachten en liep naar de deur. Ik belde niet aan, maar gebruikte de koperen klopper twee keer, denkend hem daarmee een plezier te doen.

De deur ging open en daar stond Stansbury, even keurig netjes als het huis. Hij glimlachte breeduit. 'Chris! Hoe is het met je?'

'Prima, meneer Stansbury. U ziet er goed uit.' Ik gaf hem een hand.

Hij keek blij en nodigde me uit binnen te komen. Ik zocht naar tekenen dat hij ouder was geworden, maar kon die niet vinden. Achtenzestig, misschien. Grijs haar. De huid gelooid, maar nog bijna zonder rimpels. Alleen zijn stem verried zijn leeftijd: een soort mannelijk gekras.

Hij nam me mee naar de huiskamer. Ik keek om me heen. Spaarzaam gemeubileerd – voornamelijk met antiek – heel smaakvol en precies juist gedoseerd. Veel meubels herinnerde ik me uit het oude huis.

'Mooi ingericht, dit huis,' zei ik.

Hij knikte als dank. 'Het heeft me na de dood van Martha iets te doen gegeven. Toen heb ik namelijk besloten hierheen te verhuizen. Cheryls echtgenoot werkt, zoals je weet, op het ministerie van Buitenlandse Zaken en ze hebben net een tweede zoontje gekregen. Dit huis is dicht genoeg in de buurt van Chevy Chase om ze op te zoeken en ver genoeg weg om niet lastig voor hen te worden.'

En nog verder weg van Boston, dacht ik, zonder het hardop te zeggen.

Hij nam me van top tot teen op. 'Chris, je ziet er goed uit. Ouder. Oud genoeg voor een borrel,' voegde hij daar met een glimlach aan toe. 'Een gin-tonic?'

Hij was trots op zijn gin-tonics, herinnerde ik me. 'Graag,' zei ik en liep achter hem aan naar de keuken. We praatten bij terwijl hij de drankjes klaarmaakte. Dat deed hij heel zorgvuldig, alsof zijn gastvrijheid daaruit moest blijken. Als laatste sneed hij een citroen in plakjes en kneep die uit met een ervaren gebaar dat angst voor de eerste tekenen van de ouderdom verried. Het was merkwaardig, maar juist dat gebaar deed me beseffen dat ik hem had gemist.

Hij keek nog steeds naar de drankjes. 'Hoor je nog wel eens iets van Brett?'

Ik schudde mijn hoofd. 'Nee. Hoe is het met haar?'

'Dat weet ik eigenlijk niet.' Hij keek me van opzij even aan. 'Onzin. Ik weet het eigenlijk wel. Dat is een van de redenen waarom ik hier woon in plaats van daar.'

Brett was zijn lievelingsdochter. Dat wist ik. Ik probeerde een grapje te maken. 'De oorlog in Vietnam is nu voorbij, dus zou ik zo denken dat jullie niets meer hebben om ruzie over te maken.'

Hij glimlachte heel even. 'Ik blijf mezelf voorhouden dat verlangen naar dingen uit het verleden het eerste teken van seniliteit is. Maar ik kan me herinneren dat jij en Brett wél echt goed met elkaar konden praten. Zij en Roger voeren alleen een act op.'

Ik keek naar mijn glas. 'Een groot deel van alles wat er is gebeurd, is mijn schuld. Maar dat laatste beslist niet.'

Hij zond me een snelle, vragende blik toe en raakte toen mijn schouder aan. 'Sorry dat ik erover ben begonnen,' zei hij op een toon die duidelijk maakte dat hij het onderwerp verder wilde laten rusten. 'Waar kan ik je mee helpen?'

De chips zaten in een boterhamzakje in mijn zak. Ik pakte het en schudde ze op de keukentafel uit. Ze produceerden een hol geratel. Hij keek er met een vragend opgetrokken wenkbrauw naar.

'Ik wil die dingen geanalyseerd hebben.'

'Waarom?'

'Kent u chips die worden gemaakt door Yokama Electric?'

Hij knikte. 'Op de zaak heb ik ermee gewerkt.'

'Kunt u een paar chips van Yokama te pakken krijgen en die dan met deze vergelijken? Ik moet weten of het dezelfde zijn.'

'Dat zal me wel lukken, maar ik zal je vraag waarschijnlijk niet eerder dan aanstaande maandag kunnen beantwoorden. Waarom moet je dat weten?'

'Ik wou dat ik u dat kon vertellen, maar dat kan ik niet.'

Hij zette een satirisch gezicht op. 'Topgeheim?'

'Iets dergelijks. Is het onvermijdelijk dat iemand van Yokama hier iets van te weten komt?'

'Niet als het erg belangrijk voor je is dat dat niet gebeurt.'

'Dat is het.'

'Oké. Heb je tijd om wat langer te blijven?'

Ik schoof ongemakkelijk heen en weer op mijn stoel. 'Dat zou ik graag willen, maar het kan niet. Ik sta op dit moment behoorlijk onder druk.'

Hij keek bezorgd. 'Kan ik je ergens mee helpen?'

'Dat hebt u al gedaan.'

We praatten nog even. Toen bracht hij me naar de deur en gaf me een krachtige handdruk. 'Ik heb onze gesprekken gemist, Chris.'

Datzelfde gold voor mij. 'Ik kom terug.'

'Goed.' Hij zwaaide toen ik het pad af liep, draaide zich toen om naar het lege, stille huis en deed de deur achter zich dicht.

Ik ging terug naar het bureau en probeerde aan de zaak te denken. Daardoor was ik gedwongen iets onaangenaams onder ogen te zien: dat ik wenste dat het het probleem van iemand anders was. Soms wist ik niet of ik probeerde Lehman te wreken, Martinson te redden of mijn eigen problemen ongedaan te maken voordat ze mij de das omdeden. Ik ging naar mijn kantoor, denkend aan Brett en toen weer aan de zaak, en voelde me depressief.

Debbie had een boodschap voor me. McGuire had voor de volgende morgen een vergadering belegd. Woods, McGuire, Feiner en ik. Ik was daarover aan het nadenken toen een knaagdier dat onkostendeclaraties verwerkte, trillend mijn kantoor in liep. Hij had een geruite pantalon en witte leren instapschoenen aan en knipperde om onduidelijke redenen – misschien door de glans van zijn schoenen – voortdurend met zijn oogleden. Hij was zeer verontrust door mijn onkostendeclaratie voor de reis naar Boston en kon hem niet vergoeden voordat ik nadere uitleg had gegeven. Waarom, vroeg hij zich af, was het nodig geweest een nacht in Boston te blijven? Omdat het vliegveld door een sneeuwstorm gesloten was, zei ik. Hij begon aan een verhandeling over de moeilijkheden van zijn werk, dat ik serieuzer zou moeten nemen. Ik amuseerde mezelf door me af te vragen wat Martinson aan het doen was terwijl ik zulk maatschappelijk nuttig werk deed. Toen legde ik uit dat mijn getuige door een auto was doodgereden. Ik was er zeker van dat hij begreep dat mijn werk daardoor moeilijker was geworden. Eerst had ik moeten helpen het lichaam uit Arlington Street te verwijderen en toen had die lastige politie alles nog eens met me willen herkauwen. Dus had ik pas de volgende dag naar de weduwe toe kunnen gaan, die ik natuurlijk eerst een passende tijd had willen laten rouwen. Moest ik dit alles in een memo zetten, of zouden foto's van de lijkschouwing voldoende zijn? Tegen die tijd zag hij groen en had ik een beetje met hem te doen. Omgaan met krankzinnigen behoorde niet tot zijn taakomschrijving. Hij zei dat hij erover zou nadenken en liep bezorgd kijkend de gang weer op.

Robinson passeerde hem toen hij mijn kantoor in liep. 'Hoe is het in het ziekenhuis gegaan?'

'Volgens de artsen is er niets met me aan de hand. Niks gebroken.'

Robinson keek blij. 'Gelukkig.' Hij keek op zijn horloge. 'Chris, zullen we ermee stoppen voor vandaag? Ik zal je een lift naar huis geven. Dat heb je wel verdiend.'

Dat klonk goed. Maar ik had nog niet met Woods gesproken over Green of St. Maarten. Robinson wachtte terwijl ik belde. Ik had mazzel. Woods was op de Hill een getuigenverklaring aan het afleggen over steekpenningen en moest daarna een lezing geven in New York. Morgenochtend zou hij er weer zijn. Ik aanvaardde het aanbod van een lift.

We liepen naar de garage, stapten in zijn auto en reden naar mijn huis. 'Wat ga je nu aan dit alles doen?' vroeg hij.

'Morgen heb ik een vergadering. Met Woods, McGuire en Feiner. Misschien kan ik een van hen zo ver krijgen dat-ie wakker wordt.'

'Je zou ook eens kunnen proberen aardig te zijn tegen McGuire.' Ik keek zijn kant op. Hij maakte geen grapje. 'Chris, weet je dat je een geboren doelwit bent? Niets aan jou vraagt om hulp. Je gaat je eigen gang. Jouw betere kant krijgen de meeste mensen niet te zien, omdat je zo verdomd erg op je privacy gesteld bent. En jij voelt niets voor de kleine compromissen die anderen onderling sluiten, zodat ze hun eigen leven niet onder de loep hoeven te nemen.'

Ik voelde me geïrriteerd. 'Waarom zeg je dat alles?'

Robinson keek even mijn kant op. 'Een vereiste om jou aardig te vinden, is dat de persoon in kwestie zichzelf aardig vindt. Als dat niet zo is, heb je te veel in je dat als voedsel kan dienen voor de lintworm die de meeste mensen met zich meedragen. Neem jou en McGuire nu eens. Jij zit lekker in je vel – iets wat McGuire nooit van zichzelf zal kunnen zeggen. Jij hebt nooit geld bij elkaar hoeven te schrapen, je nooit afgevraagd of je recht had op wat je hebben wilde. Het heeft je ook nooit geïnteresseerd of je iemand welgevallig was of niet. Voor McGuire geldt het tegenovergestelde. En dan kun jij hem met een glashard gezicht meedelen dat dat helemaal geen moer voorstelt.'

Ik wilde hem zeggen wat ik tegen McGuire had. Maar dat kon ik niet. 'Ik heb nooit gezegd dat ik de nobelheid zelve was. Maar het is niet mijn schuld dat McGuire zich heeft laten inpakken, en wat de redenen daarvoor ook zijn... Lehman zal er niet minder dood door worden.'

'Dan ga je je gang maar.'

'Jim, hou nu eens op! Ik zit met een dode getuige en een andere man die wordt vermist en misschien ook dood is. En ik kan de reden daarvan niet eens achterhalen. Ik vorm echt een bedreiging voor de sociale structuur.'

Robinson stopte voor mijn voordeur. 'Luister. Je hebt jezelf al half om zeep geholpen. Wat wil je nu eigenlijk? Perfectie?'

Ik maakte het portier open, stapte uit en boog me toen nog even naar hem toe. 'Nee. Alleen iets om voor de helft de schitterende mening te rechtvaardigen die ik geacht word over mezelf te hebben.'

Robinson glimlachte vermoeid. 'Oké, Chris. Doe het alleen rustig aan met McGuire. En wees de eerste Pasen na je dood niet al te teleurgesteld.'

Ondanks alles vond ik dat amusant. En ik wilde met hem praten. Maar de dingen waarover we van mening verschilden, waren de redenen waarom ik dat niet kon. Dus glimlachte ik, tikte even op de motorkap en liep naar mijn appartement.

Ik maakte een martini klaar, zette muziek van Chopin op, ging zitten en staarde naar de lege open haard. Ik bleef met de feiten spelen, maar kon Martinson en Sam Green niet echt binnen het geheel plaatsen. Ik kon mijn gedachten niet helder op een rijtje krijgen. Misschien zou Martinson me kunnen helpen, als ik hem kon vinden. Als hij nog in leven was.

Die avond kreeg ik weer een telefoontje. Er werd niets gezegd. Alleen stilte, om me eraan te herinneren dat ze er waren. Ik legde de hoorn op de haak. Ze belden niet terug.

23

DE VERGADERING WAS gepland voor de volgende morgen. Ik ging naar kantoor en belde de secretaresse van McGuire. Het ging door, zei ze. Ik was door het dolle heen van vreugde.

Net toen ik de gang op liep, rinkelde de telefoon. Ik nam op.

'Een goede morgen,' zei Greenfeld. 'Wil je die gegevens van de Belastingdienst nog hebben?'

'Graag.'

'Oké. De Lasko Foundation heeft alleen veel geld geschonken aan één grote kliniek even buiten Boston: het Loring Sanatorium. Vorig jaar een half miljoen en het jaar daarvoor driehonderdduizend dollar.'

'Dat is veel geld.'

'Lasko is een aardige vent. Ik begrijp niet wat je hieraan kunt hebben.'

'Ik zal proberen iets te bedenken. Misschien schiet het me op de eerste Pasen na mijn dood te binnen.'

'Wát zeg je?'

'Niets. Hartelijk dank voor dit telefoontje.'

'Dat is niet voldoende. Je bent me op z'n minst een partijtje squash schuldig. Halfeen?'

Dinsdag een aanval op mijn persoon en een snel rijdende auto. Vrijdag een partijtje squash. Op een bepaald moment was mijn leven ermee opgehouden logisch te zijn. Maar ik stond inderdaad bij hem in het krijt.

'Oké. Ik moet er nu vandoor. Voor een vergadering.'

'Veel plezier daarmee.'

'Ik geniet er altijd van,' zei ik en hing op.

Ik was op tijd en zag meteen dat het een serieuze zaak was. Op de vergadertafel van McGuire stonden een gedeukte koffiepot en papieren bekertjes. Ik schonk een bekertje voor mezelf in en keek om me heen.

Iedereen was er al. McGuire zat op zijn gebruikelijke plaats aan het hoofd van de tafel, keek grimmig en friemelde aan zijn broekriem, alsof die niet lekker zat. Feiner zat naast hem op het puntje van zijn stoel, met de grimas van een martelaar. Woods zat iets meer naar het midden, alsof hij zo het slagveld beter in ogenschouw kon nemen. Hij keek bezorgd onbezorgd en scheen daarmee te hebben geoefend. Ze leken rondjes om elkaar heen te draaien als honden die elkaar niet kenden, maar zonder zich te bewegen. Ik ging aan het andere hoofd van de tafel zitten, tegenover McGuire.

De koffie smaakte vies en de sfeer riekte naar gespannen zenuwen. Ik verliet dit soort vergaderingen altijd in een minder goed humeur dan ik ernaartoe was gegaan en nu dreigde het nóg beroerder te zullen worden. Ik kon Lasko's ongeziene aanwezigheid voelen. Een felle zon scheen door het raam recht in mijn ogen, waardoor ik ze tot spleetjes moest samenknijpen.

McGuire schraapte zijn keel. 'Zoals jullie weten, heeft Chris Sam Green gisteren aan het praten gekregen. We hebben nu een getuigenverklaring dat Lasko heeft geknoeid met de prijs van zijn aandelen.'

Woods knikte me waarderend toe. Feiner knikte eveneens, zenuwachtig. Ik nam aan dat het hem nog steeds niet lekker zat dat een anonieme tipgever hem een stap voor was geweest. McGuire ging met eentonige stem verder. 'Dat is Lasko kennelijk ter ore gekomen. Zijn advocaat heeft me vanmorgen gebeld om over een schikking te praten.' De vlakke stem probeerde het te laten klinken alsof het niets te betekenen had.

Ik nam meteen het woord. 'Wacht eens even, Joe. Er is een strafbaar feit gepleegd. Wat bieden ze precies aan?' Woods' ogen waren snel tussen McGuire en mij heen en weer geschoten, alsof hij naar een pingpongwedstrijd keek. Nu keek hij weer strak naar McGuire.

McGuire keek mij voor de eerste keer aan. 'Lasko is bereid een gerechtelijk bevel dat hem in de toekomst dergelijk gedrag verbiedt te aanvaarden, maar niet bereid toe te geven verantwoordelijk te zijn voor de handelingen van Green.'

Ik keek hulp zoekend naar Woods. Hij weigerde me aan te kijken. Ik begon een hol gevoel in mijn maag te krijgen. 'Wat raad jij aan?' vroeg ik McGuire.

'Dat we dat accepteren.'

'Weet je zeker dat we hem dan niet te hard aanpakken? Misschien zouden we hem alleen de toegang tot Disney World moeten ontzeggen. Kunnen we er een soort neefje van de zaak Hartex van maken.'

'Doe niet zo lollig.'

'Ik ben alleen nieuwsgierig. Is hij bereid in te stemmen met het stellen van een grens aan het aantal getuigen dat hij per jaar vermoordt?'

'Ik word hier doodziek van,' blafte McGuire.

'Luister,' zei ik tegen Woods. 'Er is meer aan de hand dan manipulatie met aandelen, of zelfs de moord op Lehman.' Ik zweeg even. Ik kon niets zeggen over het memo, de chips of mijn gesprek met Tracy. Dat zou Lasko, als die ervan hoorde, misschien tot een volgende moord aanzetten. Maar ik besloot wel iets meer open kaart te spelen, waarbij ik me afvroeg of elk woord mijzelf iets verder in levensgevaar bracht. 'Carib Imports op St. Maarten lijkt een dummy. Lasko heeft het afgelopen juli opgericht, met een kerel die Martinson heet als stroman. Lasko heeft Martinson daar één punt vijf miljoen voor gegeven. Maar ik kan Martinson niet vinden. Zodra ik daar arriveerde, bleek hij vermist te zijn.'

Woods verwerkte die mededeling, maar McGuire nam het woord voordat hij er commentaar op kon leveren.

'Van welke verbanden zou er dan volgens jou sprake zijn?'

'Dat weet ik niet. Waar het om gaat,' zei ik ten behoeve van Woods, 'is dat we hier niet alleen met aandelenmanipulatie te maken hebben.'

Woods deed voor het eerst zijn mond open, tegen McGuire. 'Op welke gronden raad je aan met een schikking akkoord te gaan?'

'Om praktische redenen.' McGuires knarsende stem klonk dringend. 'We hebben het probleem geïdentificeerd, het in de openbaarheid gebracht en zo een herhaling ervan voorkomen. Maar we hebben het Witte Huis niet meer dan strikt noodzakelijk in verlegenheid gebracht. Dat zullen ze zich herinneren tegen de tijd dat het nieuwe budget moet worden opgesteld en goedgekeurd.'

Ik moest toegeven dat McGuire een gehaaide pragmaticus was. En gewoonlijk kon hij anderen naar zijn standpunt overhalen. De reden voor Greens samenwerking was nu duidelijk. Lasko had Green net genoeg aan ons laten vertellen om een schikking mogelijk te maken en zo te voorkomen dat ik de rest boven tafel haalde.

'Hoe zit het met de andere punten die Chris heeft aangedragen?' vroeg Woods aan McGuire.

McGuire haalde zijn schouders op. 'Niets anders dan speculatie. De politie houdt zich met Lehman bezig. En de rest heeft met ons onderzoek niets te maken.' Vergeet het, klonk in zijn stem door. Ik vroeg me af hoe vaak hij dit met Catlow had gerepeteerd.

Woods keek met vragend opgetrokken wenkbrauwen mijn kant op. 'Chris?'

Het had geen zin McGuire te beschuldigen van de verdwijning van Martinson. Dat zou Woods niet pikkken en ze konden altijd wijzen naar De Jonge. Ik richtte het woord tot Woods. 'Toen ik op St. Maarten was, heeft iemand 's avonds geprobeerd me aan te rijden. Later hebben ze me van achteren aangevallen en bewusteloos geslagen en mijn hotelkamer overhoop gehaald.'

Woods klonk geschokt. 'Wat is er in vredesnaam precies gebeurd?'

Dat vertelde ik. Woods keek nu meelevend. 'Wat vervelend voor je, Chris. Is alles goed met je?' De anderen mompelden ook bezorgde woorden.

Ik zei dat het prima ging. 'Waar het om gaat, is dat we bij deze zaak telkens weer met geweld worden geconfronteerd en nu zitten we ook nog eens met een vermiste. Die Martinson is gewoon verdwenen.'

Woods boog zich over de tafel heen. 'Heb je er enig idee van waar hij is?'

Ik keek even naar McGuire en koos mijn woorden heel zorgvuldig om Tracy te beschermen. En Martinson zelf. 'Nee, dat heb ik niet. Maar het is duidelijk dat er heel wat meer aan deze zaak vastzit dan we in eerste instantie dachten. En wat het ook is, het is gevaarlijk.'

'Maar je weet niet zeker dat die Martinson in levensgevaar verkeert,' zei Woods.

'Niet in de zin dat ik dat kan bewijzen. Maar ik ben er wel van overtuigd.'

'Wat zou jij willen voorstellen?' vroeg McGuire.

'Ik denk dat we moeten blijven graven tot we dit hebben opgelost.' Ik wendde me tot Woods. 'Jij hebt tegen me gezegd dat het bureau wordt beoordeeld aan de hand van zaken als deze. Denk je dat deze voorgestelde schikking in aanmerking komt voor een supplement van *Profiles in Courage*?'

Woods keek bezorgd. 'Er zitten positieve kanten aan.'

'Niet veel, zelfs wanneer je de speciale behandeling voor Lasko buiten beschouwing laat.'

'Iets dergelijks kan nauwelijks uniek worden genoemd,' zei hij op verdedigende toon.

'En jij ook niet wanneer je het hierbij laat zitten.'

Hij schudde zijn hoofd. 'Chris, wij kunnen geen strafrechtelijk onderzoek instellen. Deze zaak heeft aspecten die buiten onze bevoegdheden vallen. Wat er met jou is gebeurd, bewijst dat. Ik wil niet dat jou iets overkomt. Het wordt tijd dat iemand anders dit overneemt.'

Ik bleef het proberen. 'Maar ik zit op het goede spoor en ik zou het prettig vinden als je me daar op houdt. We kunnen niet gewoon een schikking treffen en het dan verder vergeten. Dat is wat Lasko wil. Ik denk dat hij Green heeft laten bekennen om ons voldoende te geven om met een schikking akkoord te kunnen gaan. Er is iets anders in het spel wat Lasko wanhopig graag verborgen wil houden.'

Woods dacht even na. 'Wat mij niet lekker zit,' zei hij tegen McGuire, 'is het idee dat we de rest van deze zaak dan verder laten rusten.' McGuire reageerde niet en Woods ging verder. 'Ik stel voor Chris dit alles te laten melden bij het ministerie van Justitie, zodat zij het nader kunnen bekijken.'

McGuire knikte. Feiner keek tevreden. En ik was van de zaak afgehaald. Zomaar. Het holle gevoel in mijn maag werd sterker. Ik kon Lasko bijna glimlachend aan de tafel zien zitten. Ik probeerde het nog een laatste keer met Woods. 'Je weet verdomd goed dat het ministerie van Justitie deze zaak onder zich zal houden. Als wij al het gevoel hebben onder druk te staan, zullen zij dat gevoel nog in veel hogere mate krijgen. De minister van Justitie is een kabinetslid, verdomme!'

'Daar geloof ik niets van,' zei Woods kalm. 'Verder is het het beste dat we kunnen doen. Jouw onderzoek is onconventioneel geweest, om het zacht uit te drukken. Deze zaak hoort op het ministerie van Justitie thuis.' De toon van zijn stem klonk heel definitief.

Ik hoopte dat niemand wist dat ik op zoek was naar Martinson. Toen besefte ik opeens dat ik dat niet meer was. Ik vergat mezelf en dacht aan Tracy. Iemand moest hem voor haar vinden. Di Pietro, hoopte ik. 'Ik zou graag nog een keer met de politie in Boston spreken voordat ik mijn eindrapport indien,' zei ik.

'Waarom?' vroeg McGuire.

'Omdat zij zich met Lehman bezighouden. Dat heb je zelf gezegd.'

Die opmerking was raak. 'Vind je niet dat je genoeg hebt gedaan?'

Woods nam meteen het woord. 'Als Chris zich tot de feiten beperkt, is het naar mijn idee aanvaardbaar. We kunnen niet net doen alsof bepaalde feiten niet bestaan.'

McGuire bloosde en zweeg.

'Oké,' zei Woods soepel. 'Als jij de commissie aanraadt met een schikking akkoord te gaan, zal ik dat voorstel steunen. Ik zal een vergadering uitschrijven. Chris gaat zijn eindrapport schrijven en maandag nog een keer met de politie in Boston praten als hij dat per se wil. Daarna is deze zaak gesloten.'

'Het is niet goed genoeg,' zei ik tegen Woods. 'Het komt er niet eens bij in de búúrt.'

Woods keek me strak aan. 'Sorry, Chris. Je hebt veel meegemaakt, keihard gewerkt en het goed gedaan. Maar ik denk dat we de goede beslissing hebben genomen. Voor jou en voor het bureau.'

Hij keek om zich heen. 'Is er verder nog iets?'

Ze keken allemaal naar mij. Ik nam hen één voor één langzaam op. Toen stond ik op, schoof mijn stoel zorgvuldig terug op zijn plaats en liet hen daar achter.

Met grote passen liep ik naar mijn kantoor en belde Di Pietro toen ik nog in staat was na te denken. Hij was bereid me maandag te ontvangen, maar legde er geen bijzonder groot enthousiasme voor aan de dag. Dat maakte me alleen maar bozer. Ik wilde meteen naar hem toe. Maar wanneer ik eerder dan maandag ging, zonder dat me daartoe opdracht was gegeven, zou ik mijn plannen verraden en Martinson in gevaar brengen. Ik moest wachten – en hopen. En ik had Di Pietro nodig. Dus bedankte ik hem omdat hij bereid was tijd voor me vrij te maken.

Ik was tijdens het gesprek blijven staan. Ik zette de telefoon met een klap terug op mijn bureau en liet me in mijn plastic stoel vallen. Om de een of andere reden begon ik te staren naar de enige dingen in mijn kantoor die van mij waren: mijn boekensteunen, onyx, met woeste gezichten van Azteken. Ik zei altijd dat ze van mij waren, maar in feite waren ze van overgrootvader Kenyon. Hij had ze de vorige eeuw uit Mexico meegenomen. Ik keek er somber naar. Het enige dat ik ten gunste van McGuires schikking kon zeggen, was dat ik daardoor misschien veilig was – even veilig als welk ander aardig bureaucraatje bij een van de slaperigste bureaus in de stad dan ook. Ik vroeg me af waarom ik me daar zo beroerd door voelde.

Ik staarde nog steeds naar de boekensteunen toen McGuire de deur opendeed. Ik was verbaasd. Dat had hij nog nooit eerder gedaan.

'Vind je niet dat je genoeg hebt gedaan?' aapte ik hem na.

Dat negeerde hij. 'Jij denkt dat Woods een vriendje van je is, hè?'

Ik vroeg me af waar die vraag vandaan kwam. Hij stond voor mijn bureau, met een volkomen uitdrukkingsloos gezicht. 'Joe, wil jij ook mijn vriendje zijn? Dat is een hele troost.'

Zijn ogen werden kleiner, alsof hij zich afvroeg of hij nog meer moest zeggen. Ik keek hem aan en voelde me even vriendelijk als de Azteken van mijn overgrootvader. 'Ik wil alleen tegen je zeggen dat je moet uitkijken wat je doet,' zei hij rustig.

Ik haalde mijn schouders op. 'Ik denk dat jij wel weet wat er gebeurt met mensen die niet uitkijken met wat ze doen.' Ik keek hem aan, maar zag in feite Tracy en de op straat liggende Lehman.

Even schitterden zijn ogen, toen werd de blik erin weer nietszeggend. 'Chris, hou je waffel,' zei hij heel zacht. Hij draaide zich op zijn hielen om en trok de deur met een klap achter zich dicht, alsof hij me had afgedankt.

Het leven gaat door, dacht ik. Zaken komen en zaken gaan en weduwen komen over hun verlies heen. Echtgenoten raken vermist en blijven vermist. Daar kon ik me geen zorgen over maken. Ik had uiteindelijk belangrijke dingen te doen. Greenfeld en ik gingen squashen.

24

DE GROENE BAL werd teruggekaatst door de witte muren, gevolgd door een echo. Greenfeld en ik renden erachteraan, gewapend met houten rackets. De enige andere geluiden waren de snelle, holle ploffen van onze tennisschoenen.

Greenfeld speelde fel en alert, alsof squashen zijn werk was. De bal schoot op mijn backhand af. Ik sloeg hem hard en laag de linkerhoek in. Greenfeld racete naar de linkermuur. Zijn racket miste de groene schicht net. Hij schudde zijn hoofd. Gewoonlijk ging het tussen ons gelijk op. Nu versloeg ik hem met lengten.

Ik bleef fanatiek doorgaan, half bewust, voortgestuwd door een woeste stroom adrenaline. De bal kwam laag in, rechts van me. Ik dook erheen, viel op mijn borstkas en haalde woest uit vanuit mijn elleboog. De bal werd teruggekaatst door de voormuur. Greenfeld dook eropaf en miste. Weer net aan. Ik had gewonnen.

Ik staarde naar de bal, die in een verre hoek nog een paar keer laag stuiterde en toen op de grond bleef liggen. Hij draaide zich naar me toe, met zijn handen op zijn heupen.

'Dat zal je nooit meer lukken,' zei hij.

'Dat weet ik.'

We douchten, kleedden ons zwijgend aan en namen toen een taxi naar de Hill. Greenfeld kon niet al te best tegen zijn verlies. Hij zat tegen het rechterportier geleund en overdacht de partij nog eens.

'In je studietijd heb je veel geroeid, hè?'

'Ja.'

'Dat verklaart de onderarmen,' zei hij, alsof hij me op vals spelen had betrapt.

'Het was ook een perfecte training voor de baan die ik nu heb. Ik zat doodstil, tot iemand tegen me begon te schreeuwen. Daarna roeide ik zo snel als me dat werd opgedragen, niet sneller, tot iemand zei dat ik moest stoppen. Dan hield ik ermee op.'

Greenfelds afwezige glimlach werd nieuwsgierig, zonder wezenlijk te veranderen. 'Wat is er gebeurd?'

'Niets. Zoals gewoonlijk.'

De blik in zijn ogen werd scherper. 'Hebben ze jouw zaak verknald?'

'Nee, we hebben een schitterend resultaat behaald. Lasko heeft beloofd het nooit meer te doen, zonder toe te geven dat hij het heeft gedaan.'

'Je lijkt er niet van onder de indruk?'

'Ben jij dat dan wel?'

'Niet erg.'

'Dan ben je slimmer dan je meeste collega's van de financiële pers. Om nog maar te zwijgen over het congres.'

'Dat is niet voldoende om me te vleien. Zeker niet na dat partijtje squash. Waarom heb ik het gevoel dat je iets voor me achterhoudt?' vroeg hij en zijn stem werd hoger.

'Dat weet ik niet, Lane. Misschien ben je een beetje paranoïde.'

Hij glimlachte niet. Ik besloot zijn vraag te beantwoorden. 'Als ik iets voor je achterhoud, komt dat omdat er nog steeds iets op het spel staat.' Martinson, bijvoorbeeld. 'We kunnen niet altijd aan dezelfde kant van de straat werken.'

'Ik ben niet overtuigd,' zei hij met ironie.

'Jij weet niet wat ik weet.'

'Dat is inderdaad het probleem.'

'Geouwehoer, Lane. Weet ik alles wat er over de *Post* te weten valt? Weten je lezers alles wat er over het nieuws te weten valt?'

Daar ging hij niet verder op door. Ik ook niet. Toch wilde ik informatie uit hem lospeuteren. Dat was voornamelijk een reflex, want de ECC had de zaak net gesloten. Maar ik kon er niet zo makkelijk vrede mee hebben. Ik bleef naar antwoorden zoeken. 'Puur om mijn nieuwsgierigheid te bevredigen zou ik wel eens willen weten wat het ministerie van Justitie aan die antitrustzaak doet,' zei ik, aftastend. 'Zijn zij net als wij bereid met een schikking akkoord te gaan?'

'Waarom zou ik je dat vertellen?' zei hij en het was geen grapje.

'Omdat ik je met squashen heb verslagen.'

Hij glimlachte even. 'Als je een eerlijk antwoord wilt horen... Ik weet het niet. Een jurist die op het ministerie werkt, heeft me sub rosa het een en ander verteld. Hij zegt dat ze heel graag wilden gaan procederen. Maar toen kwam jouw vriend Catlow tussenbeide om namens Lasko te onderhandelen. Ergens in juli werd bekend dat er een schikking zou worden getroffen. Zomaar. Volgens mijn bron viel daar eigenlijk nauwelijks meer aan te tornen. Maar deze maand hoorde hij dat die schikking misschien toch niet door zou gaan, dat iets die mogelijkheid ophield. Ik denk dat dat "iets" wel eens jouw onderzoek kan zijn geweest.' Hij zweeg en keek me vragend aan. 'Wat heb jij precies in handen?'

'Ik wou dat ze me de kans gaven dat uit te zoeken.'

'Waarom geef je het dan niet gewoon op?' vroeg hij, niet langer om me onder druk te zetten, maar puur uit nieuwsgierigheid.

'Het enige dat ik kan zeggen, is dat jij dat ook niet zou doen.'

'Dank je,' zei hij geïrriteerd.

'Graag gedaan,' reageerde ik, al even geïrriteerd.

De taxi reed de Hill op en zette ons af. We liepen samen verder. De natte zon stoomde onze voorhoofden. We trokken onze stropdas los en sloegen ons colbertje over onze schouder. Greenfeld keek mijn kant op. 'Ik heb kort geleden een gerucht gehoord, via een kerel die een van onze financiële columns schrijft. Hij zegt dat Lasko liquiditeitsproblemen heeft. De fabrieken die ze hebben gebouwd om de contracten met het ministerie van Defensie na te komen, schijnen erg veel geld te hebben opgeslokt. Hou jij je daarmee bezig?'

Ik schudde mijn hoofd. 'Nee. Daar heb ik geen tekenen van gezien, maar daar staat tegenover dat ik daar ook niet naar op zoek ben geweest. Ik neem aan dat het mogelijk is, als ze hun financiële situatie gunstiger hebben voorgesteld dan hij in feite was.'

Daar dacht hij over na. Ik ook. Maar ik wilde er op dat moment niet verder over praten. 'Hoe is het gegaan met die dame van je, en de film met Bogart?' vroeg ik.

Hij glimlachte even. 'De dame was niet zo aantrekkelijk als ik had gedacht. Maar de film kon er nog steeds best mee door.' Zijn stem klonk lichtelijk ironisch, alsof hij moe was van zichzelf. Ik liet dat onderwerp verder rusten. Ik was ook moe van mezelf, en van de vreemde, verraderlijke wereld waarin ik werkte.

We liepen over het terrein van het Capitool naar de vleugel waarin de Senaat was ondergebracht, en bleven zoveel mogelijk in de schaduw van de bomen. Op het parkeerterrein bleven we staan. Dat lag te bakken in de zon. Het asfalt smolt erdoor en het zonlicht werd door de autoruiten fel weerkaatst. Greenfeld zei: 'Chris, weet je dat ik laatst opeens iets besefte?'

'Wat?'

'Dat Mozart op onze leeftijd al dood was.'

'Geweldige gedachte, Lane.'

'Ik wilde je er alleen even deelgenoot van maken,' zei hij droog. Toen liep hij op zijn gemakje naar de Senaat.

Ik ging terug naar het bureau en wenste dat ik ergens anders was. De lobby zag er verlaten uit en de lift leek trager dan normaal. Debbie was er niet. Ik keek langs haar bureau en voelde me even leeg als mijn kantoor. Niemand thuis, daar. Martinson zou tot maandag moeten wachten en Lehman bleef me achtervolgen. Ik pakte de telefoon en belde Mary.

25

MARY ARRIVEERDE ROND een uur of acht die avond bij mijn huis in een praktische, groene Volkswagen. Ze droeg een blauwe spijkerbroek, een leren riem en een dure blouse van crêpe de Chine. 'Hallo,' zei ze zacht. 'Ik ben blij dat alles goed met je is.'

Ik bedankte haar en nam haar mee naar de huiskamer. 'Ik heb er nog niet over nagedacht wat we vanavond gaan doen,' bekende ik.

'Dat doet er in feite niets toe. Ik vind alles best.' Dat was aardig, dacht ik. Ik keek haar kant op. Ze stond de prent die naast de open haard aan de muur hing te bekijken.

'Dat is een Vasarély,' zei ik.

Ze knikte, zonder zich om te draaien. 'Mooi.' Ik had er geen idee van hoeveel ze van kunst wist. Dat kon me ook niet zo veel schelen. Zo wás ze nu eenmaal.

Ze bekeek de kamer verder, met een blik die op de een of andere manier bezitterig leek. 'Voor een vrijgezel hou je hier alles keurig netjes op orde.'

Ik glimlachte. 'Ik heb mezelf vrijwel volledig zindelijk gemaakt.'

Ze grinnikte terug, echt geamuseerd. 'Ik neem aan dat het een nogal neerbuigende opmerking van me was.'

'Nogal. Heb je trek in een glas wijn?'

'Wat voor wijn heb je?'

Ik liep naar de koelkast en zei over mijn schouder: 'Een Californische riesling. Goedkoop, maar te drinken. Voor mij in elk geval wel.'

'Klinkt goed.'

Ik schonk twee glazen in en nam ze voorzichtig mee naar de huiskamer. Ze zat op de bank tegenover de open haard. Ik gaf haar een glas en ging zitten.

Ze nam een slokje. 'Ik heb gehoord dat je bereid bent de zaak Lasko te schikken.'

'Dat zijn zij,' zei ik nadrukkelijk.

'Ben jij er niet gelukkig mee?' vroeg ze, en ze keek me aan.

'Ik blijf op deze manier zitten met een lijk waarvoor ik geen verklaring heb kunnen vinden en een echtgenoot die wordt vermist.'

'Chris, het spijt me.' Ze klonk best meelevend. 'Wat ga je nu doen?'

Ik besefte dat ik mijn linkerhand had opgestoken alsof ik verdere vragen wilde tegenhouden. 'Ik wil vanavond echt niet over de zaak Lasko praten.'

'Oké.' Ze was beslist in een goed humeur, alsof haar prikkelbaarheid samen met de zaak aan het verdwijnen was. Misschien was dat niet zo onzinnig. Maar we zouden niet over die zaak spreken. Deze avond niet en nooit meer.

Ik had een houten backgammonspel, dat op de lage glazen tafel voor de bank stond. Daar had ze wel zin in. Ik zette Melissa Manchester op de stereo, terwijl zij het bord in gereedheid bracht. Het werd al snel avond, waardoor de hoeken van de kamer in schaduwen waren gehuld. Ik draaide de dimmer van de kroonluchter wat hoger en liep terug naar de bank.

Ik mocht beginnen toen ik een zes en een vijf had gegooid. Ik maakte mijn eindvak leeg en keek naar haar. Ze speelde uitermate geconcentreerd. Ik maakte het andere eindvak leeg, gooide een paar keer hoog en wist aardig wat punten te vergaren. Het spel verliep vlot. Ze speelde het eindspel heel slim en zeker, maar uiteindelijk was ik toch degene die won. Dit leek mijn dag te zijn voor het winnen van spelletjes. Behalve het spel dat echt belangrijk was.

We praatten rustig en dronken ons tweede glas wijn leeg terwijl Melissa *New Beginnings* zong. Ik had in de sigarettendoos in een la in de slaapkamer wat stickies klaarliggen. Ik bood Mary er een aan. Ze knikte.

Ik liep naar de slaapkamer en kwam met twee stickies terug, waarbij ik onderweg de dimmer wat lager zette. We zaten beiden met gekruiste benen op de bank, met een asbak tussen ons in en de halflege fles wijn nog op de lage tafel.

Ik stak een sigaret op. Mary leunde achterover en nam een trek. 'Wat voor spul is dit?'

'Iets wat ze Meshpecon noemen. Wordt in Mexico of Peru of zo gekweekt.' Ik nam een trek en gaf haar de sigaret weer. Ze nam nog een trek, nu diep inhalerend.

'Weet je dat ik je nooit heb gevraagd waar je... een paar weken geleden... met vakantie naartoe bent gegaan,' zei ze, de naam Lasko als referentiekader vermijdend.

'O, dat,' zei ik. Het leek jaren geleden en misschien de vakantie van iemand anders. 'New Hampshire.'

'Waarom New Hampshire?'

'Een oude vriend van me heeft daar een huis, bij de grens met Maine. Als ik zo'n uitstapje goed plan, kan ik dat huis voor mezelf hebben.'

'Ga je er altijd alleen naartoe?'

'Gewoonlijk wel.' Op de vrouw in Boston na, die er thuis had gehoord. Ik vroeg me af of Brett er nog wel eens naartoe ging. Natuurlijk woonde ze er in zekere zin nog. Eens in de zoveel tijd vond ik in dat oude huis een spoor van haar, als een kunstvoorwerp in de ruïnes van iemand anders.

'Vind je dat niet eenzaam?' vroeg ze.

Ik nam nog een trek. 'Niet echt. Een paar dagen heb ik oude schoolvrienden opgezocht. Maar de dag dat ik er helemaal alleen was, vond ik de beste. Ik heb de Green Mountain beklommen, die niet al te hoog is. Misschien zo'n anderhalf uur klauteren. Daar bovenop staat een oude uitkijktoren waar je rondom een werkelijk schitterend uitzicht hebt. Meren en bossen, boerderijen, oude dorpen, andere bergen, kilometers in de omtrek. Het was een heel heldere dag en ik heb daar twee uur gezeten. Ik had er de pest in toen ik weer naar beneden moest.'

'Klinkt prachtig,' zei ze zacht. 'Het is goed alleen te kunnen zijn zonder je eenzaam te voelen.'

Daar had ze gelijk in, dacht ik. Maar voor deze avond gold dat niet. Als zij er niet was geweest, zou ik me alleen én eenzaam hebben gevoeld.

Mary leunde achterover. Ze zoog aan het stickie, waardoor er kuiltjes onder haar jukbeenderen verschenen. 'Dit spul is sensationeel.'

Daar dacht ik over na. 'Ja. Ik denk dat Pizarro op die manier al die indianen heeft kunnen afslachten. Zij hadden dat spul gebruikt.'

Ze glimlachte afwezig. Ik keek weer naar haar. Ze was mooi. Dat leed geen enkele twijfel. Maar dat deed me op dat moment niet zoveel. Mijn gedachten flitsten heen en weer tussen New Hampshire en hier, het verleden en de toekomst, de vrouw die toen bij me was geweest en de vrouw die nu bij me was. Rod Stewarts door drugs en drank schorre stem sneed door de mist.

Ik stak het tweede stickie op. Hij vlamde, knisperde, en toen brandde hij goed. Ik gaf hem aan haar, met nog een glas wijn voor het droge gevoel in haar mond. Het was donker in de kamer. Mary's fraaie jukbeenderen wierpen zachte schaduwen op haar gezicht. Ik leek nu te zweven. Haar onverwachte vraag leek met één woord tegelijk tot me door te dringen.

'Wat zoek jij in een vrouw, Chris?'

Het was alsof ze in mijn hoofd had gekeken en Brett had gezien. Maar haar stem klonk niet opdringerig, alleen nieuwsgierig. En ik was stoned genoeg om het te durven proberen. 'Veel van wat ik ook in andere mensen zoek, denk ik. Nieuwsgierigheid. Afkeer van een gemakkelijk antwoord. Dat ze zich op een goed moment kunnen voorstellen wat het betekent een oude vrouw of een jong kind te zijn. Dat ze meer zijn dan wat ze doen of wat ze zijn.'

'Je vraagt niet zo veel,' zei ze glimlachend.

'Helemaal niet veel.' Maar eens had ik dat alles gehad en toen had ik het verknald.

The Jefferson Starship op de stereo. Ik keek naar Mary en vroeg me af wat ze dacht.

Haar stem verbrak de stilte. 'Chris, weet je dat je heel erg veel geluk hebt gehad? Je hebt nooit iets willen hebben. Nooit iets nodig gehad.'

'Dat hoor ik telkens weer.'

'Ik méén het. De helft van de meisjes die ik in mijn jeugd heb gekend, is op hun achttiende getrouwd. Soms haat ik het om om te kijken.'

Ik glimlachte. 'Dat hoef je niet te doen. Jij hebt veel bereikt en dat is ook iets wat me aanspreekt in een vrouw.'

Ze glimlachte terug. Toen stak ik mijn armen naar haar uit. Ze keek me aan met een heldere, donkere blik in haar ogen. Toen stak ze haar armen eveneens uit en trok me naar zich toe.

Erna een lange, slaperige stilte, warm in het donker. Een uur, misschien langer. Praten was niet nodig. Ze bewoog zich in mijn armen. 'Weer?' vroeg ze heel zacht.

'Hmmm. Lust is de vloek die op mijn familie rust.' 'Op de Pagets of de Kenyons?'

'Op alle twee.'

Ze lachte zacht en ging toen languit naast me liggen. The Starship zong *Miracles*.

Ze bleek schone kleren in haar auto te hebben. Ze bleef tot zondag.

Zondagavond zette ik de televisie aan. Mijn theorie was dat er andere dingen in de wereld gaande waren en dat die me zouden afleiden. Dat werkte ook een tijdje. Er was hongersnood in India. De OPEC had de olieprijzen verhoogd. In Pittsburgh kon je niet ademhalen en een Arabier had weer eens een vliegtuig gekaapt. Alles was prima, tot ik een bekend gezicht zag.

Ze hadden hem aangetroffen in de Rozentuin en hij was in een spraakzame bui. 'Toen ik jong was,' zei de president, 'hadden we geen geld. Niemand van mijn familie had ooit doorgestudeerd. Ik heb hard moeten werken om hogerop te komen.' Een close-up. 'Mijn filosofie is dat iedereen in dit land het recht heeft een goed en comfortabel leven te leiden en zelfs rijk te worden, hoewel ik zelf meerdere kansen om wat geld te verdienen heb laten schieten voor mijn carrière in het openbare leven.' Op de een of andere manier klonk hij teleurgesteld. 'Dus,' zei hij tot slot, 'iedereen heeft het recht de ladder te beklimmen en iedereen in dit land heeft ook de kans om dat te doen. Ik vraag vooral jonge mensen met klem daar eens goed over na te denken. Het is een van de meest geweldige mogelijkheden die we hebben.'

Ik stikte bijna in mijn tranen. De telefoon maakte daar een eind aan.

'Meneer Paget?'

'Tracy? Waar ben je?'

'Thuis. Op St. Maarten.' Door de grote afstand klonk de meisjesstem nog meisjesachtiger. 'Ik heb nog steeds niets van Peter gehoord.' Haar trieste vraag bleef onbeantwoord.

'Het spijt me, Tracy, maar voor mij geldt hetzelfde. Ik heb echt mijn best gedaan.' Ik kon niet uitleggen wat er die vrijdag was gebeurd en ik kon mijn weekend ook niet verklaren, zelfs niet wanneer ik dat had gewild.

Haar stem brak. 'Kunt u me echt niet helpen? Alstublieft?'

'Ik ga morgen naar Boston. Om met de politie te praten.' Ik zweeg even. 'Ik denk dat zij wel willen helpen.'

'Denkt u dat echt?' In haar woorden klonk een vleugje hoop door. Ik voelde me er schuldig door.

'Inspecteur Di Pietro is een goeie vent. Ik weet zeker dat hij er belangstelling voor zal hebben.'

'O,' zei ze. Ik kon me voorstellen dat ze haar hoop nu richtte op Di Pietro, de meelevende opspoorder van echtgenoten. 'Meneer Paget, ik voel me al weer wat beter.'

'Noem me alsjeblieft Chris. En als ik hier niet te bereiken ben, kun je me via kantoor bereiken wanneer je behoefte hebt om te praten.'

'Dank je, Chris,' zei ze. 'Je bent heel aardig. Nu moet ik maar weer eens ophangen.'

Ik wilde haar aan de lijn houden, maar wist niet wat ik nog meer zou kunnen zeggen. Dus gaf ik het op. 'Pas goed op jezelf, Tracy.' Dat was het laatste dat ze wilde. Maar ze zei dat ze het zou doen en verbrak de verbinding.

De president was van het televisiescherm verdwenen. Ik zette de buis uit en staarde door het raam naar buiten.

Dat weekend belde er verder niemand anders. Ze vonden me zeker de moeite van het bellen niet meer waard.

26

HET WAS DEZE keer zonnig in Boston en er stond een fris briesje. Dat was in elk geval iets. Ik was Boston gaan associëren met miezelregen, lijken, oude vriendinnen en half verwerkte angsten.

Ik haalde mijn bagage op en liep regelrecht door naar het autoverhuurbedrijf. De jonge vrouw achter de balie had een leuk boksersneusje en een vrolijk gezicht, dat betrok toen ze mij zag, alsof ik op het punt stond haar een oneerbaar voorstel te doen.

'Ik ben hier niet om u een oneerbaar voorstel te doen,' zei ik. 'Wel om een auto te huren.'

Haar ogen werden iets groter. 'Dat is in elk geval origineel.'

'Ik wil graag een goedkope wagen, als hij maar rijdt. Deze baan moet geweldig zijn voor je ego.'

Haar glimlach was droog. 'Niet echt. U zou eens moeten weten wat voor mannen avances proberen te maken. Rimpels en een stinkende adem. Vandaag had er één zo'n slechte adem dat de vullingen in mijn kiezen ervan smolten. Ik vraag me af hoe die lui thuis zijn.'

'God mag het weten. Ikzelf vind het heerlijk een duikerpak en zwemvliezen aan te doen en dan uit kasten tevoorschijn te springen. Maar ik wist meteen dat u geen vrouw bent die daar belangstelling voor heeft.'

'Dank u. Is een Mustang oké?'

'Als u geen Edsel hebt.'

'Ik heb de laatste Edsel verhuurd aan de man met de slechte adem,' zei ze en vulde mijn naam op een formulier in.

Ze gaf me de sleuteltjes en wees me het parkeerterrein. Toen keek ze me aan. 'Brengt u de auto hier weer terug, meneer Paget?'

'Dat denk ik wel.'

'Goed.' Ze glimlachte.

Ik bedankte haar en wilde weggaan. 'Over dat duikpak en die zwemvliezen gesproken,' riep ze me na. 'U zou het op Radcliffe eens kunnen proberen.'

Wat studentes tegenwoordig al niet deden! Ik grinnikte en zwaaide over mijn schouder. Maar ik voelde me helemaal niet zo lollig.

Ik haalde de auto op en reed door de Callahantunnel naar de stad. Ik vroeg me af wat Mary deze dag zou doen.

Ik stopte bij het Ritz en liet mijn auto voor de deur staan. Een portier nam mijn bagage van me over. Ik keek even naar Arlington. Het was er rustig. De plaats waar hij tegen de grond was geslagen, was niets anders meer dan een stuk cement. Het park erachter werd gekoesterd door het zonlicht. Er liepen veel mensen en hier en daar een stelletje. Het was alsof het nooit was gebeurd. Ik keek op mijn horloge. Kwart voor vier. Ik draaide me om en liep de lobby in.

Ik schreef me in en kreeg een rustige kamer. Een andere kamer dan twaalf dagen geleden. Ik had in een reflex besloten hier weer te gaan logeren, maar ik wilde geen martini in de bar drinken. Ik nam de lift naar beneden, ging achter het stuur van mijn huurauto zitten en reed naar het politiebureau. Ik parkeerde de auto een paar huizenblokken verderop en liep de rest. Het bureau zag er in de zon minder somber uit. Maar de brigadier achter de balie was nog even dik en de blik in zijn ogen nog steeds even koud en naargeestig als Cape Cod in januari. Ik vroeg naar Di Pietro. Met een stem die paste bij de rest van hem zei hij dat ik even moest wachten. Of hij had te veel gezien, of hij verveelde zich zo stierlijk dat zijn hersens erdoor waren aangetast. Ik begon me ook al bijna te vervelen toen Di Pietro verscheen en me meenam naar zijn kantoor.

Ik liep achter hem aan naar hetzelfde kamertje en ging zitten. Hij nam achter zijn bureau plaats – snel voor zo'n grote man – en leunde achterover in zijn stoel. 'Wat kan ik voor u doen, meneer Paget?' vroeg hij. Ik kwam tot de conclusie dat de man blijkbaar altijd keek als een schildpad en vroeg me af hoe zijn kinderen dat vonden.

'Nogal wat.'

Zijn blik was vriendelijk noch onvriendelijk. 'Zegt u het maar.'

'We hebben een getuigenverklaring die Lasko van aandelenmanipulatie beschuldigt. Verder heb ik bewijzen die er op duiden dat Lasko een zekere Peter Martinson heeft gebruikt om op St. Maarten een bedrijf als dummy op te zetten. Die Martinson werd gedwongen het eiland te verlaten toen ik erheen vloog om een onderzoek in te stellen.' Di Pietro speelde met een pennenmes terwijl ik hem vertelde wat ik op kantoor niet had verteld. 'Martinson zou voor Lasko wel eens heel gevaarlijk kunnen zijn. Er zijn aanwijzingen dat hij in Boston wordt vastgehouden, misschien in een instelling die het Loring Sanatorium heet.'

Hij knipperde met zijn oogleden bij dat laatste brokje informatie, alsof hij dat niet had verwacht. De vraag die hij stelde, had daar echter niets mee te maken. 'Weet u wat Lehman u wilde vertellen?'

'Nee.'

Di Pietro keek slaperig. 'Een deel van wat u me hebt meegedeeld, is best interessant, maar u hebt me niets over Lehman verteld.'

'Misschien kan Martinson dat doen.'

'Dat weet u niet zeker. Waarom denkt u dat hij in Loring is?' Ik zette het voor hem op een rijtje: de 'geestelijke spanningen' waaraan Martinson onderhevig zou zijn, het telefoontje naar Tracy en Lasko's banden met Loring. Di Pietro dacht er een tijdje over na.

'Nogal zwak allemaal,' zei hij. 'Wat wilt u nu precies dat wij doen?'

'Naar het Loring Sanatorium gaan en kijken of Martinson daar is. Het kan zijn dat die man grootscheeps in de problemen is gekomen.'

Hij fronste zijn voorhoofd. 'Dat kan ik niet doen.'

Frustratie deed mijn stem scherper klinken. 'Ik wou dat ik even bezeten nieuwsgierig was als u.'

Hij reageerde met een stem die managers reserveren voor beginnelingen in het vak. 'Luister. Ik ben een politieman en doe werk waar u geen flauw benul van hebt. Misschien is dit uw eerste moord, als het moord is, maar voor mij gaat dat niet op. Het is mogelijk dat Lehman is vermoord, en niet om het leven is gekomen door een aanrijding waarna de chauffeur is doorgereden. Maar het is niet meer dan een mogelijkheid. U kunt me niet vertellen wat Lehman wist en ik kan daar op geen enkele manier achter komen. Zijn weduwe kan ons er niets over vertellen. Dus heb ik niets anders dan uw theorieën en op grond daarvan kan ik Lasko niet arresteren. Zoals ik al eerder heb gezegd, zijn wij niet in staat een onderzoek in te stellen naar grote bedrijven.'

'Het spijt me dat ik u heb teleurgesteld.'

Dat negeerde hij. 'En dan nog iets. Het Loring Sanatorium ligt buiten Boston. Ik heb daar geen jurisdictie. We zouden er de plaatselijke politie bij moeten inschakelen en daar heb ik een reden voor nodig, die u me niet hebt gegeven.' De rustige stem werd nog rustiger. 'Alleen op de televisie hebben politiemensen nationale jurisdictie, weet u. Het zou u verbazen te horen hoe vaak de politie van Beverly Hills me niet eens om advies vraagt.'

'Geestig.'

'Niet echt.'

Hij had gelijk. Het was niet geestig. Vooral niet omdat ik dacht dat hij wel gelijk zou hebben. Ik voelde me roekeloos, zo goed als verslagen. 'Ik probeer alleen Martinson in leven te houden terwijl ik bewijsmateriaal voor u verzamel.'

Zodra ik dat had gezegd, wist ik dat ik stom was geweest. Di Pietro's stem klonk vlak en koud. 'Meneer Paget, weet u dat ik u niet erg aardig vind?'

'Weet u dat me dat niet veel kan schelen?' snauwde ik terug. Hij verbaasde me door bijna te glimlachen.

'Dan zullen we alle twee moeten proberen daar overheen te komen.'

Dat was dat. Ik ging staan. 'Hartelijk dank.'

Hij keek me onbewogen aan. 'Graag gedaan.' Ik liet mezelf uit.

Ik liep terug naar de auto, half afwezig, me bedenkend hoe weinig ik tot dusver voor Tracy had kunnen doen.

Ik herinnerde me Stansbury toen ik een telefooncel zag. Ik stapte de cel in en belde hem op.

'Meneer Stansbury, u spreekt met Chris.'

'Chris? Je klinkt wazig. Waar ben je?'

'In Boston.' Stilte. 'Ik bel over de chips,' zei ik om hem op weg te helpen.

'O, natuurlijk.' Zijn stem klonk verontschuldigend. 'Ze zijn identiek.'

'Bent u daar zeker van?'

'Volkomen. Ik ken die dingen en heb er een aantal proeven mee gedaan. De chips die jij me hebt gegeven, zijn gemaakt door Yokama Electric. Geen twijfel mogelijk. Ik hoop dat je er iets aan hebt.'

'Dat heb ik inderdaad en heel hartelijk bedankt. Ik bel u weer zodra ik terug ben.'

'Doe dat, Chris.' Ik zei hem gedag en verbrak de verbinding. Ik stapte in de auto en bleef heel stil achter het stuur zitten. Ik kon ervoor zorgen dat mijn leven niet in gevaar kwam. Ik kon ook het tegenovergestelde doen. De keus was aan mij.

In het handschoenenvakje lag een plattegrond van Boston. Die pakte ik en bekeek hem. Na een tijdje vouwde ik de kaart weer op en draaide het contactsleuteltje om. Toen reed ik van de stoeprand weg, naar het Loring Sanatorium.

27

HET LORING SANATORIUM stond in Brookline, in de buurt van de Country Club. Ik reed Boylston Street af tot die via Brookline Avenue op Route 9 uitkwam, en meende er rond halfzeven te kunnen zijn. Ik voelde me onrustig. Ik was een grenslijn overgegaan. Dit was iets wat ik deed zonder dat me dat was opgedragen en ik kon erdoor in de problemen komen. Het was mogelijk dat Martinson er niet was. En ik had nog geen vastomlijnd plan paraat voor het geval hij er wel was.

Ik had het alles doordringende gevoel dat ik niet goed genoeg had geluisterd. Dat iemand me in de afgelopen vier dagen de sleutel had overhandigd en ik hem zou vinden wanneer ik maar hard genoeg nadacht. Maar ik had te veel te snel gehoord en ik was te onrustig om er een geheel van te kunnen maken. Toen ik in Brookline arriveerde, walgde ik van mezelf en was ik bang.

Het Loring Sanatorium was niet moeilijk te vinden. Het was een gebouw dat alleen een sanatorium of een *high school* kon zijn: bruine baksteen, rechthoekig, gebouwd in de saaie stijl uit de Eisenhowerjaren, begane grond en een verdieping, neergezet op een kaal stuk grond, een eind van de normale huizen vandaan. Ik wist dat het geen *high school* was, omdat er geen enkel teken was dat daarop wees. Het gebouw straalde iets schuldigs en heimelijks uit. Het soort gebouw waar je niet naar keek wanneer je erlangs liep.

Ik parkeerde op het parkeerterrein aan de voorkant en stapte uit de auto. Van dichterbij leek het gebouw een beetje scheef te staan, als een patiënt die te zeer is afgeleid om zichzelf recht overeind te houden. Het gazon was lang en haveloos en een paar ramen stonden scheef. Lasko's geld was niet aan een renovatie uitgegeven.

Op het steen naast de voordeur was een ijzeren bord geschroefd. HET LORING SANATORIUM stond er met hoofdletters op. En in een kleiner lettertype daaronder: DR. RALPH LORING, DIRECTEUR. De voordeuren waren van spiegelglas. Ik duwde er een open. Een geüniformeerde bewaker zat achter een metalen bureau voor een tweede rij deuren. Hij zond me een verheugde, achterdochtige blik toe, alsof achterdochtig zijn beter was dan je vervelen.

'Meneer?' zei hij, maar niet op de beleefde toon van een gerant of een verkoopster.

'Ik zou dokter Loring graag willen spreken,' zei ik en probeerde te suggereren dat Loring daar blij mee moest zijn.

De man was er niet van onder de indruk. 'Weet hij dat u hier bent?'

'Niet tenzij u hem dat meedeelt.'

Dat stond hem niet aan. 'Weet hij dat u hierheen zou komen?' vroeg hij op het onbeleefde af.

'Nee.'

Zijn gezicht veranderde in een gesloten masker. 'Wat is de reden van uw bezoek?'

Dat dwong me iets te doen wat ik niet wilde: me voordoen als een federale ambtenaar wiens baas wist waar hij was. Ik haalde mijn legitimatiebewijs tevoorschijn. 'Ik werk voor de ECC. Op het hoofdkantoor. De reden van mijn bezoek zal ik met Loring bespreken.'

Dat leverde me opnieuw enig gestaar op. Maar zijn dikke hand werd toch met tegenzin naar de telefoon uitgestoken. Hij draaide twee cijfers en vroeg degene die aan de andere kant van de lijn opnam naar dokter Loring, waarbij hij voortdurend naar mij bleef kijken. Ik staarde langs hem heen door de tweede rij deuren. Ik zag een gang met lichtgroen linoleum en muren die in een iets donkerder groen waren betegeld. Rechts leken zich kantoren te bevinden.

'Ja, meneer,' zei de bewaker. 'Ik heb hier een zekere meneer Paget. Volgens zijn legitimatiebewijs werkt hij voor de United States Economic Crimes Commission,' voegde hij eraan toe nadat hij weer even naar het pasje had gekeken. Wat dat ook moge zijn, zeiden zijn ogen, maar zijn stem gaf dat niet toe. Bewakers werden geacht zulke dingen te weten. Hij luisterde nog even en legde de hoorn toen op de haak.

'Dokter Loring kan u ontvangen,' zei hij teleurgesteld. Hij bleek nu toch opeens geen lol aan mijn komst te kunnen beleven. Ik liep naar de deuren. 'Wachten,' gromde hij en wees op de plaats voor zijn bureau.

Dat deed ik. De bewaker leunde achterover in zijn stoel en zijn ogen gingen van mij naar de buitendeur en weer terug. Dokter Loring nam er de tijd voor. Ik stopte mijn handen diep in mijn zakken en wipte van mijn ene voet op de andere. Ik voelde me zenuwachtig en een beetje dwaas.

Mijn voeten begonnen moe te worden toen een lange man met grijs haar achter de tweede set deuren verscheen. Hij liep ietwat gebogen. Hij droeg een tweed pak en door het glas heen zag hij eruit als een Engelse heer die op korhoenderjacht gaat. Hij maakte de deuren open.

'Meneer Paget,' zei hij, de bewaker negerend. 'Ik ben Ralph Loring.' Hij had een smalle neus en een ietwat pokdalig gezicht, dat gedeeltelijk door een keurige baard werd bedekt. De bruine ogen hadden iets vloeibaars, alsof ze op het punt stonden in een onstabiel element te veranderen. Gevoelig, maar niet helemaal oké. De ogen van een psychiater, dacht ik.

Ik gaf hem een hand en liep met hem de tweede set deuren door. 'Ik waardeer het bijzonder dat u me wilt ontvangen,' zei ik. 'Uw mannetje heeft geprobeerd me op een afstand te houden.'

Het was bedoeld als een luchtige opmerking, maar hij keek me van opzij bezorgd aan. 'Ik ben er zeker van dat u begrijpt dat we hier strenge veiligheidsmaatregelen in acht moeten nemen.'

Misschien begreep ik dat inderdaad wel, dacht ik. Loring liep weer gebogen. Ik nam hem op. Hij was magerder dan ik in eerste instantie had gedacht. Niet slank en gespierd. Gewoon vel over been. Zijn huid was licht en leek bijna doorschijnend. Loring nam me mee naar een kantoor aan de rechterkant van de gang. Het was met hout gelambrizeerd en vrij eenvoudig ingericht: een paar ingelijste diploma's en twee portretten van die vent die altijd kinderen met grote ogen schildert. Ik vond de schilderijen al niet mooi en toen ik naar Loring keek, vond ik ze nog minder mooi. Hij had ook zo ongeveer van die ogen.

Ik ging zitten. Loring nam achter zijn bureau plaats, zijn benen over elkaar geslagen, zijn handen gevouwen. Hij nam me onrustig op, alsof ik een bedreiging vormde voor een delicaat evenwicht binnen zijn ambiance.

'Ik heb gehoord dat u zich kunt legitimeren,' zei hij.

Ik pakte mijn plastic kaartje en schoof het over het bureaublad zijn kant op. Hij pakte het met twee vingers vast, zijn ogen half gesloten. Toen keek hij er overdreven lang naar, alsof het hem iets wijzer zou kunnen maken.

Hij keek op. 'Wat komt u hier doen, meneer Paget?'

Ik waagde een gok. 'Ik ben op zoek naar Peter Martinson.'

Even knipperde hij met zijn oogleden. 'Ik ben er niet zeker van dat ik u goed heb begrepen.'

Ik besloot volledig open kaart te spelen. 'Martinson is een getuige voor een onderzoek dat ik instel. Fraude, moord en uw weldoener William Lasko zijn daarbij betrokken. Ik weet dat Martinson niet krankzinniger is dan u of ik, en dat hij zich niet vrijwillig voor deze rustkuur heeft aangemeld. Wat u in een netelige positie plaatst.'

Ik had het mis kunnen hebben. En hij had kunnen zeggen dat ik aan waandenkbeelden leed, of me gewoon kunnen meedelen dat ik moest vertrekken. Dat laatste idee meende ik even in zijn ogen te zien opkomen, maar toen was het weer verdwenen en daarmee ook zijn kans om net te doen alsof hij nergens van wist. 'Meneer Martinson is een patiënt van me.' In de stem klonk de koppigheid van een slappeling door.

'Ik zou hem graag willen spreken.'

'Daar twijfel ik niet aan,' zei hij sarcastisch, alsof ik de rotzak van de straat was, die een hond aftuigde. Loring de beschermer. Die rol had hij waarschijnlijk lang genoeg gespeeld om er zelf in te geloven.

Ik zei niets. Hij nam weer het woord. 'Naar mijn idee zou een gesprek met u de heer Martinson geen goed doen.'

'Wíé zou dat geen goed doen?'

Hij bloosde licht. 'Ik kan de geestelijke gezondheid van een van mijn patiënten niet aan u toevertrouwen.'

Ik besloot Loring een dosis realiteit toe te dienen. 'U hebt hem in elk geval in leven gehouden?'

‘Natuurlijk,’ zei hij gemeend verontwaardigd.

‘Goed van u, dokter. De laatste persoon die in Martinsons positie verkeerde, is levenlozer geëindigd dan die ellendige schilderijen van u.’

Hij ging opeens kaarsrecht zitten. ‘U bent geen erg aardige man.’

‘Dit is ook geen erg aardig onderwerp. En ik ben het bekvechten beu.’

Hij pakte mijn pasje weer, alsof iets daarop hem zou kunnen helpen. Dat gaf me een kans om de lijst op zijn bureau op zijn kop te ontcijferen.

‘Christopher Kenyon Paget,’ las hij. ‘Was een Christopher Kenyon in de vorige eeuw geen spoorwegeigenaar in Californië?’

Ik was nog steeds aan het ontcijferen. ‘Mijn overgrootvader, als u dat per se wilt weten.’

Dat plaatste me op de een of andere manier binnen zijn referentiekader. ‘Als ik het me goed herinner, heeft hij er gewapende bewakers op uitgestuurd om een paar stakers te vermoorden. Ik geloof dat er toen negen mensen de dood hebben gevonden. Bent u daarom zoals u bent, meneer Paget? Is er wellicht sprake van overcompensatie?’

Ik was het zát en zei rustig: ‘Weet u dat ik genoeg begin te krijgen van klootzakken die willen dat ik mijn excuses aanbied voor het feit dat ik een tweede naam heb en een voorouder om wie ik niet heb gevraagd? Ik heb vooral genoeg van klootzakken die dat doen om er hun brood mee te verdienen. En ik heb nooit gehoord dat die ouwe zijn naam heeft geleend aan moorden die door anderen waren gepleegd. U doet dat wel.’ Ik griste de lijst van zijn bureau. ‘Nu wil ik Martinson graag spreken.’

Hij probeerde tevergeefs de lijst uit mijn handen te grissen en gaf zijn verzet toen opeens op. ‘U moet beseffen dat ik geld nodig heb voor ons werk,’ stamelde hij. ‘Anders zou dit instituut zijn deuren moeten sluiten.’

Volgens de lijst was Martinson in kamer 19-W. Ik keek om naar Loring. Hij hield zijn hand nog steeds uitgestrekt, smekend nu. ‘Laat maar, dokter,’ zei ik en liep de gang op.

Hij kwam achter me aan. ‘Hebt u een bevel tot huiszoeking?’

Ik draaide me om. ‘Nee.’

‘Dan bent u nu in overtreding.’

Dat was waar. Ik had het gevoel dat ik ergens tussen Lehman en hier was opgehouden jurist te zijn en iemand was geworden die ik niet kende. Maar dat alles zette ik meteen weer van me af. 'Als u zo overtuigd bent van uw recht, belt u de politie maar. Als medeplichtige aan ontvoering zult u vast veel medeleven ondervinden.'

Hij liet zijn schouders hangen. Hij stond voor zijn bureau en zijn natte ogen zagen een onvermijdelijke ramp aankomen. Ik vond dat hij eruitzag als een man in een schuilkelder terwijl hij de eerste sirene hoort die de komst van bommenwerpers aankondigt. Ik ging op zoek naar Martinson.

De westelijke vleugel grensde aan een andere gang. Die was ook groen, maar door de vage verlichting oogde hij een beetje spookachtig. Voor me zag ik deuren en daarvoor een brede lichtstraal bij de verpleegstersbalie. Een oudere verpleegster keek verbaasd mijn kant op. Ik knikte, glimlachte en liep door. Ik hoorde stemmen achter me. Eerst die van een vrouw, daarna die van een man. Toen voetstappen, die een andere kant op gingen. Het bracht me de buil op mijn hoofd in herinnering. Maar ik keek niet om. Kamer 19-W was aan het eind van de gang. Het verbaasde me. Geen bewaker. Alleen een eenvoudige grendel waarmee de deur op de gang kon worden afgesloten. Ik haalde die eraf en maakte de deur open.

28

MARTINSON ZAT IN een leunstoel een *Sports Illustrated* te lezen. Hij liet het tijdschrift half vallen en staarde me angstig aan. Hij kende me niet. Zijn ogen vroegen wie ik was, maar zijn mond kon de woorden niet vormen.

'Ik ben Christopher Paget, van de ECC. Ik ben naar u op zoek geweest.'

'Mijn god!' riep hij uit en zijn stem klonk niet dankbaar. Ik nam hem van top tot teen op. De foto die Tracy me had gegeven, leek goed. Hij was bruin en gespierd, had zwart krullend haar en gebeeldhouwde gelaatstrekken. De eenvoudige broek en het simpele shirt pasten bij de dure instapschoenen. Een goed geconserveerde jongeman uit het begin van de jaren zestig, voor wie vast veel onnozele vrouwen waren gevallen. Wat er mis met hem was, begon met de bijziende, vosachtige blik in de groene ogen en vermengde zich subtiel met zijn gelaatstrekken, waardoor die er verwend en slap uitzagen.

'U weet niet wat u doet,' zei hij snel.

Dit had ik niet verwacht. Ik herinnerde me de rennende voetstappen in de gang. 'Waarom vertelt u me daar niet wat meer over terwijl we hier weggaan?'

'Waar gaan we naartoe?'

'Naar de politie.'

Hij schudde zijn hoofd. 'Luister. Als ik me gedeisd hou, zal me niets gebeuren.' De woorden waren een mengeling van angst en berekening. 'U bent degene die me in de problemen heeft gebracht.'

Door de spanning werd mijn stem iets hoger. 'Daar kunnen we later altijd nog over discussiëren. Kom mee.'

Martinsons handen hielden de stoel vast alsof die een reddingsvlot was. 'Ze zullen me vermoorden. Alec Lehman hebben ze al vermoord.'

Dat bracht me even tot staan, maar ik had geen tijd om vragen te stellen. 'Dan zit u goed in de problemen,' zei ik, 'want met u zullen ze hetzelfde doen, nu ik u heb gevonden.' Hij aarzelde, stijf van angst en verbolgenheid. Ik pakte zijn onderarm en trok hem overeind. Wankelend liep hij samen met me de kamer uit en keek met open mond naar de trieste, lege gangen. Zijn stem klonk jankend. 'Heeft Tracy u verteld waar u moest zoeken?' Ik knikte en trok hem mee. 'Die stomme teef,' mompelde hij.

Ik hield hem nog wat steviger vast. 'Martinson, weet je dat jou redden op een echte teleurstelling voor mij is uitgedraaid?' Maar in zekere zin begreep ik het wel. Hij was bang. Ik was ook bang.

Het lopen leek eindeloos traag te gaan. Er was niemand bij de verpleegstersbalie. Ik keek snel om me heen. Martinson leek de enige patiënt in die vleugel te zijn.

Toen hoorde ik voetstappen als tromgeroffel dichterbij komen. Aan het eind van de gang verschenen opeens figuren. Ik zag Loring en de bewaker en twee grote mannen die ik niet kende en een andere lange, breedgebouwde kerel. Lasko. Wát Martinson ook wist, Lasko was erdoor uit zijn tent gelokt.

Ik voelde Martinson verbleken. 'Jezus.'

'Laat mij dit afhandelen,' zei ik, zonder hem aan te kijken. Lasko stond nu vooraan in het groepje wachtende mannen. Achter hen de enige weg naar buiten.

We waren nu een meter of negen van hen vandaan. Lasko's gezicht was een masker van ingehouden woede. Iets wat ik niet helemaal begreep, had zijn plannen in het honderd gestuurd en dat was aan zijn gezicht te zien. De twee grote mannen gingen links en rechts naast hem staan om ons pad volledig te blokkeren. Loring en de bewaker bleven op de achtergrond, alsof ze zich verloren voelden.

Toen we nog een meter of drie van hen vandaan waren, bleven we staan. Lasko staarde ons aan met een harde, berekenende blik in zijn ogen. De man links van hem was kaal en keek naar ons met de waterige ogen van een hazewind. De andere man was jonger; hij had een snor en dik, bruin haar. Ik vroeg me af of ze gewapend waren. Niemand bewoog zich. Ik wenste uit de grond van mijn hart dat ik hier niet naartoe was gegaan.

Lasko's autoritaire stem werd door de muren weerkaatst. 'U bent heel vasthoudend, meneer Paget, en u let niet op wanneer u dat wél zou moeten doen. Maar u gaat hier niet weg.'

In een paniekerige reflex kwamen de woorden over mijn lippen. 'Dat gaan we wel, tenzij u een massamoord in gedachten hebt.' Mijn stem stond me niet aan. Mijn mond was droog, alsof al het speeksel eruit was gezogen.

Er verscheen even een geïnteresseerde uitdrukking op Lasko's gezicht. 'Oké. U hebt mijn aandacht.' De zorgvuldig beheerste stem liet het klinken alsof we een zakelijke beslissing bespraken.

'U had Martinson meteen moeten vermoorden. Maar nu weet ik wat hij weet.' Wat niet waar was.

Lasko keek snel naar Martinson. Maar Martinson zei niets, of hij kon niets zeggen. 'Dus als u Martinson vermoordt, zult u mij ook moeten vermoorden. En er is een politieman in Boston die weet waar ik ben.'

Ik keek even naar Loring. Zijn mond was opengevallen toen hij het woord 'moord' hoorde, als een man die naar een vreemde taal luistert en hoopt dat hij het op de een of andere manier niet goed heeft gehoord.

Ik ging verder. 'Loring kunt u ook niet vertrouwen. Als u ons vermoordt, zal de politie morgen voor de deur staan om hier een kijkje te nemen. Hij moet aan zijn praktijkvergunning denken, om nog maar te zwijgen over zijn vrijheid.'

Mijn stem had een adviserende toon gekregen. Lasko zweeg even, alsof hij mijn woorden over Catlows lippen hoorde komen. De twee mannen naast hem stonden er koel en ontspannen bij, wachtend op bevelen. Het kon beide kanten opgaan, dacht ik. Maar ik was me terdege bewust van de koude realiteit: om de een of andere reden wilde Lasko ons dood hebben.

Lasko zocht naar woorden die hem nooit zouden kunnen schaden. 'Onzin wat u daar zegt, meneer Paget,' zei hij nonchalant. 'Ik betwijfel of uw superieuren u hier toestemming voor hebben gegeven.'

Ik wees op de bewaker. De man bleef doodstil en stomverbaasd staan. 'De politie zal hem ook opsporen. Dus zult u naar alle waarschijnlijkheid minstens vier mensen moeten doden. De kans is groot dat ik nog iemand ben vergeten. Daarnet heb ik een paar verpleegsters gezien.'

Lasko's blik werd naar binnen gekeerd, alsof hij zich afvroeg of hij moest wachten. Hij zei niets meer. Overal om hem heen stonden getuigen.

Ik begon weer te lopen en duwde Martinson naar rechts. Anderhalve meter tussen mij en de besnorde man. Mijn maag voelde leeg aan. De besnorde man keek naar mij, een hand in een zak, de blik in zijn ogen volkomen leeg. Hij liep een kleine meter achteruit om mij en Lasko tegelijkertijd in de gaten te kunnen houden. We bleven lopen. De man keek vanuit zijn ooghoeken naar Lasko. Een teken.

We waren bij hem. De hand in de de zak bewoog. Toen draaide hij zich opzij. We liepen langs hem heen en gingen de hoek om, onderweg naar de voordeuren.

Loring stond links van ons, gebogen als een of andere eenzame, uitgedroogde vogel van een soort dat op het punt staat uit te sterven. We liepen langs hem heen. Hij staarde naar zijn voeten.

We waren vlak bij de eerste set deuren. Stilte achter ons. Onze voetstappen werden door de muren weerkaatst. Martinson zag lijkbleek. Mijn rug stond in vlam door patronen die in mijn verbeelding op ons werden afgevuurd.

We raceten die eerste deuren door. Met een langzame zucht gingen ze achter ons weer dicht. Ik trok aan de buitendeur. Die ging open. Frisse lucht op ons gezicht.

We liepen naar de auto en reden weg.

29

'JEZUS,' BLEEF MARTINSON zeggen. Ik reed terug naar Route 9 en had mijn geest daarbij op de automatische piloot gezet. Mijn handen waren klam en mijn geest was verdoofd door ongeloof. Martinson zat naast me ongecontroleerd te trillen als iemand die malaria heeft.

We reden Brookline door, richting Boston. Het was nog licht. Daar was ik blij om. In het donker zou ik zijn geschrokken van elk paar achterlichten. Martinson was aan het mompelen en zou zo meteen vast gaan praten. Ik zette de radio aan, proberend mijn gedachten te ordenen, maar het enige dat ik te horen kreeg, was een flauwe folksong zonder kop of staart. Ik zette de radio weer uit.

'Hoe is het mogelijk dat Lasko daar was?' Martinsons stem gaf mij daar de schuld van.

'Loring heeft me lang genoeg laten wachten. Hij zal Lasko wel hebben gebeld.'

'Waarom heeft hij ons dan laten gaan?'

'Twee mogelijkheden. De ene is dat hij uiteindelijk tot de conclusie is gekomen dat hij liever wil afwachten of hij kan overleven wat Lehman wist en wat u weet, dan nog eens iemand te vermoorden. Het is u misschien opgevallen dat hij niets heeft gezegd wat tegen hem kan worden gebruikt. De andere is dat hij wél zal proberen ons te vermoorden, maar op een plaats waar geen getuigen zijn, zodat hij een kans heeft de dans te ontspringen. Ik zou er geen bezwaar tegen hebben wanneer u door de achterruit blijft kijken.'

'Waarnaar?' vroeg hij bezorgd.

'Naar iets wat ons mogelijkerwijs volgt.'

'Jezus,' zei hij opnieuw. Hij ging scheef op de stoel zitten en liet zijn kin op de rugleuning rusten. Het leek alsof hij terug wilde kijken tot aan het sanatorium.

'Wat is er gebeurd?' vroeg ik, evenzeer om wat afleiding te hebben als om welke andere reden dan ook.

'Wanneer?'

'Tussen St. Maarten en nu.'

'Wat voor dag is het vandaag?'

'Maandag.'

Hij kneep zijn ogen samen. 'Afgelopen dinsdagmorgen kwamen er twee kerels die voor Lasko werken naar me toe...'

Ik onderbrak hem. 'De kerels die ook in het sanatorium waren?'

'Nee, een vent met gemillimeterd haar en een met een grote, dikke neus. Ze zeiden dat u naar me op zoek was vanwege Carib Imports. Ik vroeg waarom.' Hij begon sneller te spreken. 'Ze zeiden dat het waarom niet belangrijk was. Dat ik meteen moest vertrekken. Ik zei dat ik niet weg wilde, dat ik wilde weten wat er aan de hand was. Ze zeiden dat Lasko later met me zou praten en dat ik geen problemen moest maken. Ik zei dat ik hem wilde bellen. Toen zeiden ze dat ik zelf ook in de puree zou komen wanneer ik niet wegging. En ze bedreigden mijn vrouw.' Dat laatste klonk als een postscriptum. Ik vermoedde dat ze dat voor hem altijd geweest was.

Martinson zweeg en concentreerde zich op de achterruit. 'Ziet u iets?' vroeg ik.

'Ik geloof het niet.'

'Ga door.'

'O. Ja. Nou, ze hebben me zo'n beetje meegesleept naar de een of andere huurauto, alsof ik een gevangene was. De kale man is toen het pakhuis weer ingelopen om te praten met een vent die Kendrick heet.'

'Die heb ik ontmoet. Waarom hebt u hem in dienst genomen? Om postbodes te bijten?'

'Zíj hebben me met die vent opgescheept. In elk geval zijn we toen naar het vliegveld gereden. Onderweg was ik mijn beklag aan het doen en toen zei een van die kerels dat ik alleen naar Boston ging, waar ik veilig zou zijn. We reden naar een Learjet en ze zeiden dat ik Tracy moest bellen om te voorkomen dat zij de politie naar mij liet zoeken. De man met de snor luisterde mee om er zeker van te zijn dat ik geen verkeerde dingen zei. Dus heb ik alleen tegen haar gezegd dat ik weg moest. Terwijl ik nog aan het telefoneren was, kwam de kale man aanlopen en hij overlegde met zijn maat. Daardoor had ik de kans Tracy toe te fluisteren dat ik in Boston veilig zou zijn en dat ze niet voor problemen moest zorgen. Ik mocht haar niets over Boston zeggen en zij werd niet geacht daar tegenover u melding van te maken.' Hij klonk nog steeds gekwetst.

Dat negeerde ik. 'Wat is er toen gebeurd?'

'Ze hebben me naar Boston overgevlogen, met een tussenstop in Orlando, denk ik. Toen hebben ze me meegenomen naar het sanatorium. De kamer kon alleen aan de buitenkant worden afgesloten en verder was er niemand in die vleugel, zoals u zelf hebt gezien.'

'Wanneer liet Lasko zich zien?'

'We zijn 's avonds aangekomen en Lasko arriveerde de volgende morgen. Hij zei dat er een paar illegale kanten aan Carib Imports zaten en dat ik er tot over mijn oren bij betrokken was. Hij heeft me de stuipen op het lijf gejaagd. Daar is hij toe in staat.'

'Dat weet ik.'

'Toen zei hij dat ik me alleen een paar weken gedeisd moest houden, tot hij alles had geregeld. Ik bleef zeggen dat ik weg wilde. Toen werd hij boos en zinspeelde op het feit dat hij Alec Lehman al had laten vermoorden. Daarna hield ik mijn mond.'

Het maakte me toch nog van streek. Zoiets geloven was al erg, maar het was nog erger het hardop te horen zeggen. 'Nu zie ik wel in waarom hij zich zorgen maakte,' zei ik uiteindelijk.

Zijn stem klonk weer gespannen. 'Hoe bedoelt u?'

'Ik bedoel dat u nu een getuige bent.'

Martinson zweeg somber en keek door de achterruit, terwijl ik probeerde greep op dit alles te krijgen. Lasko was een intelligente vent. Maar nu had zijn manier van doen iets vreemds, alsof hij onder druk werd gezet door iets wat hij niet in de hand had. Ik vroeg me af wat dat was. Green, Martinson en Lehman waren gevaarlijk voor Lasko geweest. Een van hen was gedood en een van hen was ontvoerd. Het werd allemaal steeds beroerder.

We naderden Boston. Route 9 zou nu heel snel weer Brookline Avenue worden. Woonwijken en veel verkeer. Martinson begon opnieuw te praten. 'Weet u dat die dokter Loring een vreemde vogel is? Hij kwam vaak mijn kamer in en zei dan dat hij over mijn angstgevoelens wilde praten, alsof ik echt krankzinnig was. En daarna zei hij dan dat hij ook problemen had. Dat het sanatorium het hoofd waarschijnlijk niet boven water zou kunnen houden. Maar hij bleef net doen alsof ik een patiënt van hem was.' Zijn stem werd van verontwaardiging hoger. 'Ik denk dat hij ook een mietje is.'

Dat vond ik om de een of andere reden amusant. 'Dat is dan wel het geringste probleem waar hij mee zit.'

Toen zag ik een zwarte Cadillac, die vanaf de andere rijrichting naderde. Ik spande mijn spieren en mijn handen omklemden het stuur zo stevig dat de knokkels er wit van werden. De wagen kwam dichterbij. Ik zette me schrap en wachtte. Hij was vlak bij me en ik kon even een glimp van de chauffeur opvangen. Een oude dame. Toen was hij ons sereen gepasseerd. Verdomme, dacht ik.

Martinson had het gezien. 'Wat was dat?' vroeg hij schor.

'Alleen mijn eigen schaduw.' Nu wilde ik praten, om mijn verlegenheid toe te dekken. 'Hoe bent u eigenlijk met Lasko in contact gekomen?'

'Word ik een getuige?' vroeg hij protesterend.

'Ten aanzien van Carib Imports? Ja. Tenzij u een van de aangeklaagden wilt zijn.' Uitgaande van het onwaarschijnlijke geval dat ik nog een baan hád, dacht ik, zonder het hardop te zeggen.

Martinson zei klagend tegen de achterruit: 'Die ellendige wederhelft van me heeft me hierin verzeild doen raken. Ze had niet met u hoeven praten. Weet u dat ze niet eens kinderen kan krijgen?'

'Ik denk dat u dan het enige kind bent uit jullie huwelijk.'

Hij staarde me aan. 'U vindt me niet zo aardig, hè?'

Ik keek hem van opzij even aan. 'Luister. U bent bang. Dat begrijp ik. Ik ben zelf doodsbang. Maar ik kan het niet uitstaan dat u van die rotopmerkingen over Tracy maakt.'

Zijn oren gingen op stokjes staan toen hij me 'Tracy' hoorde zeggen. 'Wat moet u met mijn vrouw?' De nadruk lag op 'mijn vrouw'.

'Ik heb haar ontmoet en ik vond haar aardig.'

'En hoe aardig vond ze u?' snauwde hij.

'Doe niet zo idioot. Ze houdt van u, al mag God weten waarom. Maar we hadden het over Carib.'

We waren nu in Boston en reden in de richting van Fenway Park. Martinson dacht even na. 'Wat wilt u weten?'

'Alles. Vanaf het begin.'

Hij draaide zich weer om naar de achterruit. 'Ik werkte voor Yokama Electric als vertegenwoordiger voor Amerika. We woonden in Japan. Dat was mijn laatste baan.' Hij liet het klinken alsof er een lange rij banen aan vooraf was gegaan. 'Ik was al een tijd op zoek naar een geweldige kans, iets waarbij ik mijn talenten zou kunnen gebruiken.'

Ik zag Martinsons ogen voor me, glinsterend van kortzichtige slinksheid. Iemand die op zoek was naar de grote kans in zijn leven en daar het liefst de kortste weg naartoe nam, waarbij hij zichzelf telkens weer buitenspel zette. Ik kon me voorstellen hoe hij in Europa de ene mislukte gok na de andere had gewaagd, tot zijn excuses versleten raakten. Maar Tracy had het moreel ongetwijfeld telkens weer opgevijzeld.

Hij ging verder. 'Een onderdeel van mijn baan was het verkopen van onze producten aan Lasko Devices. Afgelopen juni kwam meneer Lasko naar Japan en vroeg naar mij. Ik had hem nooit ontmoet, maar hij leek het een en ander van me te weten. Hij zei dat hij iemand nodig had die hem kon helpen met het opzetten van een importbedrijf op St. Maarten. Ik zei dat ik daar wel belangstelling voor had. Hij bood me een tweejarig contract aan voor vijfenzeventigduizend per jaar, plus een bonus van honderdduizend. Het zag er goed uit en het was meer geld dan ik ooit had gezien,' gaf hij aarzelend toe.

'Hoe bent u uiteindelijk op papier de oprichter van Carib geworden?'

Martinsons stem klonk nu prikkelbaar. 'Dat was een onderdeel van de gemaakte afspraken,' zei hij snel. 'Meneer Lasko wilde dat ik op papier de eigenaar van Carib werd, zodat hij het bedrijf van mij kon kopen. Hij gaf zijn mensen opdracht om op zoek te gaan naar een pakhuis en al het noodzakelijke papierwerk af te handelen. Om belastingtechnische redenen, zei hij.'

'En dat geloofde u natuurlijk?' Hij reageerde er niet op. 'Volgens de bedrijfsdossiers heeft Lasko u anderhalf miljoen voor het bedrijf betaald. Dacht u dat daar ook belastingtechnische redenen aan ten grondslag lagen?'

'Luister. Hij was heel royaal.'

'Dokter Loring heeft iets dergelijks gezegd.'

Die mededeling verwerkte hij even, terwijl hij nog steeds door de achterruit bleef kijken. Ik ging door. 'Ik neem aan dat u dat geld ook hebt gekregen?'

Stilte. Ik keek opzij. Hij keek omlaag. Lasko's geld en mensen die bereid waren dat aan te nemen. Dat was de smerige rode draad in deze hele zaak. Ik zei rustig: 'Meneer Martinson, u bent Lasko's troetelkindje niet meer. U kunt zichzelf het best verdedigen door ervoor te zorgen dat hij achter de tralies belandt. U bent ook betrokken bij het witwassen van geld, waarvoor u de gevangenis in kunt gaan. Dankzij Lasko bent u in de problemen gekomen, al hebt u uzelf daar een aardig handje bij geholpen. Nu moet u besluiten wat u daaraan wilt doen.'

Zonder iets te zeggen zakte hij onderuit in zijn stoel. 'Oké,' zei ik. 'Ik zal u helpen. In juli koopt Lasko Carib van u, voor een bedrag van anderhalf miljoen. Carib wordt geacht in chips te handelen. Maar Lasko kocht al chips van Yokama Electric, dus waarom had hij dan nog iets in het Caribisch gebied nodig? Het bedrijf stelt geen moer voor. Een boef die in een roestend pakhuis twee inboorlingen aan het werk houdt. U wordt verondersteld Carib in juli aan Lasko te hebben verkocht. U hebt de papieren voor de oprichting van het bedrijf ondertekend, maar u was in feite alleen door Lasko in de arm genomen om het te runnen. Toch blijkt uit de bedrijfsdossiers dat u er anderhalf miljoen voor hebt gekregen. Kendrick zei dat hij nog nooit van Yokama had gehoord, maar de chips die Carib importeert, komen van dat bedrijf. In plaats van ze rechtstreeks naar Amerika te laten overkomen, gebruiken ze St. Maarten als tussenstation, wat duur en vanuit zakelijk oogpunt regelrecht stom is.

'Lasko zette het waardeloze bedrijf op, kwam met u op de proppen als de zogenaamde eigenaar en kocht u vervolgens af. Om geld wit te wassen is het een schitterend eenvoudig plan. Om de een of andere reden had Lasko geld nodig en veel ook. Hij wilde anderhalf miljoen aan zijn eigen bedrijf onttrekken op een legaal ogende manier. Dat wilde hij ergens in het buitenland doen, zodat wij het geld niet zouden kunnen traceren en hij eventuele complicaties met de Belastingdienst op een soepele manier kon afhandelen. Dus zette hij een dummy op en kocht dat bedrijf toen. De chips zijn een dekmantel. Maar om er een succes van te kunnen maken, moest u het geld wel in handen krijgen.'

Hij zat nog steeds onderuit in zijn stoel. 'Dat is ook gebeurd,' bekende hij uiteindelijk.

'Wat hebt u ermee gedaan?'

'Lasko,' zei Martinson op een toon alsof hij definitief met die man had afgerekend, 'had het zo geregeld dat ik de cheque kon innen op een bank in Curaçao en dat heb ik ook gedaan.'

'Wanneer?'

'Rond de derde week van juli.'

'En wat hebt u met het geld gedaan?'

'Dat moest ik van Lasko naar Miami brengen.'

'Hebt u dat ook gedaan?'

'Ja. Ik heb het in een aktetas gestopt, ben naar Miami gevlogen en heb het daar in een kluis op het vliegveld opgeborgen. Iemand anders werd geacht het daar op te halen.'

Geleidelijk aan drong het tot me door wat er gebeurd was. We reden in de richting van de Fens, het brede grasveld bij het sportpark. De schemering was ingevallen. Het viel me eigenlijk nauwelijks op. De feiten kregen vorm en marcheerden als goed gedrilde soldaten naar hun plaats. Ik kon het niet geloven. Maar ik deed het wel. Toen drong opeens iets anders tot me door. Ik wist nu genoeg om er zeker van te kunnen zijn dat Lasko me dood wilde hebben.

'Verdomme,' zei ik tegen de toenemende duisternis. Martinson zei niets.

30

TOEN KEEK IK naar Martinson. Hij keek met angstige ogen naar de achterruit.

'Ziet u iets?'

'Een auto,' stamelde hij. 'Ik geloof dat ik hem ongeveer een kwartier geleden ook heb gezien.'

'Wat voor kleur?'

'Groen. Een soort dof groen.'

Ik zag hem nu in de achteruitkijkspiegel. Ik had hem ook al eerder gezien en was hem toen weer kwijtgeraakt in het stadsverkeer. Maar het was dezelfde auto en hij was behoorlijk dicht bij ons in de buurt. Een meter of negen achter ons, schatte ik. Ik meende in het schemerlicht twee hoofden te zien.

Ik draaide de Fenway op en meerderde vaart. Het veld zag er in het afnemende licht uit als een stukje Schotse heidegrond.

Ik kende het vrij goed. Een strook met een lengte van zo'n zestienhonderd meter. Moerasachtig gras dat tot je middel reikte. Slecht passend in de omgeving van Fenway Park, het Museum of Fine Arts en een handvol scholen. Geen verkeer op de tweebaansweg. Ik trapte het gaspedaal nog verder in. We raceten richting binnenstad. In de verte doemde het Prudential Center op.

Maar de Fenway was een vergissing. De koplampen van de andere wagen bleven vlak achter ons, alsof ze aan onze bumper waren vastgelast.

'Dezelfde auto?' vroeg ik.

Martinson kneep zo hard in het vinyl dat het erdoor kraakte. 'Ja.'

Ik reed nu honderdveertig. Ik nam aan dat we nog op zijn hoogst een minuut langs de Fens zouden rijden. Toen hoorde ik het geluid van piepend rubber. Twee lichtstralen op de andere rijbaan, daarna in het duister recht voor ons.

'Ze halen ons in!' schreeuwde Martinson. Mijn linkerhand schoot van schrik van het stuur af. De auto maakte een korte schuiver. Het licht van onze koplampen bescheen een boom langs de weg. Ik trok het stuur bliksemsnel naar links en we zwenkten terug naar de groene auto. We waren nog zestig centimeter van elkaar vandaan. Nog dertig. De twee bumpers raakten elkaar. Martinson schreeuwde onsamenhangend. Ik draaide het stuur bliksemsnel naar rechts, dook weg achter het dashboard om mijn gezicht te beschermen en trapte keihard op de rem. De auto slingerde als een gek en de banden krijsten op het wegdek. Toen was onze snelheid afgezakt tot zo'n vijfendertig kilometer per uur en had ik de wagen weer onder controle.

Ik keek over het dashboard heen. De groene auto reed nu zo'n twaalf meter voor ons uit. Opeens werd er keihard geremd, waardoor de auto slingerde als een zeilboot in een nachtelijke wind. Ik gaf een dot gas, om rechts te kunnen passeren. De andere auto reed nu weer rechtdoor verder. Een wit gezicht en een arm werden uit het achterraampje van de groene auto gestoken, die vooruit kroop.

Voor ons draaide de weg naar rechts. Dat zag ik nog net. Toen barstte de voorruit. Een kogelgat. Martinson krijste en drukte een waaier van bloedige vingers tegen zijn voorhoofd. Het stuur vloog uit mijn handen en we schoten naar links, naar de groene auto. Die schoot half de weg af en sloeg toen over de kop, als in slow motion. Door mijn voorruit zag ik nu opeens grijsblauw gras. We doken de Fens in, ploegden ons er boos een weg doorheen en kwamen met een klap tot stilstand. Ik vloog gewichtloos tegen het stuur, waarbij mijn ribben en een sleutelbeen het zwaar te verduren kregen. Mijn veiligheidsgordel trok me naar achteren en naar opzij. Ik sloeg dubbel, hevig trillend.

Ik keek naast me. Er druppelde bloed uit Martinsons mond en hij zat voorovergebogen, opgekruld als een foetus. Zijn mond was in het dashboard gedrukt, in een afschuwelijke parodie op een beet. Overal op het dashboard zaten bloedspetters.

Ik boog me naar hem toe om hem vast te pakken. Hij viel zwaar tegen de rugleuning aan. Zijn voorhoofd bloedde waar de kogel hem had geschampt en zijn kaak hing scheef. Hij bewoog niet en maakte geen enkel geluid. Ik pakte zijn pols om zijn hartslag te voelen, net zoals ik bij Lehman had gedaan. Maar Martinson leefde nog.

Ik herinnerde me de andere auto. Ik wrikte het portier open en hees me de auto uit.

Ik hoorde niemand. In het donker kroop ik langs de auto verder. Het was even stil als op een nachtelijke prairie. Onze koplampen brandden niet meer. In de verte zag ik de lichten van kantoren en een rij huizen. Het enige licht dichter in de buurt kwam van de koplampen van de groene auto, die de duisternis doorsneden als een lichtbak voor jagers. Hij was volledig over de kop geslagen èn stond weer op zijn vier wielen, balancerend boven een diepe greppel.

Nog steeds geen verkeer. Het leek alsof ik de enige mens op aarde was, op bezoek bij een dode auto. Ik wachtte. Toen zette ik een paar pijnlijke stappen in de richting van de groene auto, half voorovergebogen en misselijk. Geen geluid. Geen beweging. Langzaam liep ik dichter naar de plaats van de bestuurder toe, bang voor wat ik te zien zou krijgen.

Ik zag de chauffeur het eerst. Hij was met zijn gezicht tegen het stuur aan geslagen en er druppelde bloed uit zijn mond. De blik in zijn starende ogen was volkomen leeg. Zijn nek was gebroken. Zijn armen hingen slap langs zijn lichaam, als een grote jas op een te klein hangertje.

Ik keek naar de lucht. Toen keek ik weer naar de auto. Hij was een gezette man geweest, met een rode, stompe neus. Mijn hoofd ging even op en neer, onvrijwillig, alsof ik de hik had. Ik keek een andere kant op.

Er zat nog een tweede man in de auto. Ik liep langs de voorkant van de auto, gadegeslagen door de dode chauffeur. Ik zag een wapen, daarna een been en toen de man zelf. Zijn gezicht was rauw en de schedel onder het gemillimeterde haar was gespleten. Hij lag op zijn rug, in een vreemde houding. Dood. Zijn rechterhand was nonchalant uitgestrekt in de richting van het wapen, alsof hij het had weggegooid.

De ogen van die man namen me eveneens op. Ik keek weer naar de chauffeur. Eens waren deze kerels beslist koelbloedig en efficiënt geweest. Nu waren ze goed voor ongeveer negentig dollar aan chemicalien, de inflatie meegerekend. Omdat ik mazzel had gehad. Ik boog me voorover, wat zeer deed, en pakte voorzichtig het wapen.

Ik hoorde het gezoem van een motor. Met samengeknepen ogen keek ik de weg af. De koplampen werden groter, kwamen vanaf de kant waar wij vandaan waren gekomen. Ik haalde de veiligheidspal van het wapen en stapte de weg op.

De wagen stopte en er stapte een man van middelbare leeftijd uit, die een smokingjasje droeg. Een vrouw bleef in de auto zitten. Ik stopte het wapen in mijn zak en liep naar hen toe.

De man had een bril op en keek bezorgd naar de twee auto's.

'Wat is er gebeurd?'

'Ze hebben geprobeerd ons van de weg te duwen,' zei ik. 'Mijn passagier is zwaargewond. We hebben een ambulance nodig, en inspecteur Di Pietro van de politie van Boston. Afdeling moordzaken.'

'Wat heeft dit te betekenen?' vroeg hij behoedzaam.

'We hebben hulp nodig. Alstublieft.'

Hij dacht daarover na. Te lang. Ik werd overmand door de paniekerige angst dat Martinson nodeloos zou sterven als straf voor mijn eigen arrogantie. Ik liep dichter naar de man toe. 'Als u hem dood laat gaan...'

Hij verstijfde. 'Oké. Ik zal bellen zodra ik een telefooncel zie.' Hij probeerde alsnog wat vriendelijker te doen. 'Zijn alle anderen ongedeerd?'

Ik wees op de groene auto. 'Met uitzondering van de jongens die dood zijn.'

Hij staarde hevig geschrokken die kant op. Hij was opgewekt naar een feestje onderweg geweest en toen onverwachts hiermee geconfronteerd. Maar hij liet me de naam van Di Pietro herhalen, stelde me nog snel even gerust en reed toen weg.

Ze waren er ongeveer tien minuten later, met een fanfare van sirenes en zwaailichten. Een politiewagen, een ambulance en twee sleepwagens. Ze troffen mij langs de weg aan, met Martinson in mijn armen, ogend als een wees.

Di Pietro had twee agenten bij zich. Hij liep naar me toe. Zonder iets te zeggen wees ik op de twee dode mannen. Di Pietro wierp één blik op hen. Meer had hij niet nodig.

De ambulancebroeders bogen zich over Martinson heen. Hij was nog bewusteloos. Ik ging staan en liet ze hun werk doen. Di Pietro kwam langzaam mijn kant weer oplopen, zijn gezicht een nietszeggend masker. 'Is alles met u in orde?' vroeg hij en hij klonk schaapachtig.

Ik gaf hem het wapen. 'Alleen geschrokken en wat gebutst.'

'Hoe is dit begonnen?'

De ambulancebroeders zaten nog steeds naast Martinson geknield. Ik wees hun kant op. 'Dat is Peter Martinson.'

Di Pietro's blik volgde de mijne. 'U bent naar het sanatorium gegaan,' zei hij.

'Ja.'

'Ik had naar u moeten luisteren,' ging hij zacht verder. 'Dat zal ik niet tegenspreken.'

De blik in zijn ogen maakte duidelijk dat hij het er verder niet meer over wilde hebben. 'Wilt u me vertellen wat er gebeurd is?'

Dat deed ik, beginnend met Loring. Di Pietro sloeg zijn armen over elkaar en stelde af en toe een vraag. Binnen vijf minuten was hij op de hoogte.

De chauffeur was op een stretcher gelegd. We keken toe hoe ze hem meenamen naar de ambulance. 'Wat weet u van hem?' vroeg Di Pietro.

'Ik ken ze geen van beiden.'

Hij keek nadenkend naar de ambulance. 'We moeten nu maar een officiële verklaring van u opnemen,' zei hij uiteindelijk.

De agenten waren klaar met het opruimen van de troep. Toen namen ze Martinson mee naar het ziekenhuis en mij naar een politiewagen. De man met het gemillimeterde haar was als laatste aan de beurt. Ze droegen hem langs me heen, op een stretcher, met dekens toegedekt. Ik keek er niet naar.

31

WE GINGEN NAAR dezelfde vrij donkere, groene kamer waar ik mijn verklaring over Lehman had afgelegd. Di Pietro stond in een hoek, terwijl ik op een klapstoel zat en alles nog eens vertelde ten behoeve van de politiestenografe. Deze stenografe glimlachte niet. Dat zou ik ook niet hebben gedaan.

Di Pietro liep de kamer uit en kwam terug met nieuws over Martinson. De kogelwond was oppervlakkig, maar hij was nog buiten bewustzijn en ze wisten niet hoe erg het was, of er sprake was van hersenletsel.

Wannéér hij weer bij bewustzijn zou komen, liet zich ook niet voorspellen. Ik stelde alle vragen die ik kon bedenken. Di Pietro was geduldig en meelevend.

Dat medeleven was zowel voor Martinson als voor mij bestemd. 'Hij kan u nu niet helpen,' zei Di Pietro somber. 'En ze weten niet of hij dat ooit wel zal kunnen. Nu hebben we alleen uit uw mond vernomen wat Martinson u heeft verteld.

'Misschien hebben we daar wat aan voor een dagvaarding, maar een rechtbank zal het niet als bewijsmateriaal aanvaarden.'

Ik knikte. 'Zelfs als Martinson wakker wordt, kan het zijn dat hij na dit alles tot de conclusie komt dat hij beter zijn mond kan houden en de opgelopen schade maar voor lief moet nemen. Ik weet niet of ik het hem kwalijk kan nemen wanneer hij daartoe besluit. En dan heeft Lasko gewonnen.' Ik voelde mijn handen trillen. 'Hebt u een sigaret voor me?'

Hij liep de kamer uit en kwam terug met een sigaret die hij bij de balie had gehaald. 'Ik heb u nog nooit zien roken,' zei hij, terwijl hij me de sigaret gaf.

'Dat heb ik ook in jaren niet meer gedaan, maar dit lijkt me een goede avond om er weer mee te beginnen.'

Hij knikte. 'U hebt mazzel gehad.'

'Dat weet ik.' Ik stak de sigaret op. Hij smaakte heet en de rook leek mijn hersenen te benevelen.

Di Pietro ging verder. 'Als die twee kerels niet omgekomen waren, hadden ze u vermoord. Maar nu hebben we geen getuigen meer die we kunnen verhoren om te zien of we dit naar Lasko kunnen traceren.'

'Weet u dat ze passen bij de beschrijving van de mannen die Martinson volgens diens zeggen vanaf St. Maarten hebben meegenomen?'

Hij knikte. 'We zullen proberen ze te identificeren en dan kijken of we op de een of andere manier een verband kunnen leggen tussen hen en Lasko. We zullen ook navraag doen in het winkelcentrum waar de wagen was gestolen die Lehman heeft doodgereden. Misschien heeft iemand daar ze gezien.'

'En wat gaat er nu met Lasko gebeuren?'

'Ik kan hem ondervragen,' zei hij fronsend, 'maar ik kan hem niet in hechtenis nemen.'

'Wanneer bent u van plan dat te doen?'

'Nu,' zei hij. 'Hij woont hier vrij dicht in de buurt. Beacon Hill. Zal ik u door iemand naar het ziekenhuis laten brengen?'

Ik schudde mijn hoofd. 'Dank voor het aanbod, maar daar heb ik op dit moment de tijd niet voor. Hebt u hier een telefoon?'

'Ja.' We gingen beiden staan en liepen de kamer uit. Ik belde Tracy Martinson. De vreugde omdat haar man nog in leven was, stelde haar in staat het slechte nieuws te verwerken. Ze zei dat ze hierheen zou vliegen om bij hem te kunnen zijn. Ik beloofde namens Di Pietro dat een van zijn mensen haar bij het vliegveld zou afhalen. Ze bedankte me nogmaals. Dat bedankje aanvaardde ik in de beschamende wetenschap dat de hulp die ik had geboden, minder goed was dan ze verdiende. Maar Martinson was ook een minder goede man dan ze verdiende.

Ik ontdekte de koffieautomaat, liep naar het kantoor van Di Pietro en ging zitten. Ik voelde me daar misplaatst, alsof ik in een onbekend motel was. Ik dronk een kop koffie op, toen een tweede. Ik leende nog een sigaret van de agent bij de balie: een Camel. Ik keek ernaar. Geen filter. Hij was niet bang. Ik keek op. Kwart over twaalf. Ik ging een derde kop koffie halen.

Ik stond bij de koffieautomaat toen ze met Lasko binnenkwamen. Hij leek de hal en alle anderen die er waren, heel klein te maken. Di Pietro keek ondoorgrondelijk. Agenten glimlachten en mompelden af en toe wat. Di Pietro zei iets tegen de man achter de balie. Lasko keek om zich heen en trok grimassen. Toen zag hij me. Ik stond – levend en wel – nonchalant tegen de automaat aan geleund.

Hij knipperde met zijn oogleden en even zag ik een angstige blik in zijn ogen. Geen angst voor mij. Wel angst om alles te verliezen wat hij had – de macht en de rijkdom – en terug te moeten naar Youngstown of erger. Aan zijn gezicht was te zien hoe vernederend hij dat zou vinden. Toen kregen zijn gelaatstrekken opeens de afschuwelijke intensiteit van een monomaan en was me veel duidelijk. Hij werd gedreven door trots en woede, basale emoties die hem volledig verteerden. Het was een hel die ik nooit wilde leren kennen.

Maar die uitdrukking was weer even snel van zijn gezicht verdwenen als hij erop was verschenen. Het koele, berekenende masker was er weer. Hij schonk me een vreugdeloos glimlachje dat de spot dreef met mijn zwakke positie. Ik had geen bewijzen en Martinson kon op dat moment niet getuigen. Ik was nog steeds zijn enige tegenstander. De ogen zeiden dat hij op de een of andere manier met mij kon afrekenen.

Het was een surrealistisch moment. We wisten alle twee dat hij had geprobeerd me te vermoorden en dat ik dat niet kon bewijzen. En dat ik alleen veilig was zolang ik daar stond, in het politiebureau. Toen draaide hij zich snel om en liep achter Di Pietro aan een gang in. Ik keek hen na en wist dat Di Pietro niets met hem zou bereiken. Helemaal niets.

Langzaam liep ik weer naar Di Pietro's kantoor en ging achter zijn bureau zitten. Ik voelde me bang en ontzettend gefrustreerd. Ik had Lasko niet te grazen kunnen nemen en hij had de beschikking over talrijke hulptroepen. Maar ik had één ding mee. Ik ging ervan uit dat niemand binnen de ECC wist wat er deze avond gebeurd was. Daardoor had ik misschien nog zo'n twaalf uur de tijd.

Ik besloot te proberen even een dutje te doen. Ik trok de stoel naar de muur, leunde ertegenaan en viel in een diepe, pijnlijke slaap die wel wat weghad van een shocktoestand.

'Wilt u koffie?' vroeg iemand.

Ik maaide met mijn handen naar dunne gordijnen, proberend te ontsnappen. Toen gingen mijn ogen open. Ik zag Di Pietro. Ik keek op de klok. Tien over twee. 'Moest u me wakker maken?' vroeg ik. Hij leek te glimlachen zonder dat zijn gezichtsuitdrukking daardoor veranderde. 'Ik dacht dat u misschien wel wilde praten.'

'Als ik u goed heb gehoord, wil ik best een kopje koffie.'

Hij verdween de gang op. Ik ging rechtop zitten en wreef in mijn ogen. Toen hij terugkwam, had hij twee plastic bekertjes bij zich en liep met iets gebogen knieën, als een gedresseerde beer. Maar hij morste geen druppel, ook niet toen hij zich over het bureau heen boog.

'Dank u,' zei ik en pakte mijn bekertje. 'Wilt u uw stoel terug?'

Hij wimpelde dat aanbod met een vriendelijk handgebaar af en ging voor zijn eigen bureau zitten. Ik keek hem aan. De blik in zijn ogen was nog altijd waakzaam, maar zijn houding was aanzienlijk minder stijf. Ik denk dat mijn imago was verbeterd nu ik bijna was vermoord.

'Wat is er gebeurd?' vroeg ik.

Hij schudde zijn hoofd. 'Niets. We kunnen hem niet arresteren. We kunnen hem niet eens in voorlopige hechtenis nemen. Hij zei dat Martinson zich vrijwillig in Loring heeft laten opnemen en dat hij uit bezorgdheid bij die man op bezoek was gegaan. Verder heeft hij niet veel gezegd en zeker niet iets wat geen volstrekt geouwehoer was.'

Ik keek naar mijn vingers, die zich in willekeurige patronen bewogen. Opeens merkte ik dat ik mijn zelfbeheersing begon te verliezen. Daar concentreerde ik me op en zei niets.

Dat viel Di Pietro op. 'Paget, neem de situatie nu eens goed in ogenschouw. We kunnen nog altijd geen connectie bewijzen tussen hem en Lehman. Misschien kunnen we hem van ontvoering beschuldigen, maar alleen wanneer Martinson wil praten, zo hij daar ooit nog toe in staat zal zijn. De twee boeven die hebben geprobeerd u te vermoorden zijn zelf dood, dus kunnen we hen ook niet met Lasko in verband brengen. Wat we nodig hebben, is de een of andere connectie tussen Lehmans dood, de aanslag op Martinson en u, en uw onderzoek. Een reden waarom Lasko dit alles heeft gedaan.'

Ik vermande me. 'Dus u gelooft dat Lasko Lehman heeft vermoord?'

'U hebt me bekeerd toen ze probeerden u te vermoorden,' zei hij rustig.

'Wat gaat u nu doen?'

'Om te beginnen zal ik u alle bescherming geven die u nodig hebt.' De vlakke stem klonk nadrukkelijker. 'Op dit moment bent u de enige die een spaak in zijn wiel kan steken. Dat betekent dat de kans bestaat dat hij u laat vermoorden wanneer ze u goed onder schot kunnen nemen.'

'Wat word ik geacht te doen?'

'Niets. U gedeisd houden.'

'Luister. U zei dat u een connectie nodig hebt tussen Lehman, Martinson en mijn onderzoek. Ik kom steeds dichter bij het ontdekken daarvan in de buurt. Over een, twee dagen – als ik gelijk heb, en een beetje mazzel heb – zal ik u die connectie op een presenteerblaadje kunnen overhandigen.'

'En als u geen mazzel hebt, bent u morsdood.'

'Ik ben vanavond gedwongen geweest alles goed onder ogen te zien. Als hij me wil vermoorden, kan hij dat volgende maand of volgend jaar doen. Wanneer hij maar wil. De enige manier om mezelf te beschermen, is definitief met hem af te rekenen.'

Di Pietro leunde achterover en deed zijn ogen dicht om na te denken. 'Wat zou u dan willen doen?'

'Als ik u dat niet vertel, hoeft u er ook niet over te liegen wanneer iemand u ernaar vraagt.'

Zijn ogen vlogen open. 'Wat betekent dat verdomme?'

Ik vertelde hem iets over het leven bij de ECC. Hij schudde zijn hoofd. 'En ik dacht dat de politie van Massachusetts niet zuiver op de graat was.'

Ik glimlachte. 'Dat klopt ook. Maar ik neem aan dat u zich nu wel een voorstelling kunt maken van mijn probleem.'

'Wie is daar in staat u te helpen?'

'Dat weet ik niet. Maar u zult me in elk geval wel helpen.'

Hij keek naar zijn koffiebeker, alsof daar antwoorden in verborgen waren. 'Ik zou u hier kunnen houden als belangrijke getuige.'

'Daar zou u me geen goede dienst mee bewijzen.' Hij zei niets. Ik keek op mijn horloge. Halfdrie.

'Wanneer komt dit alles in de kranten?' vroeg ik.

Hij rekte zijn hals en keek naar de klok. 'Te laat voor de ochtendkranten. De eerste avondeditie. Rond twaalf uur morgenmiddag.'

'Oké,' zei ik. 'Dan wil ik nu graag weg.'

Hij keek me strak aan. 'Ik zal iemand opdracht geven u naar uw hotel te brengen en voor uw deur de wacht te houden.'

Dat was zijn antwoord.

'Hartelijk dank.' Hij pakte de telefoon en vroeg om een auto. Ik herinnerde me iets. 'Inspecteur, ik neem aan dat mijn huurauto total loss is?'

'Vrijwel. Bovendien hebben wij hem als bewijsmateriaal in beslag genomen. Fraai kogelgat.'

'Zou u het autoverhuurbedrijf op het vliegveld kunnen bellen?'

'Hoezo?'

'Ik ben er niet klaar voor dit allemaal uit te leggen.' Hij glimlachte bijna. 'Komt voor elkaar.'

Er kwam een agent binnen, die me zou wegbrengen. Ik ging staan. Di Pietro stak waarschuwend een hand op. 'Meneer Paget, morgen zal Lasko u niet aardiger vinden dan vanavond. Hij zal Boston niet verlaten, maar hij heeft mensen die voor hem werken. Neem geen risico's die niet strikt noodzakelijk zijn.'

Ik knikte. 'Hartelijk dank, inspecteur.'

Hij keek heel ongerust. 'Succes ermee,' zei hij uiteindelijk en zwaaide me na.

De volgende morgen schoor ik me, pakte mijn koffer en controleerde tot wanneer mijn Visacard geldig was. Ik pleegde één telefoontje. Toen nam ik een taxi naar het vliegveld en pakte het vliegtuig naar Miami.

32

IK HAD ROBINSON opgebeld. Hij had opgenomen en gevraagd hoe het met me was, zoals je dat onder vrienden doet. Prima, had ik gezegd, op dat moment wetend dat Martinson en ik de ochtendkranten inderdaad niet hadden gehaald. Toen had ik naar het telefoonnummer van zijn vriend in Florida gevraagd: de man die onderzoeken instelde naar het reilen en zeilen van staatsbanken. Robinson vroeg of hij iets voor me kon doen. Ik zei dat het makkelijker zou zijn wanneer ik die man zelf opbelde. Oké. Wanneer zou ik weer terug zijn? Ik had gezegd dat ik deze morgen zou vertrekken. Wat ook waar was.

Ze zouden me waarschijnlijk pas missen tegen de middag, wanneer de kranten het nieuws wereldkundig maakten. En ik dacht niet dat iemand me naar het vliegveld was gevolgd. Ik probeerde daar gelukkig mee te zijn. Maar ik had last van een verlate reactie, die me op een misselijk gevoel kwam te staan. Ik was zelf bijna vermoord, ik had er bijna voor gezorgd dat Martinson werd vermoord en ik had intussen niets weten te bereiken. Zo'n gang van zaken had me in Vietnam al niet aangestaan en ook nu beviel het me niets. Het idee van de dood was onaantrekkelijk en immens, als de verpersoonlijking van oneindigheid. Een stewardess gaf me een donut. Ik kon hem niet door mijn keel krijgen.

Anderen waren wel gestorven: de twee mannen in de groene auto. Ik probeerde iets te voelen, zonder succes. Ik had geen medelijden met hen en zou het ook nooit krijgen.

Uiteindelijk dronk ik mijn koffie toch maar op en nam in gedachten alles wat er was gebeurd nog eens door. Ik was op een plaats verschenen waar ik niet werd verwacht en had daarmee de zorgvuldig vastgestelde grenzen overschreden. Buiten die grenzen hadden gebeurtenissen iets gewelddadigs en irrationeels. Het maakte me ontzettend bang. Nu was ik aan het racen om antwoorden op mijn vragen te krijgen voordat iemand me had ingehaald. Dat leek de enige uitweg te zijn. En niemand had nog geboet voor de dood van Lehman.

Voor het eerst keek ik naar de mensen om me heen. Ze zaten te praten of te lezen, waren onderweg om dingen te verkopen of dingen te zien of wat voor dingen dan ook te doen die bij de rest van hun leven pasten. Ik besloot hen een tijdje te imiteren en vroeg de stewardess om een *Wall Street Journal.* Toen viel het me op dat ze op Mary leek, met uitzondering van haar ogen. Verbazingwekkend, dacht ik, hoeveel verschil dat kan uitmaken.

Ze overhandigde me de *Journal.* Het duurde ongeveer een minuut voordat ik het item op pagina één bij de rubriek 'Nieuwsflitsen' ontdekte:

> Bronnen in het Witte Huis geven te kennen dat Joseph P. McGuire, de geharde baas van het procesbureau van de ECC, nu de voorkeur geniet boven drie andere kandidaten voor een benoeming tot commissielid. Binnen de commissie, die zeven man telt, zal een vacature ontstaan door het vertrek van Charles Ludlow, die gisteren zijn plan heeft aangekondigd om weer aan een particuliere praktijk te beginnen.

Het was een klassiek Washingtons scenario. Een enthousiaste kandidaat het lokaas voor de neus houden, maar hem er tegelijkertijd aan herinneren dat er ook anderen beschikbaar zijn. En terwijl je dat doet, laat je de pers wat graafwerk voor je verrichten. Indien mocht blijken dat jouw mannetje een neonazi is, of vorig jaar verkleed als Marie Antoinette is opgepakt in Central Park, kun je hem dumpen en daarbij glashard ontkennen dat je voor die bepaalde functie ook maar even aan hem hebt gedacht. Ditmaal was de beweegreden vrij duidelijk: de afspraak bevestigen en McGuire eraan herinneren dat er een prijskaartje aan hangt. Druk de zaak Lasko niet door. Dat was een boodschap die hem nauwelijks kon ontgaan. Ik vouwde de *Journal* dicht en pakte mijn koffie weer. Die was koud.

Tegen halfdrie landden we in Miami. Ik liep de aankomsthal in, haalde mijn bagage op en propte die in een kluis. Toen ging ik op zoek naar een telefooncel en belde Ken Parrish, Robinsons vriend. Parrish wilde me graag helpen. Ik bedankte hem en hing op. Ik keek om me heen. Niemand ook maar bij me in de buurt.

Nu moest ik alleen nog een taxi nemen. Ik liep het gebouw uit, een kokendheet trottoir op dat in een bocht om een smalle baan voor taxi's heen liep. Er stond een rij taxi's klaar. Ik wachtte, staarde naar de felgroene palmboom op een stukje gras aan de overkant van de rijbaan. De boom gedijde duidelijk. Schitterend oord voor palmen, Miami.

Ik raakte gespannen. Eindelijk kwam er een taxi aanrijden die vlak naast me stopte. Ik stapte in. Mijn chauffeur had donker haar en een snor. Een Cubaan, meende ik. Hij draaide zich half om. 'Waar naartoe, meneer?'

'Biscayne Boulevard,' zei ik. 'De First Seminole Bank.'

De First Seminole Bank was ondergebracht in een van die volledig glazen torens die er over vijfentwintig jaar afschuwelijk zullen uitzien, als het al zo lang zou duren. Ik betaalde de chauffeur, stapte uit en liep naar de ingang. Voor de glazen deuren was een soort portiek, waar een rek met kranten stond. Het was de middageditie en ik had pagina twee gehaald. INDUSTRIEEL ONDERVRAAGD IN VERBAND MET POGING TOT MOORD luidde de kop. De eerste paragraaf was een blikvanger:

> William Lasko, Bostons industrieel en vriend van de president, is vanmorgen ondervraagd in verband met een poging tot moord op een werknemer en een jurist die namens de regering een onderzoek instelt naar Lasko's bedrijven.

Ik las verder. Het verhaal was overgenomen van Associated Press en de feiten klopten. Voor zover ze die kenden. Een aanklacht indienen op dit moment nog niet overwogen en geen bewijsmateriaal beschikbaar, werd er tot slot geconcludeerd. Ik meende dat de hel nu wel in alle hevigheid zou losbarsten. In elk geval hadden ze mijn naam goed gespeld. Ik vouwde de krant op en liep naar binnen.

De bank was nieuw, met rode tapijten en balies van formica dat eruitzag als marmer. Daarachter zaten kassiers niets te doen of een praatje te maken met een klant. De muren waren wit en her en der hing een foto van een gelukkig ogende cliënt die erover opschepte dat hij bij de First Seminole Bank zes en driekwart procent rente kreeg. Achter de balies en het tapijt een deur die naar de bureaus van de zes onderdirecteuren leidde. Ik koos degene uit die het dichtst bij me was: een glad ogende man met perfect grijs haar. Volgens het bordje op zijn bureau heette hij Williams. Of hij me kon helpen, vroeg hij beleefd. Ik liet hem mijn legitimatiebewijs zien en vroeg naar de directeur. Daardoor bekoelde zijn enthousiasme iets. Hij vroeg me te wachten en liep naar kantoren achter in het gebouw.

Ik schoof heen en weer op mijn stoel. Toen kwam Williams terug en vroeg of ik hem wilde volgen. We liepen om de zes bureaus heen, de kantoorruimte in. Aan het eind daarvan een groot kantoor. Williams liet me voorgaan, langs een bord met RICHARD HENRY, DIRECTEUR.

In dat kantoor stonden een fraai bureau en een vergadertafel van esdoornhout. Op de grond lag een azuurblauw tapijt en aan de muren hingen een paar zeegezichten. Er zaten twee mannen aan de tafel. De ene was een grote kerel met een schildpadbril op zijn neus en een heel brede glimlach. Hij ging staan. ‘Meneer Paget? Ik ben Dick Henry.’ We gaven elkaar een hand. Henry was stevig gebouwd en had een verweerd, hoekig gezicht. Hij gedroeg zich alsof hij de vrolijke bankier was en ik een zeer goede klant.

De andere man was blijven zitten en aan zijn gezicht was te zien hoe welkom ik in feite was. Henry zag me even naar die man kijken. ‘Dit is Larry Carr, onze externe adviseur,’ zei hij snel. Carr stak zwijgend een hand uit. Hij was ook groot, met uitzondering van zijn mond: een dun streepje dat op een incisie leek. Henry had een dikke bos haar en zag er ietwat verkreukeld uit. Carr had kortgeknipt haar, droeg een keurig kostuum en maakte kleine, sombere bewegingen. Daardoor leek hij kleiner. Ik sloeg het aanbod van een kopje koffie af en toen zaten we gedrieën aan de tafel.

Henry knoopte zijn das los en leunde achterover in zijn stoel. 'Bent u hierheen gekomen om geld te storten?' vroeg hij en lachte het geoefende lachje van de aangever in een komische talkshow.

Ik keek even naar Carr, die ook lachte. 'Ik neem aan dat Ken Parrish u heeft gebeld?' zei ik.

'Inderdaad,' zei Henry. 'Hij zei dat u een paar dossiers van onze bank wilde inzien.'

'Dat klopt.'

Henry glimlachte niet langer. Carr zei voor het eerst iets, met de afgemeten stem van een openbare aanklager. 'Hebt u daar een dagvaarding voor?'

Ik nam hem op. 'Het antwoord op die vraag kent u al. U kunt me de moeite laten doen die te verkrijgen,' blufte ik, 'maar ik vraag u om vrijwillige medewerking.'

Carr veegde een imaginair pluisje van zijn revers. 'We moeten rekening houden met het recht op privacy van onze cliënten,' zei hij uiteindelijk.

Ik keek hem recht aan, Henry negerend. 'Meneer Carr, er zijn een paar feiten die u moet kennen. Een man die Samuel Green heet, heeft in juli een lening van vierhonderdduizend dollar van deze bank gekregen. Hij heeft dat geld gebruikt om aandelen Lasko Devices te kopen, in opdracht van William Lasko. Green is al eerder wegens aandelenfraude veroordeeld. Voor de eerste keer in de jaren vijftig. Dus niet direct een erg geschikt figuur om een lening aan te verstrekken. Maar Lasko heeft vijfentwintig procent van de aandelen in deze bank in handen. Dus zitten de heer Henry en zijn bank tot hun nek in aandelenmanipulatie.' Ik knikte even in de richting van Henry.

'Wij hadden er geen flauw idee van dat er met aandelen zou worden gemanipuleerd.'

Dat zei Henry snel en met een rood aangelopen, ongelukkig gezicht.

Ik wendde me tot hem. 'Dan hebt u niets te verliezen wanneer u vrijwillig medewerking verleent.'

Carr zei, minder agressief nu: 'Ik zou graag over uw verzoek willen nadenken. Hoelang blijft u in Miami?'

Ik voelde de ader bij mijn slaap kloppen. Ik had de tijd niet om te wachten. Ik haalde de krant uit mijn zak en legde die voor Carr neer. 'Er is nog iets anders. Lasko is gisteravond in Boston ondervraagd in verband met een poging tot moord.'

Carrs mond viel open van verbazing. Met snelle vingers pakte hij een leesbril uit zijn binnenzak. Halverwege het artikel begonnen zijn lippen zich onder het lezen te bewegen. Hij bleef ernaar staren toen hij het uit had en keek toen langzaam op. 'Hij heeft geprobeerd u te laten vermoorden?' vroeg hij zacht en geschokt.

'Dat klopt.'

Henry knipperde met zijn oogleden, echt bang, alsof ik hem er de schuld van had gegeven. De sfeer was zenuwachtig en heel persoonlijk geworden.

Ik had Carrs volledige aandacht. 'Fraude, dit,' zei ik, wijzend op de krant, 'en een zekere Lehman, die twee weken geleden in Boston om het leven is gekomen.' Henry trok opeens heel hard aan zijn das, alsof hij zichzelf wilde ophangen. 'Misschien hebt u wel iets over Lehman gehoord, meneer Henry?' Carr draaide zich bliksemsnel naar Henry om en zijn scherpe ogen stelden dezelfde vraag. Henry knikte.

Carr keek weer naar mij. 'Heb ik nu alles gehoord?' vroeg hij met een stem die duidelijk maakte dat hij dat uit de grond van zijn hart hoopte.

'Ik denk dat Lasko Lehman heeft laten vermoorden.'

Carr zette zijn bril af en bekeek hem. Toen wendde hij zich weer tot Henry. 'Geef hem wat hij hebben wil,' zei hij vlak.

Henry ging staan, wreef in zijn handen en plooide zijn mond tot een afschuwelijke glimlach. 'Wat wilt u inzien?' vroeg hij. Zijn geforceerd vrolijke stem probeerde te suggereren dat we net moeizame maar wederzijds bevredigende onderhandelingen over de verstrekking van een lening achter de rug hadden.

Ik glimlachte niet terug. 'Welke serie getallen bevat twee cijfers – in dit geval het nummer vijfennegentig?'

'Die serie betreft onze kluizen voor particulieren.'

'Prima. Dan wil ik graag het dossier van nummer vijfennegentig zien.'

Dat ging Henry zelf halen. Carr staarde zwijgend door het raam. Ik nam aan dat het moeilijk was om een praatje te maken met iemand die dood had moeten zijn.

Henry kwam lichtelijk buiten adem terug en smeet de map vrijwel op de tafel. Ik pakte de kaart met de handtekening en keek even naar Henry. 'Op zo'n kaart is te zien wie toegang tot een kluis heeft, nietwaar?'

'Dat is correct.' Hij knikte mistroostig.

Ik draaide de kaart om. Het jongensachtige gezicht van Alec Lehman staarde me aan.

Ik pakte de kaart waarop stond aangegeven wanneer iemand kluis nummer vijfennegentig had gebruikt. Op 24 juli en nogmaals op 28 juli. Lehman.

Ik staarde nog even naar Lehmans foto. Toen keek ik naar Henry. 'Deze papieren wil ik meenemen,' zei ik.

Daar tekende hij geen protest tegen aan.

Ik liet hen, somber kijkend, achter aan de vergadertafel en liep langs de onderdirecteuren en de vrolijke cliënten van Seminole de deur uit.

Ik pakte het papiertje waar ik de woorden van Lehmans memo op had neergekrabbeld, maar eigenlijk had dat niet gehoeven. Ik had ze in mijn geheugen gegrift. '95 – Gehele pakket naar de overkant brengen – J859020. Vrouwe Justitia is blind.'

Er was maar één bank aan de overkant van de straat. Op een groot bord op een oud, gemetseld gebouw stond DE MARINER BANK VAN MIAMI. Ik liep naar binnen.

33

DE MARINER BANK was oud, gedegen en even geruststellend als de Amerikaanse Munt. De suite van de directeur was op de eerste verdieping. Dus ging ik daarheen en vroeg naar een zekere meneer Glendenning. De vormelijke receptioniste keek me even weifelend aan en draaide toen een nummer. Een paar minuten later verscheen de secretaresse van Glendenning, een mollige, snel lopende vrouw met zo'n glimlach die een totaal gebrek aan warmte uitdrukt. Ik liep achter haar aan.

Glendenning zat achter een Louis XIV-bureau in een kantoor vol antiek. Hij ging meteen staan, gaf me een hand en verzocht me plaats te nemen. Ik ging zitten en nam hem snel, taxerend op. Hij had een scherp gezicht, als dat van een das, en een lange, rechte neus. Zijn kleding was perfect: grijze krijtstreep, pochetje en wijnrode clubdas, heel subtiel. Ik kon hem met obligaties zien schuiven.

'Waarmee kunnen we u van dienst zijn?' vroeg hij nieuwsgierig.

Ik gaf hem mijn legitimatiebewijs. 'Ik werk voor de ECC en ben bezig met een zaak waar het traceren van witgewassen geld deel van uitmaakt. Ik denk dat dat geld hier is.'

Glendenning verstrengelde zijn vingers in een nadenkend gebaar. 'Op grond waarvan denkt u dat?'

'Ik beschik over vertrouwelijke informatie en iets wat naar mijn idee het nummer van een kluis is. Dat nummer moet duidelijk kunnen maken of ik gelijk heb.'

'In elk geval zal het duidelijk maken of iemand hier een kluis heeft,' zei hij. 'Wat is het nummer?'

Ik haalde het papiertje uit de zak van mijn overhemd. 'J859020.'

Glendennings oogleden zakten. 'Heb ik zes cijfers geteld?'

Ik herhaalde het getal. 'Zes cijfers en de letter J,' voegde ik eraan toe.

'Die nummers horen bij onze kluizen,' zei hij langzaam.

'Hoe houdt u de dossiers bij?'

Glendenning was een man van precisie. 'U bedoelt hoe het hebben van een kluis bij ons in zijn werk gaat?' Ik knikte, gespannen en ongeduldig. 'We hebben een standaardkaart met de handtekening van de gemachtigde of de gemachtigden.'

'Ik neem aan dat alleen diegenen wier handtekening op zo'n kaart staat, bij zo'n kluis kunnen komen?'

Hij knikte waarderend. Dat had ik juist begrepen.

'Oké,' zei ik. 'Ik zou de kaart van J859020 graag willen zien.'

Glendenning tuitte zijn lippen, alsof hij aan mijn verzoek knabbelde. Toen zei hij: 'Ik neem aan dat ik er het verstandigst aan doe u medewerking te verlenen. Maar u beseft toch wel, meneer Paget, dat deze bank op geen enkele manier de herkomst kan kennen van iets wat in zo'n kluis wordt opgeborgen.' Zijn scherpe ogen onderstreepten die opmerking nog eens.

'Dat besef ik.'

Glendenning hield zijn vingers niet langer verstrengeld en ging snel staan. 'Ik zal het dossier eerst zelf bekijken en het dan aan u overhandigen. U kunt gebruik maken van de vergaderruimte.'

Hij begeleidde me erheen en verdween toen om het dossier te halen. De ruimte was met opzet indrukwekkend ingericht: koperen kroonluchters en een krankzinnig grote vergadertafel. Op de antieke boekenplanken stonden in leer gebonden boeken die, veronderstelde ik, zeldzaam waren. Daar knapte ik niet van op. Ik voelde me eenzaam en slecht op mijn plaats.

Ik schoof een minuut of twintig heen en weer op mijn stoel; het liefst was ik gaan ijsberen. Een deel van het antwoord op mijn vragen zou ik in dat dossier aantreffen. Uiteindelijk liep ik naar een raam. Ik staarde afwezig naar buiten toen de secretaresse van Glendenning opeens naar binnen vloog. Ze had de machtigingskaart in haar hand en leek opgewonden. Ik nam de kaart van haar over.

Daarop de naam en een foto van Robert Catlow, naast die van Lehman. Lehman was hier één keer geweest: op 28 juli. Catlow had zich nooit laten zien.

Glendenning was nog in zijn kantoor. 'Ik wil in die kluis kijken,' zei ik.

'Dat kan ik niet toestaan,' zei hij. 'In de eerste plaats hebt u geen dagvaarding. In de tweede plaats zijn er twee sleutels nodig om zo'n kluis bij ons te openen. De bank heeft er een, de eigenaar heeft de andere.'

'En wat gebeurt er wanneer iemand overlijdt en de sleutel onvindbaar is?'

'Dan halen we er een slotenmaker bij om de kluis open te boren.'

'Meneer Glendenning, ik wil een deal met u sluiten. Ik kan morgen terugkomen met een dagvaarding. En als de inhoud van die kluis dan verdwenen blijkt te zijn, bent u betrokken bij iets wat u met handschoenen aan nog niet zou willen aanraken. Ik zal u zeggen wat er in die kluis zit. U laat hem openboren en kijkt of ik gelijk heb. Als ik gelijk heb, wil ik dat u me belooft dat niemand verder bij die kluis mag komen.'

Glendenning fronste zijn wenkbrauwen en voorhoofd. 'Oké, meneer Paget. Wat denkt u dat er in die kluis zit?'

'Anderhalf miljoen dollar. In ongemarkeerde bankbiljetten.' Hij belde de slotenmaker.

Ik wachtte in de vergaderruimte en hoopte dat ik gelijk had. Een halfuur, toen drie kwartier. Ik staarde naar de handtekening van Catlow, probeerde vooruit te denken. Veel keuzemogelijkheden had ik niet. Ik moest in actie komen voordat Lasko me had gevonden. Ik had het memo nodig. En ik had hulp nodig.

Glendenning maakte de deur open en keek heel ernstig. 'Het geld is er inderdaad,' zei hij. 'In een bruine aktetas.'

Ik stopte de machtigingskaart in mijn borstzakje en vroeg hem het geld veilig te bewaren, omdat het later als bewijsmateriaal moest dienen. Toen vertrok ik zonder hem gedag te zeggen.

34

IK HAD LATER niet kunnen zeggen hoelang het duurde voordat ik weer bij het vliegveld was. Ik hield een taxi aan in eenzelfde soort roes als die op een narcose volgt. De taxichauffeur rebbelde over sport, politiek en de voordelen van een naakt in frontaal aanzicht. Ik bromde een paar keer afwezig en probeerde na te denken.

Ik had de bankdossiers en wist waar het geld was. Maar dat betekende niets zonder het door Lasko neergekrabbelde memo, dat ik in mijn bureau had verstopt. Tien dagen lang had ik daar niets logisch van kunnen maken. Nu was de zaak zonder dat memo niet logisch meer. Het was de onmisbare schakel in de keten van bewijsmateriaal, de schakel die Carib Imports, Lasko en Lehmans dood keurig netjes met elkaar verbond.

En het was iets waarmee ik mezelf kon beschermen. Iets wat Lasko de das om kon doen voordat hij de kans kreeg mij te grazen te nemen. Lasko zou wel overuren moeten draaien om te proberen te bedenken hoe ik dat geld had gevonden. Vroeg of laat zou hij zich zijn memo herinneren. Het was op dit moment niet veilig, evenmin als ikzelf. Ik moest het uit mijn bureau halen.

'Welke luchtvaartmaatschappij, meneer?' vroeg de taxichauffeur.

Ik werd wakker. 'O... Eastern.'

'Dan zijn we er.'

In de vertrekhal was een telefooncel. Ik belde het nummer van Mary en na twee keer rinkelen nam ze op.

'Mary, je spreekt met Chris.'

'Chris? Mijn god, waar ben je?' Ze klonk intens, bijna ademloos.

'Miami.'

'Ik heb me de hele dag zorgen over je gemaakt. Heb je de kranten gezien?'

'Dat hoeft niet. Ik was erbij. Kun je me van National komen ophalen? Ik kom daarheen met Eastern, vluchtnummer 435.'

'Ja... Natuurlijk.' Ze klonk afwezig. 'Vertel me alsjeblieft wat er is gebeurd.'

'Dat kan ik nu niet doen. Luister. Kom niet naar de gate. Parkeer voor de uitgang. Desnoods dubbel.'

'Oké, ik zal er zijn,' zei ze en verbrak de verbinding.

Ik stond daar nog, met de hoorn in mijn hand, en hoopte dat ik een juiste beslissing had genomen. Toen rende ik met mijn bagage naar de gate, waarbij ik af en toe even snel over mijn schouder keek. Ik werd door niemand gevolgd.

Ik haalde het vliegtuig net.

Ik zat in de toeristenklasse en wenste dat ik deze zaak achter de rug had. Dat gevoel bleef ik de hele terugweg naar Washington houden.

Het was al donker toen we landden. Mary stond bij de gate tegen de metalen reling geleund. Ze glimlachte onzeker en kneep in mijn arm. 'Chris, is alles in orde met je?'

Mijn stem leek even strak gespannen als een pianosnaar. 'Wat doe je verdomme hier? Ik had gezegd dat je voor de uitgang op me moest wachten.'

Ze verstijfde, gekwetst. 'Ik wilde je zo snel mogelijk zien.'

Ik pakte haar arm. 'Laten we dan maar gauw verder lopen. Hier ben je niet veilig.'

Ik trok haar mee, tot ze uit zichzelf haar pas versnelde. We liepen naar de grote hal en mensen renden langs ons heen, onderweg naar vliegtuigen. 'Wat is er gebeurd?' wilde ze weten.

Ik bleef recht voor me uit kijken. 'Kun je je Peter Martinson herinneren?

'Ja, de man op St. Maarten.'

'Lasko heeft hem naar Boston ontvoerd, naar een instituut dat het Loring Sanatorium heet.'

Ze keek me met ernstige, zwarte ogen aan. 'Letterlijk ontvoerd?'

'Ja. Gisteravond heb ik Martinson daar weggehaald. Lasko heeft twee boeven achter ons aan gestuurd en die hebben geprobeerd ons van de weg te rijden. Maar we hebben mazzel gehad. Ik verloor de macht over het stuur en zij zijn over de kop geslagen toen ze probeerden een botsing te voorkomen.'

Ze bleef staan en keek me aan. Haar ogen waren groot. 'Mijn hemel, Chris,' zei ze. Toen stak ze langzaam een arm op en veegde een paar haartjes van mijn voorhoofd.

We liepen weer verder. Mary bleef mijn arm stevig vasthouden. 'Hoe heb je Martinson gevonden?'

'Ik heb bij de Belastingdienst laten nagaan welke sanatoria geld van Lasko kregen.'

Haar stem klonk iets koeler. 'Was dat ook een van die geheimpjes van je?'

'Ik ben bang van wel.'

'Wanneer ben je van plan eerlijk tegen me te zijn?' zei ze zacht maar bezorgd.

'Heel binnenkort.'

Ze keek me geërgerd aan. 'Dat is geen antwoord.'

Ik bleef staan, maar zei niets. We waren vlak bij de grote hal. De laatste gate was rechts van ons. Voor ons uit een grote ruimte met balies links, twee lopende bagagebanden rechts en recht voor ons uit automatische dubbele deuren die naar buiten leidden. Voorbij de bagagebanden de enige andere uitgang: een gang die deze aankomsthal met andere verbond. Ik keek om me heen, maar herkende geen van de mensen die tickets of koffers afhaalden of met grote passen de hal doorliepen om hun toestel te halen. Toen zag ik waar ik naar zocht.

'Wat is er?' vroeg ze snel en gespannen.

Het was de besnorde man uit het sanatorium. Lasko's mannetje. Hij stond bij de automatische dubbele deuren die rechtstreeks naar buiten leidden. Hij keek in de richting van de lopende bagagebanden, mijn kant op. Ik keek opzij. Het gedeelte van de hal bij de gates was leeg. Ik trok Mary de reling over, zodat we vanuit de hal niet meer te zien waren.

Haar ergernis was in angst veranderd. 'Wat heb je verdomme gezien?'

'Een van Lasko's mannetjes. Luister. Je hebt me gevraagd waarom ik je niet in vertrouwen heb genomen. Ik wist niet wie ik kon vertrouwen. Feiner is een hopeloos geval. Jij en Woods zijn politici. En McGuire is... Die man is gewoon wie hij is. Iemand heeft Lasko over Lehman verteld. Hij is dood en ze hebben geprobeerd mij te vermoorden. Blind vertrouwen kon ik me domweg niet meer veroorloven.'

'Chris, waar gaat dit allemaal om?'

'Lasko was geld aan het witwassen om iemand om te kopen. Om die antitrustzaak in de doofpot te krijgen voordat die hem ruïneerde.'

'Voor wie was dat geld dan bestemd?'

Ik had de tijd niet om haar alles uit te leggen. 'Dat zullen we later allemaal bespreken,' zei ik. 'Nu moeten we maken dat we hier wegkomen. Ik beschik over voldoende feiten om Lasko voor de moord op Lehman veroordeeld te krijgen en Catlow wegens fraude. Dat alles ga ik Woods overhandigen. Ben je bereid me daarbij te helpen?'

Ze was niet blij met mijn reactie, maar ze knikte zonder iets te zeggen. 'Oké,' zei ik. 'Je kunt beginnen met me te geloven. Er is daar een man die me zal vermoorden als hij het gevoel heeft dat dat nodig is. Als hij jou samen met mij ziet, kan jou iets overkomen. Nu kun je rustig langs hem heen lopen, die voordeuren door. Ik wil dat je dat doet, je auto haalt en op me wacht op de rotonde voor de aankomsthal van United. Hoelang denk je daarvoor nodig te hebben?'

Ze dacht afwezig na. 'Ik sta een eindje verderop geparkeerd. Ongeveer een kwartier.'

'Oké.'

Ze aarzelde. 'Waar gaan we dan heen?'

'Naar mijn kantoor.'

'Waarom?'

'Omdat daar iets is wat ik nodig heb.'

Het klonk ontwijkend en dat was het ook. Ze spande haar lichaam. 'Chris, geen sprake van,' zei ze boos. 'Je zegt dat dit gevaarlijk is. Ik moet op zijn minst weten waarom.'

Ik stond daar, besluiteloos.

‘Moet ik alle keren dat je tegen me hebt gelogen opnoemen?’

‘Bespaar je de moeite,’ zei ik. ‘Ik heb in mijn bureau een memo verstopt dat Lasko aan Lehman heeft geschreven: het belangrijkste bewijs dat ik heb.’

‘Waarom?’

‘Er staan kluisnummers op van twee banken in Miami, met de opdracht geld van de ene naar de andere bank over te hevelen. Ook Catlow wordt erdoor met het geld in verband gebracht, want de tweede kluis staat op zijn naam. En het geeft Lasko een reden om Lehman te vermoorden. Is dat voldoende?’

Ze knikte snel. ‘Ik haal je aan de voorkant op.’

‘Bedankt.’

Ze liep snel naar het parkeerterrein. Ik boog me over de reling heen en zag haar langs de man bij de deur lopen, die haar nauwelijks een blik waardig keurde.

Ik verdween weer uit zijn gezichtsveld en keek op mijn horloge, rekenend. Ze zouden het vliegveld wel in de gaten houden in de hoop dat ik me daar zou laten zien. Dat betekende dat er ook iemand in de volgende hal stond. Veel ruimte voor vergissingen had ik daardoor niet. Ik wachtte, kon het alleen betreuren dat McGuire me in deze ellende verzeild had doen raken en vroeg me af waarom hij het had gedaan.

De minuten verstreken heel traag. Ik leunde weer tegen de reling. In beide richtingen passeerden me onbekende gezichten. Sommige mensen keken even een beetje nieuwsgierig mijn kant op. Ik hield hen in de gaten, klaar om snel in actie te komen of het op een lopen te zetten, al wist ik niet waarheen.

Een grote man met grijs haar liep de gang door naar de hal. Hij droeg een jas die te warm was voor het hete weer. Hij keek mijn kant op. Ik spande mijn kniespieren. Hij bleef doorlopen. Ik draaide me om om hem in de gaten te blijven houden. Een gezette vrouw kwam naar hem toe en omhelsde hem even. Hij kuste haar. Ik keek op mijn horloge. Het was tijd. Ik begon te lopen.

Ik draaide de gang naar de hal op en liep met een normale snelheid, waarbij ik recht voor me uit en naar links keek, niet in de richting van de besnorde man. De gang kwam uit op de hal. Toen zag hij me.

Ik bleef verder lopen, zonder enige aandacht aan hem te besteden. Hij wachtte tot ik dichter bij hem in de buurt zou zijn en had zijn handen nu in zijn zakken gestoken. Ik liep de hal door, zijn kant op, tot halverwege de twee lopende banden rechts van me. Toen zwenkte ik opeens rechtsaf en zette het op een rennen.

Achter de bagagebanden was de gang naar de volgende hal. Ik dook zo snel ik kon tussen de mensen door die op hun koffers stonden te wachten, zonder hun gezichten te zien, ook al botste ik tegen hen op. Ik was hen gepasseerd en bevond me nu in de gang. Onder het rennen keek ik om. De mensenmenigte week uiteen voor de besnorde man. Ik keek weer recht voor me uit, rende langs winkels, probeerde andere mensen te omzeilen. Iemand werd door mij tegen de muur gesmakt toen hij langs de gang liep op de plaats waar die in de andere hal uitkwam.

Die hal had twee deuren naar buiten, één links en één rechts van een lange balie. De kale man stond ervoor en hield beide deuren in de gaten. Hij zag me toen ik de gang uit rende en naar links zwenkte, naar de dichtstbijzijnde deur.

Hij was snel, maar ik was al te dicht bij de deur. Toen ik een meter van de deur vandaan was, bedroeg de afstand tussen hem en mij nog vier meter. Het enige dat hij had kunnen doen, was op me schieten. Ik rende naar buiten, het donker in, en draaide rechtsom het trottoir op.

Mary's auto stond voor United, vaag verlicht door de lantarens. Er waren geen auto's die haar het wegrijden belemmerden. Ik liep tussen het langzaam rijdende verkeer door. Er werd getoeterd. Ik sprong in de auto en Mary gaf meteen gas. Ik draaide me om. Lasko's mannen stonden midden in het verkeer en het nijdige getoeter. We reden snel verder.

Mary vroeg wat er was gebeurd. Ik wachtte tot ik op adem was gekomen en vertelde het haar toen. Haar handen, die het stuur omklemd hielden, waren wit. 'Ze zullen eerst wel bij mij thuis gaan kijken,' zei ik tot slot. 'En daarna misschien bij jou, als ze je kenteken hebben onthouden. Ik twijfel er niet aan dat ze daarna aan mijn kantoor zullen denken.'

We reden op Parkway in de richting van de Rochambeau Bridge. Het Washington Monument doorsneed de duisternis en daarachter glansde het monument voor Jefferson zacht.

‘Kun je wat sneller rijden?’ vroeg ik.

Ze keek me even aan. ‘Ik kan niet geloven dat je dat memo hebt verstopt.’ Haar stem klonk een beetje boos, maar ook angstig.

We reden de brug over. De Potomac was zwart, leek een immense inktvlek. ‘Wees alsjeblieft wat aardiger voor me. Vergeet niet dat je iemand uitscheldt die bijna het middelpunt was geworden van een begrafenisplechtigheid met een gesloten kist.’

‘Niet geestig.’

‘Wat is niet geestig?’

Ze zweeg even. ‘Niets van dit alles, denk ik. Ik ben alleen blij dat je nog leeft.’

Ik draaide me om, weg van de achterruit. ‘Mary, als dit achter de rug is, gaan we naar de Green Mountain. Daar komen de politiek en commissies niet.’

Ze probeerde te glimlachen. We reden zwijgend door het donker, door L’Enfant Promenade, langs het Capitool, tot de deuren van de ECC. Niemand achter ons.

Het was negen uur. Alleen de lobby’s en een paar kantoren waren verlicht. We parkeerden de auto voor het gebouw. ‘Ze zijn beslist naar ons op zoek,’ zei ik. ‘Je kunt maar beter met me meegaan. Hier ben je niet veilig.’

‘Oké.’

We stapten uit en liepen naar de deur. Die maakte ik voor haar open. We stapten het gele licht in. Davis had baliedienst. We lieten hem onze legitimatiebewijzen zien. Hij glimlachte niet. Dat deed hij nooit.

In het vage licht liepen we naar de liften. Ik drukte op de knop. Een liftdeur schoof open. We stapten in en drukten op de knop voor de tweede verdieping. De lift zuchtte en ging langzaam omhoog. Toen schoof de deur rammelend weer open. Het was pikdonker op de tweede verdieping.

Voorzichtig stapten we de gang op. Mary hield mijn arm vast. ‘Chris, waar zijn de lichtschakelaars?’

‘Dat weet ik niet. Leuk, hè?’

Ik zwaaide een hand voor me heen en weer, alsof ik spinnenwebben moest weghalen. Dat had geen succes. We liepen naar de verste muur.

Op de tast zocht ik me toen verder een weg naar mijn kantoor. Mijn vingertoppen schuurden langs de B2-blokken.

We gingen de hoek om naar de gang langs de ruimte waarin ook mijn kantoor was ondergebracht. Vanuit die ruimte kwam wat licht de gang op. We liepen erheen.

Ik volgde het licht. Het kwam onder een kier van een deur door. Ze waren er dus al.

'Jouw kantoor?' fluisterde Mary.

'Hmmm.'

Ik duwde Mary achter me en liep geruisloos dichter naar de deur toe. Ik wist wie daar was.

Maar je bent nooit zo slim als je denkt te zijn. Ik smeet de deur open.

Het was Woods.

35

HIJ STOND ACHTER mijn bureau, met de bruine envelop in zijn hand. Even veranderde zijn gezicht in een bewegingloos masker van verbazing. Toen keek hij even trots en gesloten als een model in een advertentie voor dure overhemden. Zijn gebroken neus duidde op een gewelddadig trekje. Het enige dat niet uit zijn houding bleek, was dat het hem speet.

'Wat ben jij verdomme aan het doen?' vroeg ik stom.

Hij bleef zwijgen en keek zoekend in de kamer om zich heen. Alleen het bureau stond tussen ons in. De lamp aan het plafond gaf de kale muren een ziekelijk gele tint. Het bureau stond rechts van me tegen de muur. Maar tussen het bureau en de linkermuur was een ruimte van één meter vijfentwintig. Woods keek daar schattend naar en richtte zijn blik toen weer op mij.

Ik werd opeens boos. 'Geef mij dat memo.'

Hij schudde zijn hoofd. Mijn woede begon in ongeloof te veranderen. Ik was hen bijna te snel af geweest. Maar al die tijd had ik in feite als een rat in Lasko's doolhof rondgerend, terwijl de uitgang door Woods werd geblokkeerd. 'Jíj hebt er dus aldoor achter gezeten!' zei ik. 'Overal waar ik naartoe ging, was Lasko me een stap voor. En jij hebt ervoor gezorgd dat dat zo bleef.'

Hij staarde me minachtend aan. 'Niets rechtvaardigt de troep die jij ervan hebt gemaakt. Je bent een dwaas die elk gevoel voor proporties mist.'

'En jij, Woods, bent een goedkope John Dean met de ethiek van een oorlogsmisdadiger.'

Hij antwoordde met gladde, onverschillige stem. 'Lehman is dood. Ik wilde dat niet, maar het is wel een feit. Jij bent de enige die kan verklaren dat dit memo ooit heeft bestaan en er is niemand die hoger geplaatst is dan ik aan wie je dat zou kunnen vertellen.'

Die woorden waren op een misselijkmakende manier accuraat en hij kon ze werkelijkheid doen worden. Onverschilligheid was de keerzijde van de medaille van de man die zich zo uitstekend kon aanpassen. In de grond gaf hij geen barst om wie of wat dan ook, behalve om zichzelf. Hij was glad genoeg om zich van het memo te ontdoen zonder dat daar ooit een spoor van terug te vinden zou zijn.

We stonden nu beiden bij de zijkant van het bureau, met een kleine meter tussen ons in. Woods werd omlijst door het donkere raam. We hielden elkaar in de gaten.

'Als je probeert me tegen te houden, Paget, zal ik je hier achterlaten voor Lasko's vriendjes.' Hij wees naar Mary, die achter me stond. 'Haar ook, voor het geval dat je iets kan schelen.'

'Geen tussenpersonen meer, Woods,' zei ik. 'Als je deze kamer uit wilt, zul je me eigenhandig moeten doden. Nu weet ik alles en het belangrijkste is dat ik weet waar het geld naartoe ging.'

'Dat zal wel,' zei Woods nonchalant. 'Waarheen dan?'

'Naar de president.'

Woods' ogen leken in hun kassen te bevriezen, maar zijn stem klonk onnatuurlijk kalm. 'Hoe ben je tot die verbazingwekkende conclusie gekomen?'

'Het verklaart alles. Ik moest alleen de feiten in de juiste volgorde zien te krijgen. Het begon met die antitrustzaak, die vrijwel zeker Lasko's ondergang zou betekenen. En er is slechts één man binnen de regering die die zaak kon affluiten: Lasko's vriend, de president.

'De prijs was anderhalf miljoen dollar, met Catlow als de perfecte tussenpersoon. Maar het verkrijgen van het geld was moeilijker. Lasko's eerste probleem was dat zijn bedrijf te weinig liquide middelen had. Dus gebruikte hij Green om de prijs van de aandelen op te drijven, wat één punt acht miljoen opbracht, waste anderhalf miljoen wit via Martinson, Carib en de First Seminole Bank en gaf Lehman toen opdracht ervoor te zorgen dat het geld bij Catlow kwam. Ze zullen het wel een "bijdrage aan de verkiezingscampagne" hebben genoemd.'

Woods leek verdoofd door mijn verhaal. Of misschien was hij aan het besluiten welke rol hij nu moest gaan spelen. Maar nu had woede me in zijn greep. Hij moest het allemaal horen. 'Ik kon maar niet begrijpen waarom een slimme vent als Lasko kerels als Green, Lehman of Martinson zou gebruiken. De enige mogelijkheid was dat iemand die een belangrijke positie bekleedde hem onder druk zette en dat het proces heel snel van start zou gaan, te snel om Lasko in staat te stellen alles fatsoenlijk te plannen. Hij moest elke hulp die hij kon krijgen aanpakken en hopen dat hij door de mazen van het net zou kunnen glippen, of later nog wat aan eventuele problemen kon doen.

'Lehman was het eerste probleem en daar hebben Lasko's mannetjes wat aan gedaan. Ik was het volgende probleem en dat moest door jou worden afgehandeld. Niet uit loyaliteit jegens Lasko, wel jegens de president. Je dacht me klem te hebben gezet, maar niemand van jullie wist dat ik Lehmans memo in mijn bezit had.'

Woods' ogen wogen dat alles af en leken toen opeens een beslissing te hebben genomen. Ik spande mijn spieren, wachtend op een actie van hem. 'Je hebt verloren,' zei hij koel. 'De hele regering is tegen je. En zonder dit memo zal niemand er een woord van geloven.' Terwijl hij dat zei, schoof hij behoedzaam in de richting van de deur. Een deel van me kon niet geloven dat het zou uitdraaien op een gevecht tussen ons. Maar het deel van me dat zich Alec Lehman herinnerde, wist dat dat wél zou gebeuren. Hij bleef centimeter voor centimeter verder gaan. Ik schoof mijn rechtervoet naar achteren, om me schrap te zetten.

Woods liet plotseling een schouder zakken en dook naar voren, waardoor ik tegen het bureau aan sloeg. Ik zette me af en haalde uit naar Woods' ribbenkast. Hij was daar niet op voorbereid en zijn kaken klapten op elkaar. Ik voelde een pijnscheut door mijn onderarm trekken. Woods wankelde even op zijn benen en kwam toen tot stilstand tegen de muur. Ik dook op het memo af, maar Woods was te snel en te sterk. Hij deed een stap opzij toen ik, uit balans, langs hem scheerde. Toen ramde hij met zijn vuist mijn jukbeen. Ik wankelde en viel voorover op mijn bureau. Voor mijn ogen verscheen een purperen mist. Die mist trok op. Voor me zag ik een boekensteun van onyx, een groot stuk steen. Met mijn linkerhand pakte ik dat vast en draaide me bliksemsnel om.

Wat ik raakte, waren tanden. Woods' handen vlogen naar zijn mond, alsof hij ze bij elkaar wilde houden. Ik hield de boekensteun scheef en mikte op Woods' voorhoofd. Ik hoorde Mary schreeuwen. Woods wankelde op zijn benen. Ik raakte hem nogmaals. Woods' ogen werden glazig. Toen gleed hij langzaam langs de muur op de grond. Ik staarde hem met open mond aan, moeizaam ademhalend.

Ik draaide me om. Mary stond in de deuropening te staren, met een geschokte blik in haar ogen. 'Is alles met jou in orde?' vroeg ze met verstikte stem.

'Dat denk ik wel.'

'Wat moeten we nu doen?'

Ik kon die vraag niet beantwoorden. Mijn gezicht deed zeer en mijn rechterhand tintelde als een vlezig speldenkussen. Ik probeerde hem te buigen. Woods lag in een hoop op de grond, als het slachtoffer van een onverwachte beroerte. Uit zijn mond druppelde bloed. Ik ging naast hem op mijn hurken zitten, denkend aan Lehman en Tracy, aan McGuire en Lasko – en aan Mary. Woods kon het allemaal niets meer schelen. Hij was bewusteloos.

Ik ging weer rechtop staan. Mary staarde nog altijd naar Woods. 'Chris, ik kan dit niet geloven.'

'Ik ook niet.'

Toen keek ze op en las het af van mijn gezicht. Besluiteloos bleef ze even stokstijf staan en draaide zich toen om, om weg te rennen. Ik pakte haar vast en smeet haar tegen de muur. Ze maakte een geluidje, als een gewonde kat, en sloeg een hand voor haar mond. Ik liep dichter naar haar toe.

Ze schudde haar hoofd, als een opwindbare pop. 'Nee, nee, Chris. Je hebt zelf gehoord dat hij mij ook bedreigde. Je kunt niet geloven...'

Ik schudde haar hardhandig door elkaar. 'Lehman,' zei ik. 'Dat hebben jij en Woods geregeld.'

Ze staarde me aan en haar mond bewoog zich, alsof er iets in haar keel klem zat.

'Zeg het me, verdomme, voordat ik die rotsmoel van je tegen de muur tot moes sla.'

De woorden kwamen in clusters over haar lippen. 'Die avond... de eerste keer dat we uitgingen... zei je dat je naar Boston zou gaan. Om Gubner te ontmoeten.' Ze zweeg even om adem te halen. 'Toen ik thuis was, heb ik Jack gebeld. Hij kende Gubner ook niet.'

'Dus?'

Ze aarzelde en zei toen rustig: 'Dus heeft Jack Lasko gebeld.'

'Ga door.'

'De zaak was in politiek opzicht gevaarlijk voor het Witte Huis. Ik weet niet met wie Jack daar heeft gesproken. Hij heeft nooit iets over geld gezegd. Ik geloof niet dat hij dat wist. Jack is ambitieus, voor het geval je dat nog niet had gemerkt.'

In haar stem begon meer zelfvertrouwen door te klinken. Ze was nog altijd aan het praten en ik had haar niets aangedaan. Ik hield haar wat steviger vast. Ze ging snel verder, alsof ze me een halt wilde toeroepen. 'Hij zei dat Lasko door de naam Gubner wist dat Lehman erbij betrokken was.'

Dat kon kloppen. Gubner had gezegd dat de mensen met wie Lehman werkte, wisten dat ze vrienden waren. 'Toen Woods me naar St. Maarten liet gaan... deed hij dat omdat je hem had verteld dat ik Lane Greenfeld kende?'

Ze keek naar de grond. 'Greenfeld houdt Lasko al lange tijd in de gaten. Jack was bang dat je hem informatie zou doorspelen wanneer je niet gelukkig was.'

'En het overhevelen van de zaak naar het ministerie van Justitie?'

Ze richtte het woord tot de grond. 'Dat was Jacks idee en dat heeft hij doorgespeeld naar Catlow. Catlow heeft het toen aan McGuire verkocht.'

Ik pakte haar schouders hardhandig vast. 'Verdomme! Kreng!'

Haar stem sloeg over. 'Niemand wist dat Lasko Lehman zou vermoorden. Ik heb toen nauwelijks kunnen slapen.'

Ik schudde haar door elkaar. 'Ik was erbij, weet je nog wel!'

Het persoonlijke was dicht bij het oppervlak, werd onuitgesproken doorgeseind door haar ogen en de mijne. 'Chris, laat me alsjeblieft uitpraten,' zei ze smekend.

Ik verslapte langzaam mijn greep. Haar mond bewoog zich zonder dat er woorden over haar lippen kwamen. Toen begon ze weer te praten. 'Ik heb nooit gesproken met Lasko of iemand uit het Witte Huis. Ik heb nooit gewild dat jou iets zou overkomen. Ik wist het echt niet. Ik wist niet waar ik bij betrokken was. Ik heb alleen geprobeerd Jack te helpen de zaak in de hand te houden. Na die affaire Lehman kon ik hem niet aan de kaak stellen. Hij zei dat we beiden in de problemen waren gekomen, omdat ik had geweten wat hij deed. Dat is de enige reden waarom ik ermee door ben gegaan.'

'Ook vanavond, toen je hem vanaf het vliegveld hebt gebeld? Dat héb je toch gedaan?'

'Ja, verdomme. Laat me nu los.'

'Heb je behalve Woods nog iemand anders gebeld?'

Ze schudde haar hoofd. Als dat waar was, had ik misschien nog even de tijd voordat de mensen van Lasko kwamen opdagen. Die tijd had ik nodig. Ik liet haar los. Ze ging rechtop staan, streek haar haren glad en leek haar uiterste best te doen een innerlijke bron aan te boren om een deel van haar zelfverzekerde houding terug te krijgen. Zelfs toen moest ik daar wel bewondering voor opbrengen. 'Oké,' zei ze met haar eigen stem. 'Je wilt meer weten over McGuire. Hij wist het niet. Echt niet. Daarom geloofde hij niet dat Lasko Lehman had vermoord. Natuurlijk wilde hij dat ook niet geloven.'

'En al dat geouwehoer over een schikking dan?'

'Ze hebben hem het lidmaatschap van de commissie als lokaas voorgehouden. Ik geloof niet dat dat een afkoopsom was. Maar ze maakten het hem wel makkelijk na te denken over al het goeds dat hij kon doen wanneer hij deze ene zaak liet schieten.'

In Washington was het altijd 'deze ene'. Mary ging door. 'Chris, je bent erg slim, veel slimmer dan Woods vanavond is geweest. Maar je baalde zo van McGuire dat je absoluut zeker meende te weten dat hij erachter zat. Jack heeft hem zover gekregen dat hij met die schikking akkoord ging en is toen voor de "goeie jongen" gaan spelen. Je hebt toch zeker wel eens gehoord van de act van de goeie jongen en de slechterik?'

Ik kon niets zeggen. Ze ging verder. 'Weet je dat Woods zelfs heeft geprobeerd McGuire ertoe over te halen jou van deze zaak af te halen? McGuire was daar niet toe bereid. Jack zei dat hij het idee leek te hebben dat jij zijn betere ik vertegenwoordigde.'

Ik stond daar en voelde me stom. 'Oké,' zei ik uiteindelijk. 'Als je zoveel weet, moet je me maar eens vertellen wie het startschot voor dit alles heeft gegeven.'

'Hoe bedoel je dat?'

'Wie heeft McGuire een tip gegeven over dat manipuleren met aandelen?'

Ze glimlachte even. 'Ike Feiner.'

'Probeer het nog maar eens een keer.'

'Ik meen het serieus. We begrepen niet waarom Feiner er niets van merkte. Maar hij had het wel gemerkt, of in elk geval had een van zijn mensen achterdocht gekregen. Ik ben het nagegaan. Feiner had tegen hem gezegd dat hij er McGuire van op de hoogte zou stellen, maar dat heeft hij niet gedaan. Ik neem aan dat we daardoor kunnen vaststellen dat hij de tipgever is geweest.'

'Waarom zou hij het verdomme zo hebben gespeeld?'

'Chris, hij wilde zo graag de grote baas worden dat hij nog bereid zou zijn geweest gif in het eten van McGuire te doen. Ik neem aan dat hij dacht dat deze zaak McGuires ondergang zou worden, of hem een promotie zou opleveren. Het was een gok.'

Ik schudde mijn hoofd. 'Het zal me erg veel moeite kosten te accepteren dat dit alles is gebeurd omdat Feiner op de stoel van McGuire wilde gaan zitten.'

'Feiner heeft vast niet gewild dat het met zoveel ellende gepaard zou gaan.'

'Maar toch is dat wel gebeurd.' Even was ik verloren in de afgelopen twee weken.

De blik in Mary's ogen werd zachter. Ze sprak snel en keek me daarbij aan. 'Chris, je denkt dat ik bij je in de buurt was en bleef vanwege deze zaak. Misschien heb ik daar een beetje gebruik van gemaakt.

Maar ik had dit weekend niet naar je toe hoeven komen. En ik had niet bij je hoeven blijven. Dat heb ik gedaan omdat ik het wilde.'

Twee dagen geleden was ze bij me thuis geweest. Het leek langer geleden. Ik schudde mijn hoofd. 'Ik heb het voorrecht gehad een van je toespraken over de politiek aan te horen, weet je nog wel? De president is jouw man. Het is een beetje moeilijk te geloven dat je Woods alleen hebt geholpen omdat je onder druk was gezet of alleen bij mij in de buurt bleef omdat je me zo bewonderde. Je was gewoon een ander wapen dat ze konden gebruiken. Als ze me niet konden doden, konden ze me bij het vliegveld te grazen nemen. En als dat geen succes werd, konden ze jou gebruiken om het memo van me los te peuteren en het aan Woods te geven. Zelfs daarna zou je hun spel zijn blijven meespelen.'

Ze knikte instemmend. 'Oké. Maar het een heeft niets met het ander te maken. Als ik je uit de buurt van Lasko kon houden, of in het bezit van dit memo kon komen, zou jij veilig zijn. Ik gaf om je. Je was goed in veel dingen die je ondernam, in wezen aardig... en zo vrij. Geld maakt je vrij, weet je.'

'Nee, dat weet ik niet.'

'Chris, laten we dit alsjeblieft niet ook verliezen.'

Het had geen zin. 'Ik heb al meer verloren, lang geleden. Mijn martini's zullen nog altijd lekker blijven smaken en ik zal van de eerste dag van de herfst blijven houden. Wat ik heel graag niet wil verliezen, is mijn leven.'

Even schoot er een uitdrukking van paniek over haar gezicht. Ze pakte mijn polsen. 'Chris, geef mij dat memo en dan kan ik je beschermen. Jij kunt er nergens mee naartoe. Niet naar Woods, niet naar het Witte Huis, nergens heen.'

Ze had gelijk. Ik keek naar Woods, die nog steeds bewusteloos was. Het enige licht in zijn ogen kwam van de lamp aan het plafond. Maar ik had niet veel tijd meer. Ik moest iets doen om in leven te blijven. Ik draaide me om naar Mary en wees op de stoel achter mijn bureau. 'Ga daar zitten.'

Dat deed ze en ze keek lichtelijk triomfantelijk. 'Kunnen we dit nu verder bespreken?'

Ik pakte mijn telefoon. 'Eerst zul je moeten luisteren naar het eind van een briljante carrière.'

Haar stem was een mengeling van twijfel en bitterheid. 'Wat ga je doen?'

'Blijf jij nu maar gewoon stil zitten.' Mijn rechterhand klopte toen ik het nummer draaide. Het was de laatste poging die ik kon ondernemen.

Een man en een vrouw namen samen op. Ik sprak tegen de man. 'Mozart is vijfendertig geworden, idioot. Dat heb ik nagekeken.'

Greenfeld klonk licht verbaasd. 'Chris? Ik dacht dat er iets met je gebeurd was.'

'Nee, dat is niet zo. Luister. Ik heb haast. Wil je nog steeds het verhaal over Lasko horen?'

'Natuurlijk.'

Mary hield beide armleuningen van de stoel heel stevig vast. 'Dan zullen we elkaar vanavond ontmoeten,' zei ik. 'Maar ik zal je een korte samenvatting geven, voor het geval ik word opgehouden. Misschien zal dat me enigszins kunnen beschermen. Heb je een pen bij de hand?'

'Ja. Zeg het maar.'

'Oké. Lasko's bedrijf heeft liquiditeitsproblemen. Lasko heeft de prijs van zijn aandelen opgedreven om extra geld te kunnen verdienen met een nieuwe emissie. Je bron is de getuigenverklaring van Sam Green. Lasko heeft anderhalf miljoen witgewassen via een dummybedrijf op St. Maarten, dat werd geleid door een zekere Peter Martinson.'

'Dat was toch de kerel die gisteren bij jou was?'

'Hmmm. Martinson heeft het geld via een bank op Curaçao teruggesluisd naar Miami en Alec Lehman heeft het op 28 juli overgebracht naar een kluis van de Mariner Bank in Miami. Ik heb een memo van Lasko en de dossiers van de bank. De kluis stond op naam van Lehman en Robert Catlow.'

'Jezus! Waarom? Om iemand af te kopen?'

'Ik neem aan dat ze van plan waren het als "bijdrage" aan de president te geven. De timing klopt met het verhaal van jouw bron over het bijna afgewikkeld zijn van die antitrustzaak. Maar ons onderzoek hield een schikking op, dus is het geld niet uit de kluis van die tweede bank gehaald en kan ik het niet bewijzen. Kun je dit publiceren?'

Ik hoorde hem uitademen. 'Alles, behalve dat stukje over de president. Het zal wel waar zijn, maar hij heeft dat geld nooit gekregen. De rest kun je documenteren of door bronnen laten bevestigen.'

'In orde. Zet mijn naam er maar bij als aanvullende bron.'

'Weet je dat zeker?'

'Ja. Beroemd worden is de beste manier om ervoor te zorgen dat ik adem kan blijven halen. Luister. Wat denk je dat er nu met Lasko en Catlow gaat gebeuren?'

'Nadat we dit hebben gepubliceerd? De president zal gedwongen zijn hen te laten vallen en het ministerie van Justitie zal aan een gerechtelijke vervolging beginnen wegens manipulatie en verduistering. En die antitrustzaak tegen Lasko zal worden doorgezet.'

Ik keek naar Woods. Nog altijd buiten bewustzijn. 'Er is meer. Twee weken geleden heeft Lehmans advocaat me opgebeld om een ontmoeting te regelen.' Mary boog zich naar voren, wachtend tot ze haar naam zou horen. 'Jack Woods heeft Lasko opgebeld om hem een tip te geven. Lasko liet Lehman vermoorden voordat hij me het memo kon overhandigen. Een politieman uit Boston, inspecteur Di Pietro, is er nu mee bezig. Dit, en de daarmee gepaard gaande publiciteit, zullen hem het vuur na aan de schenen leggen. En daardoor zal ik hier misschien zonder verdere kleerscheuren doorheen kunnen komen.'

Ik kon me voorstellen dat Greenfeld als een gek zat te schrijven. 'Dit is ongelooflijk,' zei hij uiteindelijk. 'Kun je die beschuldiging aan het adres van Woods documenteren?'

'Misschien wel.'

'Dat is het enige zwakke deel van je verhaal.'

'Ik ben er nog mee bezig. In elk geval ben ik naar Lehmans huis gegaan en heb het memo van Lasko gevonden, met de nummers van de bankkluizen erop. Dat heb ik in mijn bureau verstopt.' Mary spande zich, alsof ze haar adem inhield. Ik ging verder. 'Woods is dat te weten gekomen en hij heeft geprobeerd in mijn bureau in te breken. Op dit moment ligt hij in mijn kantoor op de grond, waar hij terecht is gekomen nadat ik hem met een boekensteun van onyx een paar dreunen had verkocht.'

'Verdomme, Chris.' Hij zweeg en dacht duidelijk als een gek na. 'Hoe zit het met McGuire?'

De hofmakerij aan het adres van McGuire was een schakel met het Witte Huis. Maar McGuire zou nu nooit meer commissielid worden.

'Chris, ben je er nog?'

'McGuire is er niet bij betrokken.'

'Ben je daar zeker van?'

'Ja. Luister. Kun je dit in de ochtendeditie krijgen?'

'Nee, maar als we nu snel in actie komen, wel in de latere editie.'

'Prima. Hoelang doe je erover om bij mijn kantoor te komen?'

'Tien minuten.'

'Weet je dat zeker?'

'Ja.'

'Oké. Wacht dan voor het kantoorgebouw op me. Tussen twee haakjes: was Lynette degene die opnam?'

'Ja. Ze is weer terug.'

'Verbazingwekkend,' zei ik en hing op.

Mary staarde me vol ongeloof aan. 'Waarom heb je niets over mij gezegd?' vroeg ze uiteindelijk.

'Daar heb ik mijn redenen voor.'

Haar gezicht ontspande zich. Ik keek op mijn horloge. Vijf over halftien. Greenfeld zou er over negen minuten zijn. Ik draaide een ander nummer en had mazzel. Di Pietro was op kantoor. Hij klonk verbaasd. 'Hebt u iets in handen?'

'Lehman is bezig geweest met het witgewassen geld. Ik heb een memo van Lasko, met instructies en nummers van bankkluizen voor Lehman. Dat wilde hij me vertellen. Ik heb ook de desbetreffende bankdossiers. Is dat voldoende om Lasko aan te klagen voor de moord op Lehman?'

'Het is precies wat we nodig hebben. Martinson is vanmorgen bij bewustzijn gekomen en heeft een verklaring afgelegd. Alles wat hij u al had verteld. Politiefoto's van de twee kerels die hebben geprobeerd jullie te vermoorden zijn geïdentificeerd door een loopjongen van het winkelcentrum waar ze de auto hadden gestolen die Lehman dood heeft gereden. Ik zal Lasko vanavond nog ophalen. Wanneer u zich gedeisd houdt, is er een kans dat u verder niets zal gebeuren.'

'Geweldig.' Ik keek op mijn horloge. Negen minuten over halftien. Over vijf minuten moest Greenfeld er zijn. 'Ik zal u al het materiaal toesturen.'

'Hartelijk dank. Prima werk.'

'Hartelijk dank voor alles, inspecteur.' De verbinding werd verbroken.

Ik pakte een aantekenboekje. 'Feiners gangen nagaan,' krabbelde ik neer. 'Zijn mensen waren op de hoogte van het Lasko-aandelenpatroon.' Ik zette er mijn initialen onder, CKP, en deed het in een envelop. 'Ter attentie van Joseph P. McGuire' schreef ik op die envelop en stopte hem toen in mijn zak.

Het verstrijken van de tijd had Mary een beetje goed gedaan. Er speelde een glimlachje om haar mondhoeken. 'Je wilt vanavond alles nog afhandelen, hè?'

'Dat klopt.'

Woods kreunde, maar bewoog zich niet. Mary keek zonder emotie zijn kant op. 'Hij had gelijk, weet je. Je hebt niet voldoende bewijzen tegen hem om hem hetzelfde te kunnen aandoen als Lasko en Catlow.'

Ik haalde mijn schouders op. Haar ogen keken nu smekend. 'Chris,' zei ze indringend, 'er moet een manier zijn om dit op te lossen.'

Ik reageerde niet. In plaats daarvan keek ik op mijn horloge. Dertien minuten over halftien. Greenfeld moest over een minuut voor de deur staan. Ik pakte de telefoon en pleegde het laatste telefoontje.

Een telefoniste nam op. 'Alarmcentrale van de politie.'

'Ik wil een ongeval melden. Het adres is het ECC-gebouw aan D Street, Northwest, tweede verdieping, kamer 327. Ik heb net een man op heterdaad betrapt die in mijn bureau wilde inbreken. Ik heb hem bewusteloos geslagen en hij kan een hersenschudding hebben opgelopen. Ik heb een paar politiemensen nodig, en misschien een ambulance.'

Mary ging opeens kaarsrecht zitten. De telefoniste herhaalde het adres. 'Binnen drie minuten is er iemand bij u,' zei ze.

'Dank u.'

Terwijl ik de hoorn op de haak legde, dook Mary op de deur af en struikelde half over Woods. Ik pakte haar pols. Ze verzette zich, hield daar toen mee op. Ik trok haar weer verder de kamer in. 'Over ongeveer twee minuten is de politie hier. Ik moet weg. Ik laat je de keus: gaan of blijven.'

Ze staarde me woedend aan. 'Ik wil weg.'

Ik dwong mezelf heel rustig te blijven. 'Keuze één is hier blijven en de politie de waarheid vertellen. Dat Woods zei dat hij Lasko over Lehman had gebeld, dat jij vanavond Woods hebt gebeld en dat hij, nadat hij had ingebroken in mijn bureau...'

'Ik wist niet dat hij dat van plan was.'

'Verder kun je dan net doen alsof je zo onschuldig als een lammetje bent en proberen hier onderuit te komen door te zeggen dat je bent gebleven omdat je dat je burgerplicht vond. Als je dat lukt, zal ik het je verder niet lastig maken.'

Haar ogen waren zwarte poelen. 'En als ik wegga?'

'Dan zal ik je naam aan Greenfeld geven en word je even beroemd als Lizzie Borden.'

Ze pakte mijn overhemd vast. 'Weet je wat dat voor gevolgen zou hebben?'

'Ik neem aan dat je op zijn minst geen praktijk meer zult mogen uitoefenen. Je hebt ongeveer een minuut de tijd om een beslissing te nemen.'

Ze liet mijn overhemd weer los. 'Ik zal blijven, verdomme.'

'Goed. Zeg tegen de politie dat ik morgen naar het bureau zal komen.'

Woods kreunde, het bloed rond zijn mond was opgedroogd. Het memo lag nog naast zijn hand. Ik pakte het op en wilde weggaan.

'Chris, je bent een rotzak.' Ze zei het met heldere, rustige stem.

Ik draaide me om. Ze keek me aan met een eigenaardige, verwachtingsvolle blik in haar ogen. 'Greenfeld zal om precies middernacht de politie bellen om voor zijn artikel jouw verklaring over Woods te controleren. Als je een ander verhaal gaat opdissen of de politie vertelt waar ik ben, zul je morgen het een en ander over jezelf in de krant kunnen lezen.'

Haar lippen weken vaneen. Ze had er in mijn ogen nooit mooier uitgezien dan op dat moment. 'Het had erger kunnen zijn, Mary,' zei ik rustig. 'Het had heel wat erger kunnen zijn.' Ik draaide me om en liep de gang op.

Ik keek om, één keer, toen ik de hoek om ging. Mary staarde naar Woods. Het gele licht werd omgeven door duisternis. De kamer zag eruit als een cel. Ik draaide me om en liep op de tast naar de achtertrap.

In de muur was een kleine brievenbus aangebracht. Ik deed de notitie voor McGuire daarin en keek toen de trap af. Die was verlicht. Het was niet voldoende, dacht ik. Niet na alles wat er was gebeurd. Maar Lasko zou boeten voor Lehman, en Woods en Catlow konden hun harp verder aan de wilgen hangen. De president zou deze keer niet rijk worden en Martinson was veilig, omwille van Tracy. En ik leefde nog. Het enige dat ik moest doen, was bij de *Post* komen.

Ik was op de begane grond en duwde de deur open. Die kwam uit op een gang achter de liften. Ik ging de deur door en liep de hoek om. Toen rende ik langs de liften de grote hal in, met het memo in mijn hand. Davis was in geen velden of wegen te bekennen.

Twee mannen kwamen naar binnen. Politiemensen in uniform. Ze raceten naar me toe. 'Waar zijn de liften?' vroeg een van hen.

Ik wees achter me. 'Daar.'

'Bedankt.' Ze renden verder.

'Graag gedaan,' mompelde ik.

Toen ik bij de glazen deuren was, keek ik om. De twee agenten stapten de lift in. Ik keek toe hoe de liftdeuren werden gesloten. Het kon zijn dat Woods haar een loer zou draaien, maar dat was niet mijn probleem. Ik draaide me weer om.

Voor het gebouw kwam een wagen met piepende banden tot stilstand. Het was Greenfelds auto niet. Ik keek om me heen. Het wachtkamertje was rechts van de grote hal. De deur stond open en er brandde geen licht. Twee mannen sprongen de auto uit. Ik dook het kamertje in en leunde tegen een muur. Op mijn voorhoofd parelde een dun laagje zweet.

De twee mannen maakten de voordeuren open en bleven in de hal om zich heen staan staren. Ik keek vanuit het donker hun kant op. Lasko's mannetjes van het vliegveld. O, jezus, dacht ik. Ze renden naar de trap, onderweg naar mijn kantoor. Het geluid van hun voetstappen vervaagde. Ik grinnikte zwak. Het zou me daarboven een leuk feestje worden, dacht ik. Ik liep zacht de donkere kamer uit en keek regelmatig over mijn schouder. Ze waren verdwenen.

Ik keek door het glas. De Alfa van Greenfeld stond dubbel geparkeerd voor de deur.

Ik maakte de deur open en vertrok.

Richard North

Patterson

De schuldvraag

Verdedigt hij zijn ex-vrouw in een op voorhand verloren zaak?

UMCO thriller

De schuldvraag

Christopher Paget is 15 jaar ouder. Zijn relatie met Mary Carelli tijdens de zaak Lasko heeft hem een zoon opgeleverd, Carlo. Mary Carelli is inmiddels een beroemde tv-journaliste. Als zij, na vele jaren een moeder op afstand te zijn geweest, ineens voor zijn deur staat en hem vraagt haar advocaat te zijn in een moordzaak, staat Paget voor een bizarre keuze. Moet hij de vrouw gaan verdedigen voor wie hij zowel haat als liefde voelt, in een zaak die op voorhand al als verloren kan worden beschouwd? Of moet hij zijn zoon beschermen voor alle publiciteit en aandacht en haar de deur wijzen? Het verleden dwingt hem tot een rechtszaak vol schandaal en sensatie: met een wereldberoemde schrijver als slachtoffer, een van de machtigste vrouwen in de tv-journalistiek als verdachte, en hijzelf, de advocaat die 15 jaar geleden een presidentskandidaat ten val heeft gebracht. Tijdens het politieonderzoek beweert de verslaggeefster dat ze de auteur heeft doodgeschoten uit zelfverdediging omdat hij probeerde haar te verkrachten, maar dit blijkt nogal twijfelachtig. Geruchten over de gewelddadigheid en seksuele perversie van het slachtoffer steken de kop op. En dan komen de vragen. Welke beweegredenen had de verslaggeefster om de schrijver te ontmoeten? Wie is er eigenlijk slachtoffer en wie is er dader? Wie spreekt de waarheid? En wie is er schuldig?

'Eindelijk een thriller die zich kan meten met Presumed Innocent'
– *KIRKUS*

'Vergeet Grisham, De schuldvraag is pas een échte juridische thriller'
– *Michael Luciano*

De schuldvraag is verschenen in oktober 2007.
Paperback
ISBN 978 90 8669 056 5

Oorspronkelijke titel: *The Lasko Tangent*
Uitgegeven door: Knopf, New York

Vertaling: Mariëlla Snel
Eindredactie: Jolien Meijer & United Media Company
Omslagontwerp: Bart van den Tooren, Amsterdam
Zetwerk: V3-Services, Baarn
Druk: FINIDR, s.r.o., Český Těšín, Tsjechië
Eerste druk oktober 2007

ISBN 978 90 8669 055 8
NUR 332

Verspreiding in België via Van Halewyck, Diestsesteenweg 71a, 3010 Leuven, België.
www.vanhalewyck.be

Een uitgave van:
United Media Company
Baarnsche Dijk 19
3741 LP Baarn
Tel.: +31 (0)35 548 20 99
Fax.: +31 (0)35 548 20 98
Mail: info@unitedmediacompany.nl
www.unitedmediacompany.nl

United Media Company
cross media branding and publishing